KB146938

의인법

擬 人 法

의인법

오한기 소설집

H
현대문학

차례

파라솔이 접힌 오후 7

더 웬즈데이 41

나의 클린트 이스트우드 73

유리 111

햄버거들 149

볼티모어의 벌목공들 179

열네 살 211

의인법 243

새해 275

해설 306

작가의 말 326

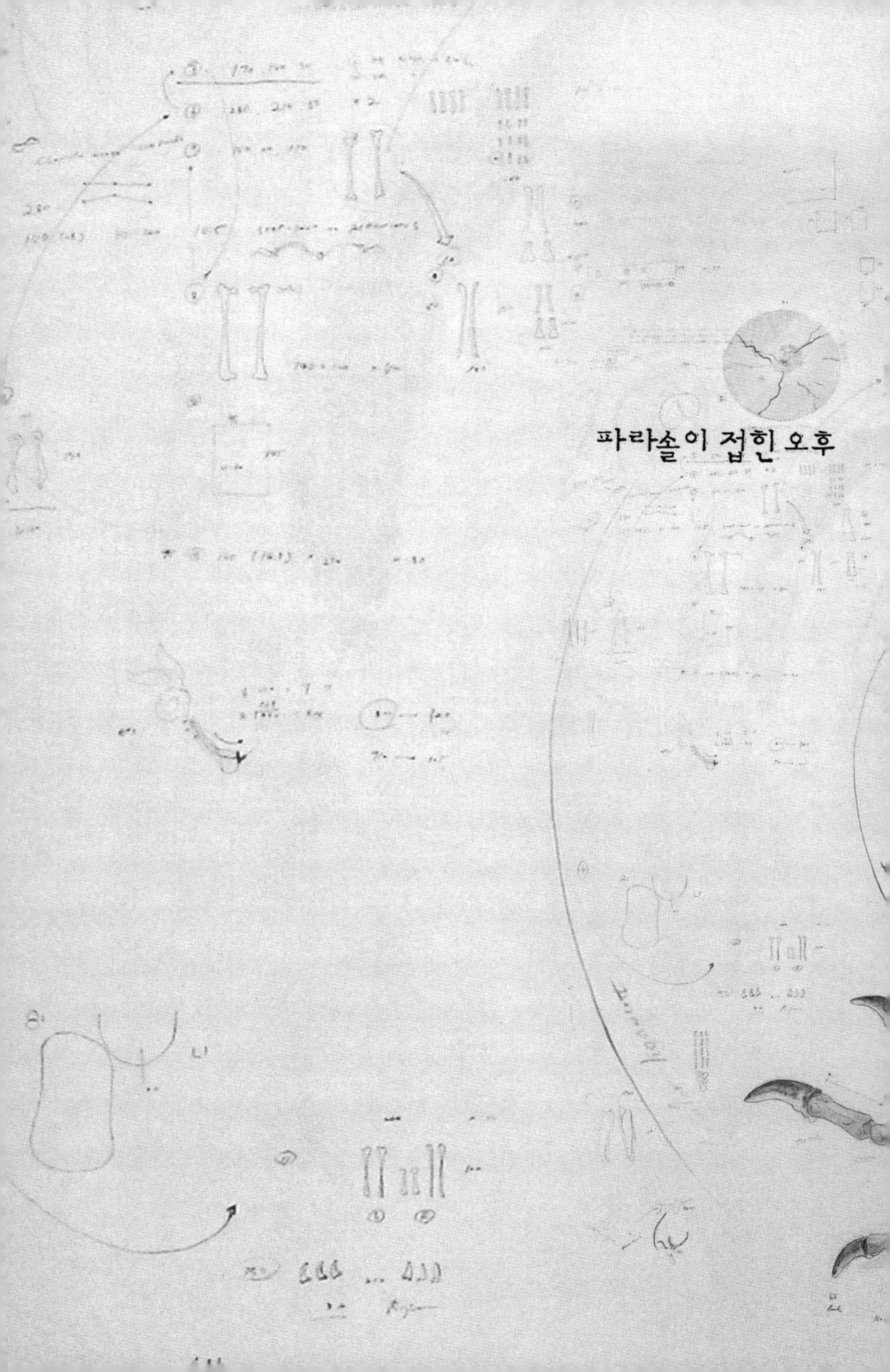

파라솔이 접힌 오후

1

텍사스 주 외곽에 위치한 브라니스 모텔에서 컨트리 가수 W가 시체로 발견됐다. 그는 왼손에 콜트 한 자루를 움켜쥐고 있었다. 권총 자살이었다. W의 지갑에서 발견된 쪽지에는 다음과 같이 쓰여 있었다.

죽음도 내가 원한 건 아니다.

1983년 가을이었고, W의 나이 43세였다.

W의 자살은 사장에게 어느 철학자의 사상보다 큰 감흥을 주었다. 죽고 싶지 않은 사람이 죽음을 택했다는 게 그렇게나 감동적인 모양이었다.

반년 동안 고서점에 들락거렸지만 사장과 얘기를 나누기 시작한 건 한 달도 채 되지 않았다. 계기는 W였다. 그날도 나는 책을 고르느라 고심하고 있었고, 사장은 내게 조심스럽게 다가와서 『파라솔이 접힌 오후』를 권했다.

『파라솔이 접힌 오후』는 W의 평전이다. 6장 구성이며 956페이지에 달한다. 이 기나긴 평전을 집필한 이는 미국의 장르 소설가 브라운맨이다. 그는 텍사스를 배경으로 한 서부 소설 『방만한 리볼버』의 자료 조사를 위해 경찰서에 드나들던 중 W에게 관심을 갖게 됐다고 서문에 밝혔다. 친한 경관이 W의 자살 사건을 담당한 게 그 계기였다.

사장은 줄곧 W의 이야기만 해댔다. 나는 사장과 말을 섞은 걸 후회하기 시작했다. 다른 책을 볼 수 있는 시간이 줄었기 때문이었다. 이해할 수는 있다. 누구나 하나씩은 열광하는 게 있기 마련이니까. 그러나 여기엔 시대와 장르를 망라한 2만여 권의 장서가 있다. 빨리 잊는 것만이 다른 책을 즐길 유일한 방법이다. 좋은 점은 하나뿐이었다. 나는 돈이 없으면 가끔 책을 훔치기도 했는데, 항상 W에게 넋이 나가 있는 사장은 손쉬운 도둑질 상대였던 것이다.

솔직히 말하자면 나도 처음에는 W의 평전이 마음에 들었다. 몇몇 일화가 돋보였던 것이다. 다음은 2장 「남루한 청춘기」에서 발췌한 내용이다.

1964년, 디트로이트의 세바스찬클럽에서 공연을 하던 도중 W는 전자기타로 베이시스트를 폭행하고 경찰에 연행됐다. 술을 마시고 잡담을 하느라 공연은 뒷전이었던 서른 명가량의 관중들은 난동이 벌어지고 나서야 무대를 올려다봤다. 그들에게 W는 하룻밤 어릿광대에 불과했다. W가 동료를 폭행한 건 이렇게 자신에게 무관심한 관중들 때문이었다. 심지어 공연 중에 포커를 치는 사람들도 있었다. W의 분노는 그들이 카드패를 돌리며 시시덕거릴 때 극에 달했다. 때마침 연습을 게을리해 평소 탐탁지 않아 했던 베이시스트가 박자를 놓친 것이었다.

위 일화는 일회적인 것이 아니다. W의 비참한 처지와 충동적인 성격을 보여줬고 앞으로 펼쳐질 이야기에 교두보 역할을 했다. 그러나 사장의 반복된 얘기는 오히려 역효과를 불러일으켰다. 죽음의 의미는 가벼워졌고 인상 깊었던 몇몇 에피소드 또한 퇴색됐다. W는 내게 특별할 것 없는 3류 가수가 돼버렸다.

내가 W에 대해 시큰둥한 반응을 보여도 사장은 아랑곳하지 않고 이야기를 이어나갔다. 아무래도 상관없었다. 나는 이미 사장의 말을 흘려들으며 시간 때우는 법을 터득한 지 오래였다. 얘기를 듣는 척하며 그의 행동을 관찰하는 것이다. 사장은 늘 W의 습관을 따라 했다. 『파라솔이 접힌 오후』에 언급된 W의 습관은 두 가지다. 하나는 말을 하는 도중 눈두덩을 긁으며 머릿속으로 상대의 반응을 예상하는 것이다. 어설프게 W를 흉내 낸 사장은 항상 눈두덩이 발갛게 부어올라 있었다. 한번은 어찌나 세게 긁었는지 피가 배어

나온 적도 있었다. 나머지 하나는 성관계 중의 습관이다. W는 앤 무어, 로나, 질 마리 등 평전에 나온 수많은 여자의 배꼽에 사정했다. 대서양 이라테오 섬에 서식하는 쥐과 동물 몰티온처럼 말이다. 『그람벨리 신세기 동물도감』에 의하면 수컷 몰티온은 짝짓기 철마다 암컷의 모든 구멍에 정액을 채워 넣는 기행으로 유명했다. 나는 몰티온으로 변장한 사장이 여자의 배꼽을 찾아 헤매는 장면을 상상하며 히죽거리곤 했다. 그럴 때마다 사장은 내가 자신의 이야기를 재미있어하는 줄 알고 한껏 목청을 높여 떠들어댔다.

아무리 따라 해도 사장은 W가 될 수 없었다. 사장과 W는 본질적으로 달랐다. 『파라솔이 접힌 오후』의 표지는 기타를 든 채 울먹이는 W의 사진이었다. W는 선이 가는 미남이었다. 그의 두 눈은 색이 달랐다. 왼쪽 눈은 연한 갈색이었고 오른쪽 눈은 에메랄드 색이었다. 평전에 등장하는 여자들은 신비로운 분위기를 풍기는 W의 눈에 매료됐다. 그러나 사장은 여자들이 눈길을 피할 만큼 뚱뚱하고 못생겼다. 지극히 현실적으로 생긴 것이다.

2

허름한 고서점은 진종일 어둑했다. 내 키의 두 배만 한 책장들이 책들을 한가득 품고 서 있었고, 책장 사이마다 한 사람이 겨우 지나갈 정도의 좁은 길이 나 있었다. 손님이 찾아와서 사장의 얘기가 끊기는 바람에 나는 자유롭게 책장 사이를 거니는 중이었다. 카운터 앞에서 사장과 쏙닥대고 있는 남자는 시도 때도 없이 서점에 들락거리는 단골이었다. 그는 머리칼이 고불고불하고 피부가 까만 튀기였다. 나는 손끝으로 책들을 훑으며 읽을 것을 고르는 데 열중했다. 간간히 그들의 대화가 들렸지만 번역되지 않은 소설처럼 알아들을 수 없었다.

나는 고민 끝에 『기러기는 날개가 없다』를 뽑아 들었다. 표지에는 지구를 둘러싸고 있는 기러기 떼가 그려져 있었다. 표지를 보면 대강의 줄거리를 짐작할 수 있다. 바로 기러기와 인간의 대혈투였다.

"『횡포의 뿔』 들어왔습니까?"

튀기의 목소리가 들렸다. 『횡포의 뿔』은 인간이 톰슨가젤에게 성욕을 느끼게 돼 탄생한 돌연변이가 아메리카 대륙을 점령한다는 공상과학 소설이다. 대부분의 1980년대 공상과학물이 그러하듯 인간의 승리로 마무리되는 유치한 내용이었다. 나는 안다. 사장은 『횡포의 뿔』을 팔지 않을 것이다. 지난주에도 튀기는 『횡포의 뿔』을 찾았었다. 그 책은 아직도 우측 다섯 번째 책장 맨 밑 칸에 꽂혀 있다. 『횡포의 뿔』은 일종의 암호였다.

사장은 대답 없이 카운터에서 몸을 빼내 창고로 향했다. 그가 발을 디딜 때마다 뱃살이 꿀렁거렸고 주머니에 든 열쇠 꾸러미에서 요란한 소리가 났다. 창고 안에는 대마초가 그득할 것이다. 사장이 대마초를 팔고 있다는 건 우연히 알게 됐다. 고서점의 적자 매출과, 매일 입고되는 값비싼 희귀 서적과, 사장의 주머니에 가득한 지폐 다발을 보면서 무언가 어울리지 않는다고 생각해왔다. 그러던 차에 얼마 전 튀기가 사장이 건넨 상자에 코를 박고 냄새를 맡는 걸 목격한 것이었다. 그때 마약상의 시점으로 체코슬로바키아의 부조리를 폭로한 『멋지고 따듯한 하루』의 한 구절처럼 "고무가 타는 듯한 대마초 특유의 향"이 서점 안에 퍼지기 시작했다.

나는 사장이 창고에서 대마초가 담긴 상자를 들고 나올 때까지 『기러기는 날개가 없다』를 훑어봤다. 정독하지 않아도 빤했다. 기러기가 인간을 습격하는 장면을 묘사하는 데 온 지면을 할애할 것이다. 튀기는 포악한 기러기 떼가 곧 습격해 올 것처럼 초조한 표정으로 사장을 기다리고 있었다. 오래지 않아 창고에서 나온 사장이 튀기에게 다가갔다. 사장은 고무가 타는 냄새를 풍기는 상자를 들고 있었다.

"재미있게 읽어요."

사장이 튀기에게 상자를 건네며 말했다. 상자를 받은 튀기가 사장에게 흰 봉투를 내밀었다. 사장은 봉투에서 지폐를 꺼내 꼼꼼히 센 뒤 튀기를 향해 고개를 끄덕였다.

튀기가 사라지자 사장은 봉투를 주머니에 아무렇게나 구겨 넣었다. 그리고 내게 무슨 책을 읽고 있냐고 물었다. 다시 W 이야기를 하고 싶어 하는 눈치였다.

"별거 아니에요."

나는 『기러기는 날개가 없다』를 책장에 꽂아 넣으며 대답했다. 사장은 입술을 죽 내밀었다. W보다 재미있는 게 있을 턱이 있나 하는 표정이었다. 나는 최대한 동의한다는 표정을 지으려 노력했다. 앞으로도 책을 공짜로 보려면 어쩔 수 없었다. 사장은 눈두덩을 긁으며 입을 달싹였다. 마침내 W에 대한 얘기가 흘러나오기 시작했다.

얼마 지나지 않아 사장은 다시 『파라솔이 접힌 오후』를 펼쳐 들었다. 사장은 거대한 몸을 카운터에 구겨 넣은 채 하루를 보내고 있다. W를 성서처럼 되풀이해 읽으면서 말이다.

3

W는 1941년 오스트리아 인스부르크에서 태어났고, 열 살이 되던 해 자동차 정비공인 아버지를 따라 미국으로 건너왔다. 1장에서 2장까지 W는 특별할 것 없는 이민자의 비루한 삶을 살았다. 베이시스트 폭행 이후 눈에 띄는 사건이 드물었다. 3장에서야 비로소 W의 단 하나뿐인 앨범 「파라솔이 접힌 오후」가 언급됐다. 당시 유행하던 컨트리풍의 음악들과 다를 바 없는 앨범이었다. 15,000장밖에 팔리지 않았을 정도로 대중은 W의 앨범을 외면했다. 평단 역시 마찬가지였다. 한 비평가가 시류에 편승한 진부한 멜로디라고 짧게 평했을 뿐이었다. 그 무렵 불교에 심취한 W는 음악보다 평화주의자로 유명세를 떨쳤는데, 1969년 당시 그런 인물은 흔했으므로 유명세라는 것도 15,000장 분량에 불과했다. 자비로 앨범을 제작해 프로덕션에 돌리고 베트남 반전 시위마다 앞장섰다는 내용을 담은 3장 역시 따분하기 그지없었다. 왜 이 두꺼운 책을 썼는지 의

문이 들 정도였다.

반면 4장은 흥미진진했다. 어쩌면 브라운맨은 4장을 위해 이 긴 평전을 쓰기 시작한 건지도 모른다. 반전 시위와 공연을 병행하던 W는 1973년 돌연 사라졌다. 그리고 5년 후 백인우월주의자가 돼 돌아왔다. 그는 그제야 사람들의 눈길을 끌기 시작했다. 유혈사태가 나는 곳이면 어디든지 W가 있었다. 브라운맨은 당시 각종 신문에 게재된 W의 사진을 첨부했다. 머리를 하얗게 민 W가 카메라를 향해 총을 겨누고 있는 사진이었다. W의 색이 다른 두 눈이 한동안 화제가 되기도 했다. W를 증오하던 몇몇 흑인들은 그의 노래를 개사해 부르며 인종차별 반대 시위를 벌였다. 아이러니하게도 그 시위는 W의 노래를 알리는 데 큰 영향을 끼쳤다. W는 잔인한 방법으로 흑인을 학대했는데, 흥미로운 건 그의 혐오 목록에 일부 백인도 포함돼 있다는 것이었다. 그렇다면 W는 백인우월주의자가 아니란 말인가? 이런 의문을 품고 있던 브라운맨은 W가 인간 자체를 혐오하게 된 것 같다고 결론 내렸다. 무엇이 그를 극단적으로 변하게 했는가? 그 뒤에는 이런 질문도 던졌다. 1973년부터 1977년까지 W의 행방은 묘연했다. W를 변화시킨 건 누가 봐도 5년의 공백이었다.

4

그 무렵 사장은 W의 음반을 구하기 위해 자리를 비우는 날이 많았다. 덕분에 나는 직원으로 고용됐다. 하는 일이라곤 손님에게 책을 찾아주고 가끔 바닥과 책장을 쓸고 닦는 일뿐이었다. 대가로는 원하는 책을 양껏 받았다. 책을 훔칠 일이 없어서 마음은 편했지만 한편으로는 왠지 모르게 허전했다.

학교를 가는 척하고 집을 나와 서점에 오는 게 내 하루 일과의 전부였다. 그날도 그랬다. 버스에서 내린 뒤 회사가 밀집돼 있는 시가지와 반대 방향으로 조금만 걸으면 흉물스러운 상가들이 보였다. 중고품이나 악기를 파는 상가들이었다. 서점은 그 상가 중에서도 가장 후미진 곳에 있었다. 하늘은 아침부터 흐렸고 버스에서 내리자 비가 쏟아지기 시작했다. 우산을 치켜든 직장인들이 종종걸음으로 나를 지나쳐 갔다. 서점에 도착할 때가 되자 어느새 나는 텅 빈 거리를 혼자 걷고 있었다.

서점 처마 아래에는 낯선 소녀가 서 있었다. 비를 피하고 있는 모양이었다. 단발머리는 물에 젖은 채 주먹만 한 머리통에 착 달라붙어 있었고, 얼굴에는 고양이가 할퀸 것처럼 핏물이 밴 생채기가 가득했다. 비에 젖어 살갗에 달라붙은 원피스 속으로는 하얀 브래지어가 비쳤다. 여러모로 외설적인 분위기를 풍기는 소녀였다. 나는 본의 아니게 소녀를 향해 걷는 꼴이 됐다. 서점에 다다랐을 때 우리는 눈이 마주쳤다. 소녀는 나를 흘끗 보곤 얼른 시선을 피했다. 무시당했다는 기분이 들었다. 불현듯 스쳐 지나가는 인물이 하나 있었다. 저 낯선 소녀를 보자 W의 연인 미란다가 떠오른 것이다. W는 입버릇처럼 고향 인스부르크를 제외한다면 미란다만이 자신의 유일한 사랑이라고 말하곤 했다. 3장 「그래도 사랑」에는 다음과 같은 에피소드가 나온다.

1971년 봄, 텍사스 아칸소 주의 자그마한 극장 앞에서 W는 미란다를 처음 만났다. W와 눈이 마주쳤지만 미란다는 졸린 듯 눈가를 비비며 시선을 돌렸다. 그의 색이 다른 두 눈에 관심을 보이지 않는 여자는 미란다가 유일했다. W는 미란다에게서 눈을 뗄 수 없었다. 사진 속 엄마의 무심한 표정이 떠올랐던 것이다. 인스부르크의 자작나무 숲을 배경으로 촬영된 그 사진에서 엄마는 무표정한 얼굴로 우중충한 하늘을 올려다보고 있었다. W를 낳자마자 숨을 거둔 엄마의 처녀 시절 사진이었다.

나는 W에게 공감했다. 미란다처럼 무심한 소녀에게 나를 증명하고 싶은 기분이 들었던 것이다. 나는 소녀를 짐짓 모른 척하며 서점에 들어섰고, 빗자루로 바닥을 쓸면서 창밖을 곁눈질했다. 창밖에서 소녀가 서성이는 게 보였다. 서점에 들어오고 싶어 하는 눈치였다.

"들어와요. 어떤 책 찾아요?"

나는 문을 열고 소녀에게 말을 걸었다. W가 하루 종일 미란다를 따라다니던 끝에 데이트 신청을 한 것처럼 용기를 낸 것이다. 그러나 소녀는 나를 아래위로 훑어볼 뿐 말이 없었다.

"구경이라도 해요."

나는 아무래도 상관없다는 듯 어깨를 으쓱하곤 뒤돌아섰다. 소녀의 발걸음 소리가 등 뒤에서 들렸다.

비가 그친 뒤에도 소녀는 꼼짝 않고 책을 읽고 있었다. 나는 손걸레로 책장을 닦으며 소녀 곁으로 다가갔다. 소녀가 보고 있는 책은 『뤄첸진의 전화』였다. 뤄첸진이 첫사랑 핑핑에게 매일 밤 전화를 걸어 사랑을 고백하는 치기 어린 연애소설이었다. 아직 낯간지러운 사춘기 취향에서 벗어나지 못한 걸까. 그렇다고 소녀에게 실망한 건 아니었다. 나 역시 『뤄첸진의 전화』를 막 읽고 나서는 그 애절한 대사에 반해 밤마다 장난전화를 걸었던 것이었다.

나는 다만 『무덤 속의 엘레나』처럼 끝내주는 연애소설을 권하고 싶었다. 그러나 바람난 애인에게 복수하기 위해 무덤에서 걸어 나온 엘레나처럼 싸늘한 표정인 소녀에게 선뜻 다가서지 못했다. 미란다, 조금만 더 옆으로 가. 나는 중얼거렸다. 내 마음이 전달됐는지 소녀는 『뤄첸진의 전화』를 꽂아 넣은 뒤 자리를 옮겼고 얼마 지나지 않아 J. C. 머레이의 『노련한 교도관 디호프』를 꺼내 들었다. 『무덤 속의 엘레나』는 아니었지만 나는 내심 만족스러워하며 고개를 끄덕였다. 정신착란증에 시달리던 늙은 교도관 디호프가 죄수들의 탈옥을 도와주고 텅 빈 감방에서 목을 매다는 『노련한 교도관 디호프』의 마지막 대목은 단연 압권이었다. 여차하면 마지막 대목을 언급하며 말을 걸어볼 참이었다. 그때였다. 문을 벌컥 열며 들어온 사장이 내 기대를 무참히 깨뜨렸다. 사장은 웅덩이에 빠진 몰티즈처럼 흠뻑 젖어 있었다.

"오늘도 못 구했어."

사장이 숨을 헐떡이며 말했다. 그 와중에도 눈두덩을 벅벅 긁으며 W를 따라 하는 것을 잊지 않고 있었다. 사장은 W의 음반을 찾아 미군부대와 암시장을 헤맨 것을 구구절절 설명하기 시작했다. 나는 그의 응석 때문에 한동안 소녀를 보지 못했다.

"별일 없었지?"

사장이 가게 일은 둘째 문제라는 듯 지나가는 말로 물었다. 나는 고개를 끄덕였다. 그때였다. 부스럭대는 소리가 나서 고개를 돌리자 출입문을 향해 걷고 있는 소녀가 보였다. 소녀의 걸음걸이가 어딘지 모르게 부자연스러웠다. 흠뻑 젖은 원피스 속으로 『노련한 교도관 디호프』가 어렴풋이 비쳤다.

"쟤 미란다랑 닮지 않았냐?"

사장이 소녀를 곁눈질하며 속삭였다.

5

1972년 11월, 그러니까 W가 사라지기 4개월 전의 일이었다. W는 아칸소 주에서 개최된 인종차별 반대 집회에 참여한 뒤 작은 클럽에서 공연을 했다. 집회는 연방경찰에 의해 시작도 하기 전에 해산됐고, 클럽에서 W의 노래를 듣는 관중은 거의 없었다. 힘이 빠진 W는 펍에 들러 위스키를 잔뜩 마셨다. 유달리 어두운 겨울밤이었다. 술에 취한 W는 터덜터덜 텅 빈 거리를 걷고 있었다. 미란다와 함께 투숙 중이었던 코엔 모텔로 돌아가는 길이었다.

W는 단골 잡화점에 들러 샌드위치와 맥주를 주문했다. 그러나 멕시코계 주인 알폰소는 평소와 달랐다. 불안한 표정으로 거래에 필요한 최소한의 말만을 건넬 뿐이었다. W는 알폰소의 행동이 석연치 않다고 생각했고 재빨리 뒤로 돌아섰다. 문을 열자 대여섯 명의 스킨헤드들이 허연 입김을 내뿜으며 W를 노려보고 있었다.

스킨헤드들은 W를 따라왔다. 등 뒤에서 육중한 발걸음 소리가 들렸다. W는 재킷 속의 콜트를 움켜쥐었다. 문득 공연장의 관중들이 이처럼 자신을 따라와줬으면 하는 생각이 들었다. 헛웃음이 비집어 나왔다. 그때 W의 머릿속에 미란다가 위험할지도 모른다는 불길한 생각이 스쳐 지나갔다. 취기가 금세 수그러들었다. W는 발걸음을 빨리하여 모텔에 다다랐다.

모텔 종업원은 W가 들어오자 다급하게 위를 가리켰다. W가 나선형 계단을 뛰어 올라가고 있을 때 밑에서 종업원의 비명과 총성이 연달아 들렸다. W는 총을 움켜쥔 채 방문을 열었다. 미란다는 우람한 스킨헤드 두 명과 침대 위에서 뒤엉켜 있었다. 피투성이가 된 미란다는 넋이 나가 있었다.

"오! 미란다. 멈춰!"

W가 침대 위의 백인들을 향해 방아쇠를 당기려 하는 순간 관자놀이에 총구가 닿았다. 깜짝 놀란 W는 자리에 주저앉았다. 눈앞에는 자신에게 리볼버를 겨누고 있는 백인 사내가 보였다.

"내가 또 뭘 잘못했어?"

W가 울먹이며 물었다.

"너야말로 왜 깜둥이 편을 드는데?"

백인이 되물었다. 그는 텍사스의 KKK단 보스 헤링턴이었다.

그로부터 4개월 뒤였다. 우울증에 시달리던 미란다는 목을 매 자살했다. 미란다의 장례를 치르고 W는 자취를 감추었다. 그리고 5년 뒤 헤링턴은 W의 손에 죽었다.

—4장 「이것저것 따져볼 것도 없이」, p. 689

6

이튿날 우리는 서점 앞에서 다시 맞닥뜨렸다. 소녀의 얼굴에는 피가 응고되어 생긴 딱지들이 가득했다. 소녀는 여전히 나를 본체만체했다. 보면 볼수록 미란다와 비슷한 분위기가 느껴졌다. 나는 소녀에게 "안녕" 하고 인사했다. 소녀는 갑작스러운 반말에 당황한 기색이 역력했다. 가을 하늘은 더할 나위 없이 맑았다.

나는 서점에 들어섰다. 카운터 위에는 맥주 캔과 컵라면 용기가 나뒹굴고 있었다. 지난밤 사장이 남긴 흔적이었다. 나는 출입문을 활짝 열었다. 선선한 아침 공기가 들어왔다.

"들어와."

나는 안을 기웃거리는 소녀에게 외쳤다. 여자에 대한 자신감! 여자는 깔볼수록 좋아해! 저항하면 가차 없이 덮쳐버려! 『뤼첸진의 전화』에서 친구 리치앙이 소심한 뤼첸진에게 가르쳐준 비법이었다. 리치앙은 부잣집 딸을 강간하여 마을 사람들에게 맞아 죽었다.

"『노련한 교도관 디호프』는 어땠어?"

나는 쭈뼛대며 들어오는 소녀에게 물었다. 내가 들어도 자신감 넘치는 목소리였다.

"무슨 뜻이에요?"

소녀가 신경질적으로 되물었다. 리치앙의 비법은 효과적이었다. 드디어 소녀가 입을 연 것이다. 나는 어른스럽게 책을 훔치는 건 죄가 아니라고 말했다. 소녀의 얼굴이 일그러지기 시작했다. 나는 소녀의 반응에 아랑곳하지 않고 『노련한 교도관 디호프』의 마지막 대목에 대해 설명해나갔다. 장르에 묶이지 않고 한발 더 나아갔다는 둥, 서사와 당시 시대상이 오묘하게 일치한다는 둥, 특유의 단문이 돋보인다는 둥. 언제부턴가 소녀가 나를 빤히 쳐다보는 게 느껴졌다. 입꼬리를 살짝 올리는 품이 비웃는 것 같았다.

"그게 뭐가 좋다는 거지? 바스티유가 이미 『포도밭 사냥꾼』에서 다 했던 거잖아. 아류야 이건."

소녀가 말했다. 소녀도 반말을 하고 있었다. 게다가 나를 무시하는 어투였다. 순간 소녀가 인류의 지식을 총망라한 『아사모아 백과사전』이라도 된 것처럼 보였다.

그날 이후 우리는 수많은 책에 대해 이야기했다. 내가 주로 장르 소설만 탐독하는 데 반해 소녀는 모든 종류의 책을 섭렵하고 있었다. 소녀가 좋아하는 소설 중 하나는 헝가리의 여성 작가 린네의 『솔라리스, 그 미로의 변경』이었다. 물 샐 틈 없이 완벽한 구조

였고, 인물의 감정이 전혀 노출되지 않는데도 다 읽고 나면 가슴이 뭉클해지는 소설이었다. 반면 나는 다소 거칠고 감상적이더라도 즉발적인 감흥을 유발하는 것들이 좋았다. 추도위의 『생명과 윤리』가 그 예이다. 고루한 제목과는 달리 『생명과 윤리』는 태국 최초의 포르노 소설이다. 나는 륑웨이와 와랑카나의 후배위를 몇 년째 잊지 못하고 있다.

소녀의 이름은 유리였다. 우리는 동갑이었다. 취향의 차이가 극명했지만 우리는 책 이야기를 나누며 가까워졌다. 유리는 매사에 수동적이었던 미란다와는 달리 자기주장이 강한 아이였다. 유리는 책을 읽으면 엄마가 칭찬해줬기 때문에 많은 책을 읽기 시작했다고 한다. 언제부턴가는 책을 읽어도 엄마가 칭찬해주지 않자 오기로 더 많은 책을 읽기 시작했다고 한다. 호기심이 인 나는 이것저것 캐물었지만 유리는 더 이상 자신의 이야기를 하지 않았다. 유리의 상처도 점점 깊어지고 있었다. 유리가 온몸에 칼로 베인 듯한 상처를 입고 오기 시작한 것도 그 무렵이었다.

유리에게는 독선적인 면도 있었다. 내가 어떤 책에 대해 이야기하면 유리는 고개를 가로저으며 다른 책을 권하는 식이었다. 얘기를 나눌수록 유리의 모든 게 고까워지기 시작했다. 내가 좋아하는 책을 모조리 비난했으므로 은근히 자존심이 상했던 터였다. 나는 나도 모르게 유리의 허점을 노리고 있었다. 그날도 유리는 나를 몰아세우고 있었다. 여자의 옷을 벗기고 폭력이 난무하는 저급한 소설만 좋아한다는 이유였다.

"취향을 좀 바꿔보는 게 어때?"

유리가 내 어깨에 손을 턱 얹으며 훈계하듯 말했다. 수치심에 나도 모르게 주먹이 불끈 쥐어졌다. 유리의 손목에 수없이 그어진 빨간 줄들이 눈에 띈 건 그때였다. 수갑처럼 손목에 채워진 상흔들이 유리의 비밀을 폭로하고 있는 듯했다. 나는 결정적인 증거를 찾은 형사처럼 유리의 손목을 낚아챘다.

"내가 왜 취향을 바꿔야 하지? 그러다가 너처럼 자해 중독자가 되라고? 혹시 내 관심을 끌기 위해 일부러 상처를 내는 거야?"

나는 참다못해 터뜨리고 말았다. 일순간 유리의 표정이 일그러졌다. 눈에는 금세 눈물이 그렁그렁 맺혔다. 나는 의외의 반응에 놀라 유리의 손목을 놔주었다. 나오는 대로 내뱉은 말이 일리가 있는 모양이었다. 오, 미란다. 충동적으로 그만…… 괜한 말을 했어. 나는 속으로 중얼거렸다. 미안한 마음이 든 나는 유리를 달래기 위해 책을 마음껏 가져다 읽어도 된다고 했다.

"너란 놈은 평생 가도 3류 소설만 읽어댈걸?"

유리는 얼굴을 금세 곧게 펴고 쏘아붙였다. 나는 한동안 잠자코 유리의 독설을 들어주었다. 그래도 분이 안 풀렸는지 씩씩대던 유리가 갑자기 단추를 풀기 시작했다. 그리고 원피스를 양옆으로 벌린 채 어디 한번 보라는 듯 내게 드밀었다. 조그만 유방을 감싼 브래지어 밑에는 새까만 멍 자국이 나 있었다.

그 이후 나는 한껏 풀이 죽어 지냈다. 유리는 기세가 등등하여 나를 마음 놓고 타박했다.

“『파라솔이 접힌 오후』는 읽어봤어?”

언젠가 나는 마지막이라는 심정으로 유리에게 이렇게 물었다. 유리는 맥없이 고개를 저었다. 뜻밖의 일이었다. 나는 신이 나서 W의 얘기를 늘어놓기 시작했다. 눈두덩만 긁지 않을 뿐 사장과 다를 바 없었다. 내가 언제 이렇게 W에게 열광했나 싶었지만 멈출 수 없었다. 유리가 W에게 관심을 갖기 시작했기 때문이었다. 유리는 기회가 날 때마다 『파라솔이 접힌 오후』를 언제 읽을 수 있냐고 칭얼대곤 했다. 그러나 『파라솔이 접힌 오후』는 사장의 품 안에 있었다. 사장은 W의 평전을 들고 매일 어딘가를 쏘다녔다. 밤새 서점에 있다가 이른 새벽 흔적만 남긴 채 사라졌다. 어쩌다 낮에 마주쳐도 음반을 구하는 게 녹록지 않다고 징징거린 뒤 금방 또 밖으로 나갔다. 책을 빌려달라는 말이 선뜻 나오지 않았다. 튀기도 사장을 찾아왔다가 허탕을 치고 돌아가기 일쑤였다.

7

유리와 나는 너무 달랐다. 날이 지날수록 말이 통하지 않는 기분이 들었다. W에 대한 이야깃거리도 금세 떨어지고 말았다. 유리가 어떤 책에 대해 말하면 나는 다른 생각을 하면서 고개만 끄덕이는 식이었다. W가 말없이 자신을 따르는 미란다를 왜 사랑했는지 알 것 같았다. 유리도 내 심경을 눈치챘는지 예전처럼 모질게 굴진 않았다. 아니, 표독스러운 말버릇은 여전했지만 유리에 대한 환상을 버린 나는 상처받지 않았다. 우리는 최소한의 대화만을 나눈 채 각자가 고른 책에 빠져들었다.

그 무렵은 첩보 소설에나 나올 법한 을씨년스러운 늦가을이었다. 행인들의 외투가 두꺼워졌고 도색이 벗겨진 상가들이 더욱 흉물스럽게 느껴졌다. 나는 정보부에 쫓기는 퇴물 스파이처럼 외투 깃을 촘촘히 여민 채 서점을 향해 걸었다.

서점에 도착했을 때 이상한 기운이 느껴졌다. 출입문이 열려 있었던 것이다. 서점에서 일한 이후 처음 있는 일이었다. 나는 출입문 앞을 한참 동안 맴돌았다. 강도가 든 건 아닐까. 추리소설을 읽었던 기억을 총동원해 머리를 굴리던 중 문득 이런 생각이 스쳐 지나갔다. 나는 허둥지둥 서점 안으로 뛰어 들어갔고, 분실된 책이 있나 해서 구석구석을 살폈다. 서점은 그대로였다. 나는 왠지 실망스러워서 터덜터덜 카운터로 돌아가고 있었다. 그때였다. 어디선가 희미한 노랫소리가 흘러나왔다. 캘리포니아의 볕 좋은 해변이 떠오르는 서정적인 멜로디였다. 창고 문틈에서 빛이 새어 나오고 있었다. 나는 창고를 향해 조심스럽게 다가갔다.

환풍구도 없는 창고 안은 쾌쾌하기 그지없었다. 대마초가 담긴 상자들이 시멘트 벽에 기대 켜켜이 쌓여 있었다. 지독한 대마초 향 때문에 욕지기가 솟았다. 범인은 대부분의 추리소설이 그렇듯 의외의 인물이었다. 사장이 방 한가운데 몸을 웅크리고 앉아 있었던 것이었다. 사장은 나를 보곤 눈을 찡긋했다. 자신감이 넘쳐 보였다.

노래는 사장의 발치에 놓인 턴테이블에서 흘러나오고 있었다.

턴테이블 위에서 LP판이 힘 빠진 팽이처럼 위태롭게 돌아가고 있었다.

"구했어."

사장이 턴테이블을 고갯짓했다. 그리고 콧노래를 흥얼거리기 시작했다. "어때? 이게 W의 노래야"라고 말하는 듯했다. 나는 어정쩡하게 선 채 주위를 살폈다. 벽에 붙은 메모지들이 보였다. 메모지에는 "마지막까지 날 외롭게 하는군요" "내겐 인스부르크와 미란다뿐이야"와 같은 W의 말들이 적혀 있었다. 바닥에는 『월콕 프루스트가 음악사에 대해 말한다』와 『발광자들의 멜로디』를 비롯한 음악 서적들이 너저분하게 널려 있었다. 더 관찰할 필요도 없이 W에게 미친 사람의 방이었다.

다음은 「파라솔이 접힌 오후」의 가사 전문이다.

나는 파라솔 그늘에 숨어버렸어

그래 그건 한여름의 태양이었어

우리는 여름 내내 오르막길을 오르며 거친 숨을 몰아쉬었지

여긴 구겨진 꿈들이 넘치는 곳이야

화창한 오후 파라솔을 접고 햇빛을 봐

귀가 잘린 남자들

발을 저는 여자들

나는 꿈을 꾸는 모든 것들과 이별할 수 있다고 속삭였어

파라솔을 다시 펼치고 말해봐

나를 어두운 그늘 속에 숨겨달라고

『파라솔이 접힌 오후』 4장에는 이 노래의 모티브로 짐작되는 일화가 하나 나왔다.

1952년 당시 W가 살던 LA의 매그놀리아 23번가는 이민자들의 집합소였다. W는 원체 내성적이기도 했거니와 어디서나 주목받는 짝눈과 서툰 영어 때문에 친구들에게 따돌림을 당했다. 알코올중독자인 아버지도 밤마다 W를 폭행했다. W는 대부분의 시간을 어두운 판잣집에 숨어 지냈다. 라디오에서 흘러나오는 노래를 따라 부르는 것만이 W의 낙이었다. 음악은 적어도 W를 따돌리거나 괴롭히지 않았다. 「파라솔이 접힌 오후」의 노랫말대로 어린 시절 W는 파라솔 그늘 속에 몸을 숨긴 셈이었다.

같은 해 9월이었다. 어둑해질 무렵 W는 산책 삼아 거리로 나섰다. 주택가를 지나 공터에 다다르자 농구를 하고 있는 흑인 아이들이 보였다. W는 가슴이 덜컹했다. 평소 W를 괴롭히던 브룩스 일당이었던 것이다. W는 급히 집 방향으로 발걸음을 돌렸다.

"같이 할래?"

그때 브룩스의 목소리가 W를 멈춰 세웠다. 고민을 거듭하던 W는 조심스레 그들에게 다가갔다. 브룩스 일당은 기다렸다는 듯이 W를 붙잡아 동네 어귀의 커다란 이팝나무까지 끌고 갔다. 몇몇 이웃들을 마주쳤지만 모두 W를 외면했다. 브룩스 일당은 W를 나무에 묶어놓고 주먹을 휘두르기 시작했다.

"같이 하자면서?"

주먹질을 견뎌내던 W가 서툰 영어로 물었다. 브룩스 일당은 낄낄대며 더 악랄하게 W를 괴롭혔다. 밤이 되자 그들은 떠나버렸다. W는 어둠에 휩싸인 마을을 응시했다. W를 찾는 사람은 아무도 없었다.

다음 날 아침, W는 뜨거운 햇빛을 받으며 잠에서 깨어났다. 햇빛은 온몸에 난 상처를 따갑게 만들었다. 햇빛을 피해 도리질 치던 W는 변해야겠다고 다짐했다. W는 그 무렵부터 기타를 배우기 시작했다. 파라솔을 접고 햇빛을 견뎌보기로 마음먹은 것이다.

노래를 들려준 이후 사장은 다시 밖으로 나돌았다. 내게 아예 창고 열쇠까지 맡기면서 튀기가 찾아오면 상자를 건네라고 말하는 품이 당분간 W에게 전념하겠다는 뜻 같았다. 사장이 자리를 비운 동안 몇몇 단골들이 서점에 다녀갔다. 고서점이 명목을 유지하는 건 끊이지 않고 찾아오는 단골들 덕분이다. 나는 카운터에 앉아 책을 읽다 지겨워지면 그들에게 어떤 책을 권할까 상상하곤 했다. 그러나 독서에 몰입한 이들에게 접근하는 건 상상만큼 쉽진 않았다. 유리는 일주일 내내 한자리에 앉아 『말 못하는 진심』을 10권까지 완독했다. 책을 읽는 동안 작은 소음이라도 들리면 눈을 치켜뜨고 투덜거렸다. 정장 차림의 중년 남자는 서점의 가장 어두운 자리에 앉아 『잭 런던의 이야기를 들어보세요』를 읽었다. 하루 종일 그의 존재를 잊어버린 적도 있었는데, 서점 문을 닫을 때 그를 발견하고 깜짝 놀란 적도 있었다. 군용 야상을 입은 노인은 『벙어리 소년 아이티』를 보면서 훌쩍거렸다. 그 노인은 책을 다 읽은 뒤 내게 다가와 다른 책을 추천해달라고 했다. 그러나 나는 본의 아니게 노인의 말을 무시했다. 유리가 극찬한 『백치들의 선상파티』를 읽으며 이토록 지루한 소설을 대체 왜 좋아할까 하는 생각을 하느라 바빴던 것이다. 나는 서점을 빠져나가는 노인의 뒷모습을 흘끗 보곤 다시 책을 읽기 시작했다.

서점은 거대한 파라솔로 뒤덮인 것처럼 어두침침했다. 여기엔 수많은 책들이 있다. 책들은 W의 아버지처럼 때리지 않는다. 브룩스 일당처럼 괴롭히거나 "같이 할래?"라는 달콤한 말로 기만하지도 않는다. 책들은 라디오에서 흘러나오는 선율처럼 우리에게 속삭인다. 파라솔 그늘 밑에서도 넌 혼자가 아니라고.

8

유리가 서점에 오는 횟수는 점점 줄어들었다. 유리의 행방이 궁금했지만 오랜만에 혼자 책을 읽는 시간을 빼앗기긴 싫었다. 그날도 그랬다. 나는 저녁까지 서점에 남아 프랑스 추리소설 『베테랑 형사 뒤퐁』을 읽고 있었다. 책에 흠뻑 빠진 나는 뒤퐁과 함께 용의자를 쫓아 파리 전역을 헤집었다. 우리를 방해하는 건 아무것도 없었다. 튀기가 갑자기 서점에 들이닥치기 전까진 말이다. 튀기는 사장이 질 나쁜 대마초를 비싼 가격에 팔고 있었다며 다짜고짜 화를 내기 시작했다. 그리고 내게 사장의 행방에 대해 캐물었다. 내가 모른다고 하자 튀기는 서점을 헝클어뜨리기 시작했다. 책장과 책이 뒤엉켰고 나는 몇 번이나 멱살을 잡혔다. 그러나 베테랑 형사 뒤퐁은 리볼버의 총구가 관자놀이에 닿아도 절대 겁먹는 법이 없었다.

나는 끝까지 잡아뗐다. 어차피 나는 사장에 대해 잘 모른다. 사장은 사적인 얘기는 하지 않았다. 관찰한 것을 통해 추측하는 수밖에 없었다. 사장은 말과 표정이 없었고, 찾아오거나 전화를 걸어오는 이도 없었고, 흉터나 착용한 장신구도 없었다. 뚱뚱하고 못생겼기 때문에 여자도 없을 것이었다. 집도 없어 창고에서 숙식을 해결한다. 모든 것을 종합해봤을 때 내가 아는 거라곤 사장이 지독한 외톨이라는 것뿐이었다. 단서가 하나 있긴 했다. 바로 W였다. 그러나 W라는 단서는 튀기가 새겨들을 만큼 현실적이지 못했다.

얼마 지나지 않아 튀기는 잠잠해졌다. 이만하면 아무리 책을 빼내도 끝이 없다는 것을 깨달았을 것이다.

“야한 거 좀 가져와봐.”

튀기가 의자를 끌어와 앉으며 말했다. 무작정 사장을 기다리는 것으로 방법을 바꾼 모양이었다. 주로 멍청한 악당들이 쓰는 방법이다. 나는 바닥에 널브러진 책 중 『혀끝으로의 여행』을 골라 들었다. 여주인공의 나체를 묘사하는 데 급급한 3류 포르노였다. 저렇게 멍청한 놈은 이 정도만 해도 만족할 것이다. 예상대로 『혀끝으로의 여행』은 튀기의 입을 다물게 만들었다. 나는 얼마간 멀거니 튀기를 바라보다가 『베테랑 형사 뒤퐁』을 펼쳐 들었다. 튀기의 휴대폰이 울린 건 그때였다. 튀기는 긴장한 얼굴로 전화를 받더니 "죄송합니다"를 반복하다가 "곧 가보겠습니다"라고 말했다. 전화를 끊은 튀기는 긴 숨을 내쉬었다. 그리고 내게 사장에게 일주일 뒤 다시 온다고 전하라고 했다. 그는 몹시 피곤해 보였다.

"이건 빌려 간다."

튀기가 『혀끝으로의 여행』을 흔들며 서점을 빠져나갔다. 위급 상황이었다. 현실이 추리소설과 같다면 튀기보다 무서운 악당들이 사장을 노리고 있을 것이다. 밤늦게까지 책을 정리하며 사장을 기다렸지만 헛수고였다.

그다음 날이었다. 나는 사장에게 튀기의 말을 전하기 위해 평소보다 일찍 나왔다. 그러나 사장은 자리에 없었다. 카운터 위의 흔적으로 보아 새벽에 잠깐 다녀간 모양이었다. 나는 괜히 불안해져 문을 걸어 잠갔다. 혹시나 해서 창고 안을 기웃거렸지만 옷가지만 어지럽게 널려 있을 뿐 사장은 없었다. 불현듯 외로움이 몰아닥쳤다. 어린 시절의 W가 외로움을 어떻게 달랬는지 궁금해졌다. 나는 창고 안에 들어섰다. 그리고 턴테이블 위에 W의 앨범을 얹어놓고 차가운 바닥 위에 앉았다. 「파라솔이 접힌 오후」가 흘러나오기 시작했다. W와 이야기하는 기분이 들었다.

문을 두드리는 소리가 들린 건 그때였다. 나는 튀기인가 해서 허겁지겁 음악을 끈 뒤 소리를 죽이고 있었다. 다행히 튀기가 아니었다. 밖에서 유리의 목소리가 들린 것이다. 나는 서둘러 밖으로 나갔다. 유리가 거세게 문을 두드렸다. 나는 허겁지겁 가까운 책장에서 『볼티모어의 벌목공들』을 빼 들고 문을 열어주었다. 오랜만에 보는 유리의 모습이었다. 상처도 없었고 옷도 깨끗했지만 어딘지 모르게 초췌해 보였다.

"안에 있으면서 왜 문을 잠가?"

"책 좀 보느라."

나는 손에 들고 있는 『볼티모어의 벌목공들』을 보여주며 대꾸했다.

"자위라도 했어?"

유리가 쓴웃음을 흘리며 물었다. 생각해보니 『볼티모어의 벌목공들』은 나무를 베다 지친 벌목공들이 숲 속의 소녀를 윤간하는 내용이었다. 유리는 『볼티모어의 벌목공들』의 비논리성에 대해 쉴 새 없이 입을 놀렸다. 유리의 입에 재갈을 물리고 싶다는 생각이 들었다.

9

브라운맨은 5장 내내 W의 행적을 추적했다.

미란다의 장례를 치른 뒤 상심에 잠겨 있던 W는 돌연 인스부르크로 떠났다. 고향만은 언제든지 자신을 받아줄 거라고 확신해왔던 터였다. 브라운맨은 다섯 페이지에 걸쳐 인스부르크의 풍경 사진들을 보여주었다. 깡마른 자작나무들이 늘어선 숲, 소 떼가 거니는 횅댕그렁한 초지, 거칠고 무표정한 농부들. 사진으로 보기에 인스부르크는 볼품없는 동유럽 시골 마을의 전형이었다.

인스부르크에 도착한 브라운맨은 W의 이웃이었던 아가타 부인을 찾아갔다. 백발이 된 아가타는 오두막에 딸린 마당에 앉아 뜨개질을 하고 있었다. 햇빛이 따사로운 정오였다. 마당에는 짧고 부드러운 풀들이 돋아 있었다. 브라운맨이 W에 대해 묻자 아가타가 뜨개질을 멈추고 대답했다. "W요? 미국으로 도망간 술주정뱅이 얀코의 아들. W는 겁이 많았어요. 쥐만 봐도 벌벌 떨었지. 요망스러운 두 눈 때문에 항상 우울해 보였지요. 나는 아직도 노을이 질 무렵 나무둥치에 앉아 제 아빠를 기다리던 W가 생각나요. 그때 W는 노래를 불렀어요. 우거진 숲의 요정, 으로 시작되는 동요였는데 기가 막히게 잘 불렀지. W는 10년 전 이곳으로 되돌아왔어요. 무슨 배짱인지. 얀코가 어떻게 하고 마을을 떠난 줄 알아요? 우리에게 사기를 쳤어요. 농토와 가축이 전부 팔려나갔지. 빈털터리가 돼 자살한 사람도 있었어요. 우리가 W를 내쫓은 건 당연했지요. 당신이라도 그렇게 했을 거예요. 더 이상 그 집안 얘기는 꺼내지도 말아요." 아가타 부인은 액땜이라도 하듯 땅에 침을 뱉고 다시 뜨개질을 하기 시작했다. 고향에 대한 W의 환상은 착각이었다.

미국으로 돌아온 브라운맨은 W의 지인들을 차례로 만났다. 그러던 중 W가 밴드를 함께했던 드러머에게 정기적으로 소식을 전했다는 것을 알게 됐다. W는 인스부르크에서 쫓겨난 뒤 유럽 전역을 떠돌며 드러머에게 편지를 보냈다. 독일 쾰른에서 보낸 편지가 마지막이었다. 브라운맨은 수소문을 거듭하며 독일 전역을 떠돈 끝에 동독 아이슬레벤의 바덴정신병원에 도착했다.

2차 세계대전 때부터 바덴정신병원에서 일한 늙은 수간호사 베라는 브라운맨에게 병원 곳곳을 구경시켜주었다. 새하얀 벽면 뒤에서 환자들의 고성과 흐느낌이 오갔다. 창밖으로 가파른 하르츠 산맥이 보였다. "신비로운 두 눈 때문에 그를 기억해요." 베라는 W가 토요일마다 열렸던 자선파티에서 종종 노래를 불렀다며 많은 사람들이 그의 공연에 환호했다고 회고했다. "그는 도통 웃는 법이 없었죠. 바카렌토증후군 환자인 그에겐 휴식이 필요했어요." 1차 세계대전에서 패한 뒤 독일 사회는 혼란스럽기 그지없었다. 그 틈을 타 1918년 민주주의혁명이 일어났다. 바카렌토는 독일혁명 당시 정부군 편에 섰던 남자였다. 한때 혁명군의 요직을 맡았던 대장장이 바카렌토가 정부군의 집요한 설득과 협박에 못 이겨 변절한 것이었다. 정부군은 선전의 일환으로 바카렌토를 앞세웠다. 혁명군은 그 대가로 바카렌토의 가족들을 총살했다. 혁명군의 승리로 상황이 종료된 뒤 바카렌토는 혁명군을 피해 도망 다니는 신세로 전락했다. 극심한 대인기피증에 시달리던 바카렌토는 결국 도나우강에 뛰어들었다. "바카렌토증후군 환자는 자신을 극도로 혐오해요. 그러다가 대인기피증에 걸리거나 폭력적으로 돌변하죠." W가 입원했던 70년대 후반에도 바카렌토증후군 환자는 유럽 전역에 득실거렸다. "이게 다 동서를 가른 이념 탓이죠." 베라는 창밖 하르츠 산맥의 어딘가를 손가락으로 가리키더니 고개를 절레절레 저었다.

강한 햇살 속에서 W는 더 이상 버티지 못했다. W는 자취를 감추고 다시 파라솔 아래 숨고 싶었을 것이다. 그러나 사람들은 자꾸 W의 파라솔을 빼앗으려고 했다. 브라운맨은 이렇게 서술했다.

10

사장이 모습을 드러낸 건 튀기가 다녀간 지 사흘째 되던 날이었다. 사장은 어디에선가 구해 온 『파라솔이 접힌 오후』의 원서를 들추며 쉴 새 없이 입을 놀렸다. 몇 번이나 튀기의 말을 전하며 경고했지만 사장은 듣는 둥 마는 둥 했다. 현실에는 아예 관심이 없어 보였다.

사장이 구해 온 건 원서뿐만이 아니었다. 흙탕물에 뒹군 것처럼 꾀죄죄한 파라솔도 있었다. 사장은 파라솔을 이리저리 훑어보면서 흐뭇해했다. 실제로 파라솔을 펼치고 그 안에서 책을 읽기도 했다. 그러나 파라솔은 가뜩이나 비좁은 서점을 더 답답하게 만들 뿐이었다. 사장도 실망했는지 오래지 않아 파라솔을 접어버렸다. 그 이후 파라솔은 접힌 채로 카운터 옆에 방치돼 있었다.

W를 죽인 건 5년의 공백이 아니라 사람들의 무관심이었다. W는 죽으면서까지 관심을 받고 싶어 했던 애정 결핍증 환자였다. 브라운맨은 이렇게 결론을 내리며 『파라솔이 접힌 오후』를 끝맺었다. 사장은 브라운맨에게 불만이 많았다.

"W의 죽음은 애정 결핍만으론 해석될 수 없어. 우선 모텔 방에서 쓸쓸히 죽었다는 게 말이 안 되지. 관심을 받으려면 높은 건물에서 뛰어내리는 게 훨씬 효과적이지 않겠어?"

사장은 브라운맨이 앞에 있는 듯 삿대질을 해가면서 열을 올렸다. 원서를 읽고 브라운맨의 잘못인지 번역자의 잘못인지 확인해야겠다고 덧붙이기도 했다. 눈두덩을 빠르게 긁는 게 흥분한 모양이었다. 그러나 내 생각은 사장과 달랐다. 애정 결핍이란 말은 어느 정도 옳았다. W에게 평화나 폭력은 같은 의미라고, 그가 죽은 건 파라솔을 빼앗겼기 때문이라고, 나는 속으로 중얼거렸다. 그렇다고 사장의 의견을 비난할 생각은 없었다. 누구에게나 독해법은 있는 법이다. 『번역의 낙원』의 저자 루이 페르디낭이 창조적 의역의 중요성을 강조하며 한 말이다. 사장은 W의 잠재된 폭력성은 작은 성기와 관련이 있다는 둥, 여자들은 하나같이 그와의 잠자리에 만족하지 못했다는 둥 자신만 아는 소리를 끊임없이 지껄이고 있었다. 나는 사장의 말을 흘려들으며 책장 사이를 돌아다니기 시작했다.

어느덧 튀기와 약속한 날이 다가와 있었다. 그러나 사장은 또다시 사라지고 없었다. 뭐가 그리 급했는지 문까지 열어둔 채였다. 이번엔 W가 자살할 때 사용한 권총이라도 구해 올 모양이었다. 나는 카운터에 앉아 튀기가 오면 어떤 변명을 할까 잠시 생각했고 이내 나와 상관없는 일이라고 중얼거렸다. 그때였다. 어디선가 고무타는 듯한 냄새가 나기 시작했다. 나는 깜짝 놀라 주위를 살폈다. 살짝 벌어진 창고 문틈으로 하얀 연기가 새어 나오고 있었다. 나는 창고를 향해 살금살금 다가갔다.

놀랍게도 창고 안에는 튀기와 유리가 벌거벗은 채 뒤엉켜 있었다. 튀기는 유리의 작은 젖가슴을 정신없이 핥아대고 있었다. 반면 유리는 심드렁한 표정으로 대마초를 피우고 있었다. 가끔씩 입을 벌려 연기와 함께 옅은 신음을 흘릴 뿐이었다. 유리의 몸은 여전히 상처투성이였다. 튀기가 거뭇한 몸을 움직일 때마다 유리의 상처들이 살아 있는 것처럼 일렁였다.

나는 책을 덮듯 창고 문을 닫았다. 그리고 카운터에 앉아 먼지가 새까맣게 내려앉은 파라솔을 펼쳐 들었다.

11

W는 몇 가지 유품을 남겼다. 그중에는 미란다의 일기장도 있었다. 다음 일화는 미란다의 일기를 토대로 재구성한 것이다.

1972년 9월. 코엔 모텔 403호. 미란다가 자살하기 반년 전의 일이었다. 자정 무렵, 미란다는 창밖을 내다보고 있었다. 어둠에 잠긴 거리를 보면서 언제쯤 W가 돌아올까 생각하는 중이었다. W는 매일 밤 술에 취해 들어왔다. 먼저 자고 있으면 다른 남자가 생겼냐면서 미란다를 추궁했다. 자신을 깔본 사람들을 흉내 내보라며 윽박지르기도 했다. 미란다는 반응하지 않는 게 현명하다는 결론을 내렸다. W는 무슨 말을 하든지 너도 날 무시하는 거냐면서 미란다를 다그칠 게 뻔했다.

저 밑에서부터 발걸음 소리가 들리더니 문이 열렸다. 미란다는 창가에 우두커니 선 채 W를 바라봤다. 인사불성이 된 W가 비틀거리며 미란다에게 다가왔다. W는 미란다의 어깨를 붙잡고 그날 있었던 일을 늘어놓기 시작했다. 미란다는 묵묵히 W의 말을 들어주었다.

"미란다, 무슨 말이라도 좀 해봐."

W가 색이 다른 두 눈으로 미란다를 노려보며 말했다. 그러나 미란다는 입을 열지 않았다. W가 욕설을 내뱉으며 미란다를 바닥에 내팽개쳤다.

침대에 드러누운 W는 미란다에게 「파라솔이 접힌 오후」를 불러보라고 닦달했다. 미란다는 울먹이며 입을 달싹였다.

미란다가 작은 목소리로 노래를 부르는 동안 W는 깊은 잠에 빠져들었다.

파라솔을 펼쳐 햇빛을 가리든, 파라솔을 거둬 햇빛을 견디든.

—6장 「파라솔 그늘 밑으로」, p. 949

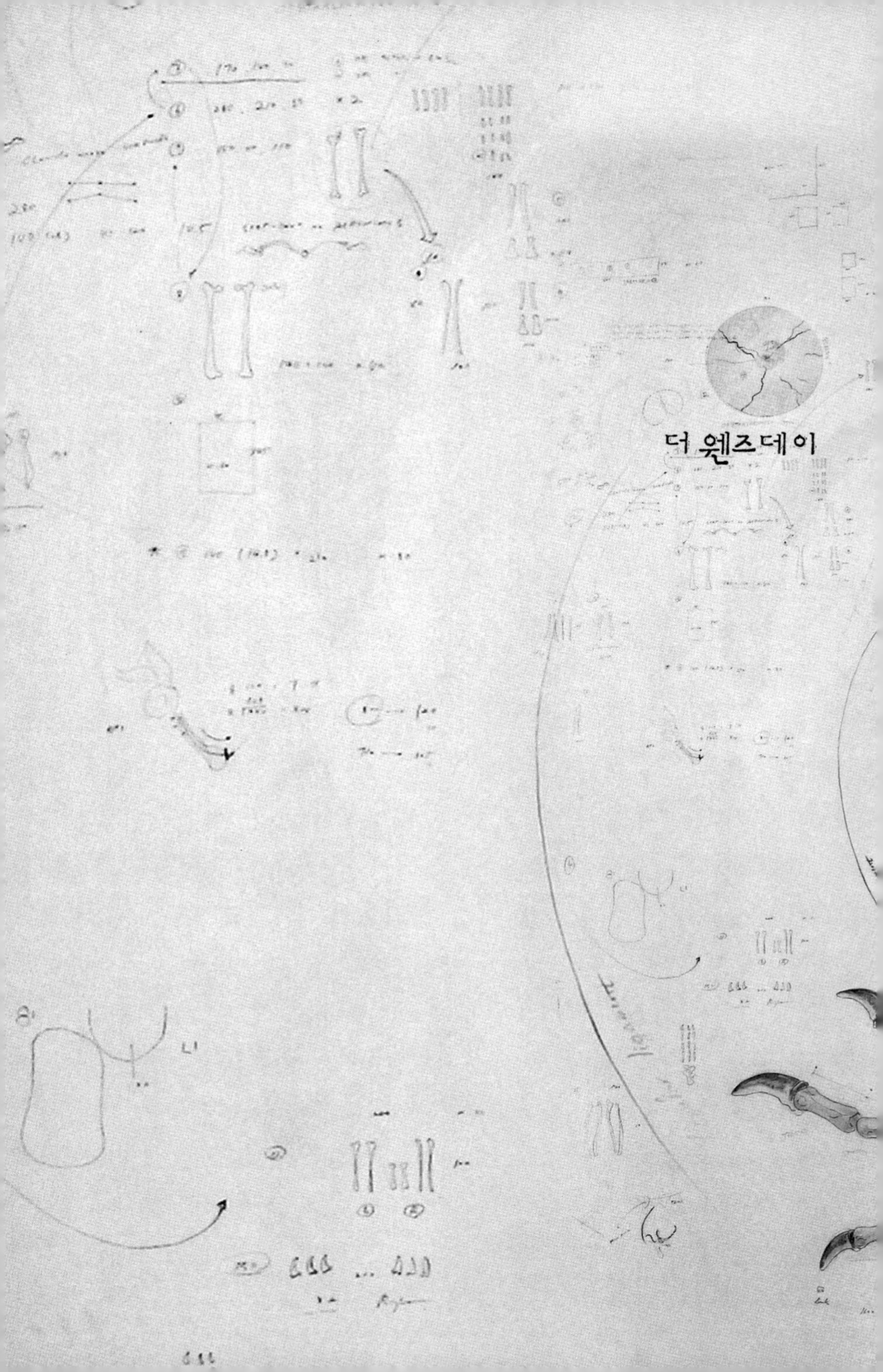

더 웬즈데이

아버지가 죽었다. 아버지는 경기도 성남의 컴컴한 모텔 방에서 민수라는 여배우와 성관계를 갖던 도중 사망했다. 주간지 『더 웬즈데이』는 아버지의 죽음을 둘러싼 사실들을 세세하게 가르쳐주었다. 사건 당일, 아버지와 민수는 선그린 모텔 403호에 묵었다. 일곱 평가량의 평범한 모텔 방이었다. 그날 밤 그들이 나뒹굴었던 조립식 침대 위에는 새하얀 담요가 깔려 있었다. 그 외에도 『더 웬즈데이』는 민수의 사진을 게재하는 데 두 면을 할애했다. 민수는 몸에 붙는 자주색 원피스를 입은 채 한껏 우울한 표정을 짓고 있었다. 가슴이 밋밋한 게 흠이었지만 도시 근교의 야산을 떠도는 노루처럼 청아하고도 불안해 보이는 미인이었다. 하긴, 『더 웬즈데이』 입장에서는 미인이 아니라면 지면을 할애할 이유도 없었을 것이다.

『더 웬즈데이』는 아버지를 한 문장으로 요약했다.

10여 척의 어선을 소유한 포항 출신의 재력가다.

대부분의 인생이 생략된 아버지가 불쌍하다는 생각이 들었다.

궁금한 게 하나 있었다. 두 사람은 어떻게 만났을까? 아니다. 확률은 낮지만 충분히 가능한 일이다. 내가 궁금한 건 다음과 같다.

돈도 많다면서 왜 변두리의 허름한 모텔에 숨어들었을까?

장례를 치른 뒤 나는 의문을 풀기 위해 가판대에서 『더 웬즈데이』를 구입했다. 혹시 『더 웬즈데이』가 20여 년을 남남처럼 지내온 나보다 아버지를 더 잘 알고 있을지도 모른다는 생각에서였다. 그러나 의문을 풀 수는 없었다. 한 주가 지나자 아버지가 지면에서 흔적도 없이 사라져버린 것이다. 민수 역시 마찬가지였다. 그들이 있던 자리는 다른 여배우들이 대체하고 있었다. 아버지는 그렇다 치더라도 민수 역시 두어 편의 독립영화에 얼굴을 내밀었을 뿐 인지도가 낮아서 『더 웬즈데이』의 바람대로 한 주분 이상의 화제가 되기에는 무리였던 것이다.

나는 민수가 출연한 독립영화 〈세입자들〉을 보고 나서야 의문을 풀었다. 해외 영화제에서 좋은 성적을 거둔 몇몇 독립영화 탓에 정책적으로 독립영화 살리기 열풍이 일고 있을 때였다. 〈세입자들〉이 집 근처 영화관에서 개봉한 것도 그 영향이었다. 〈세입자들〉은 존 카사베츠를 왜곡하여 베낀 듯한 졸작이었다. 민수는 대부분의 독립영화가 그렇듯 100분 남짓한 시간 내내 심각한 표정을 짓고 있었다. 그리고 섹스를 남용하는 여타 예술영화들처럼 허름한 모텔에서 이름 모를 사내들과 무분별한 섹스를 했다. 한동안 민수의 알몸에 시선을 빼앗겼던 나는 어느 순간 스크린 속의 모텔 방이 낯익다고 생각했다. 그곳은 선그린 모텔이었다. 〈세입자들〉을 본 뒤 성욕에 달아오른 아버지가 민수에게 선그린 모텔에 들어가자고 하는 장면이 머릿속에 스쳐 지나갔다.

『더 웬즈데이』를 다시 본 건 한 해가 흐른 뒤였다. 어느덧 아버지의 1주기가 다가와 있었다. 아버지가 남긴 어선을 호시탐탐 노리던 친척들은 도리 운운하며 나를 납골당으로 내몰았다. 나는 납골당행 버스를 기다리던 중 『더 웬즈데이』를 발견했다. 『더 웬즈데이』는 먼지를 뒤집어쓴 채 가판대 구석에 꽂혀 있었다. 나는 선 채로 잡지를 훑어보았다. 할리우드 여배우들의 가슴을 다각도로 분석한 기획 기사가 눈에 띄었다. 선정적인 사진만 가득할 뿐 맞춤법이 엉망인 데다 내용도 너무 추상적이었다. 『더 웬즈데이』는 금발 여자들을 뒤쫓기 전에 기사 작성법부터 배워야 할 것 같았다.

납골당으로 가는 길은 험난했다. 만원 버스를 세 번이나 갈아탔고 그것도 모자라 가파른 언덕을 올라야 했다. 납골당에 도착했을 때 나는 이미 녹초가 돼버렸다. 나는 마당의 벤치에 앉아 한동안 숨을 골랐다. 마당에서는 그 무렵 재개발되기 시작한 성남 구시가지가 내려다보였다. 척박한 땅 위에 철근 골조들이 옮겨 심은 가로수처럼 바르다 못해 인위적으로 박혀 있었다. 그 풍경은 재개발 지역이 흔히 그렇듯 황량하기 그지없었다.

아버지의 영정 앞에는 이미 누군가가 와 있었다. 믿기지는 않았지만 민수가 확실했다. 민수는 아버지의 사진을 바라보며 훌쩍이고 있었다. 『더 웬즈데이』나 영화에서 봤던 것보다 얼굴도 예뻤고 가슴도 풍만했다. 환히 웃고 있는 사진 속 아버지와 물기가 채 마르지 않은 흰 국화 다발, 그리고 죽은 남자를 잊지 못하는 여자…… 통속극에서나 볼 법한 광경이었다. 나는 한동안 넋을 놓고 민수를 바라봤다. 문득 그녀가 아버지를 죽인 범인이라는 생각이 들었다. 소름이 돋을 정도로 섬뜩해졌다. 민수의 퉁퉁 부은 눈과 마주친 건 그때였다. 당황한 나는 얼떨결에 아버지의 아들이라고 소개하고 말았다. 민수는 예상이라도 한 것처럼 가만히 고개를 끄덕였다.

"괜찮아요?"

더듬더듬 위로의 말을 건네자 민수는 기다렸다는 듯이 소리 내 울기 시작했다. 덫에 걸린 노루처럼 측은해 보였다. 위로받고 싶은 거겠지. 수가 빤히 보였지만 왠지 야릇한 기분이 들었다. 공범이 된 것 같은 기분이랄까.

마르크스 붐에 대해 몇 마디 해야겠다.

마르크스 붐은 1965년 프랑스 리옹에서 개최된 제4회 세계볼링 챔피언십 우승자다. 65년은 전 세계적으로 볼링이 인기를 누리던 해였다. 서울 워커힐 호텔에 네 개의 레인을 갖춘 볼링장이 우리나라 최초로 들어선 해이기도 했다. 미국 필라델피아 출신 마르크스 붐 역시 대다수의 40년대생처럼 볼링을 즐겼다. 그는 야영장의 경비로 밤새 일했고 퇴근한 뒤에는 빌리모어볼링장에서 친구들과 어울렸다.

마르크스 붐은 전에도 몇 차례 예선에 참가했었지만 두각을 나타내지는 못했다. 그런 마르크스 붐이 결승에 올랐다는 사실만으로도 언론이 호들갑을 떨 이유는 충분했다. 우승 후 마르크스 붐 앞에는 영웅의 탄생을 알리기 위한 수많은 마이크들이 드밀어졌다. 마르크스 붐은 길게 기른 흑발을 매만지며 간단한 소감을 말했다. 그리고 기자들이 소감을 받아 적는 사이 귀에서 귀마개를 빼 만지작거렸다. 그 순간 사방에서 플래시가 터져 나왔다. 기자들은 귀마개에 관심을 갖기 시작했다.

"별 이유 없어요. 시끄러웠을 뿐이에요. 집중이 더 잘되더라고요."

마르크스 붐은 예상치 못한 질문에 당황한 듯 말을 더듬었다. 볼링협회는 규정집을 검토했지만 귀마개에 대한 규정은 명시돼 있지 않았다. 무엇보다 마르크스 붐의 인기가 치솟을 대로 치솟아 우승을 무를 수 없었다. 볼링협회는 소리 역시 볼링의 구성요소라며 다음 대회부터 귀마개 착용을 금지했다.

마르크스 붐은 티셔츠에 수없이 인쇄됐고 걸개나 액자로 제작돼 전 세계 볼링장에 내걸렸다. 프랑스혁명 당시 일부 젊은이들은 그의 이름을 차용한 "BOOM"이라는 구호를 내세우기도 했다. 마르크스 붐은 그 후에도 두어 차례 대회에 출전했지만 귀마개를 착용하지 못했기 때문인지 좋은 성적을 거두지 못했다. 그는 사람들의 관심이 시들해질 무렵 홀연히 사라졌다.

10년 후, BBC 방송은 「우리를 흥분시킨 사람들」이란 다큐멘터리를 기획해 마르크스 붐의 행적을 추적했다. 그러나 마르크스 붐은 어디에도 없었다. 빌리모어볼링장에 색이 바랜 그의 대형 사진이 걸려 있을 뿐이었다. 가까스로 그의 누이를 찾았지만 그녀는 동생이 죽었다는 말만 반복할 뿐 제작진을 문전박대했다. 후문에 의하면 폐렴에 걸려 죽을 때까지 마르크스 붐의 귓가에는 볼링공이 굴러가는 이명이 들렸다고 한다. 가족에게 버림받은 채 요양원에서 쓸쓸히 죽어갔다지. 머리맡에 찬란한 시절의 트로피를 놓은 채 말이다.

마르크스 붐은 내가 일하는 볼링장 출입구에도 걸려 있다. 리옹대회 결승 당시 사진이었다. 전광판에는 마르크스 붐과 앤디 로저의 이름이 쓰여 있었다. 마르크스 붐이 전년도 챔피언 앤디 로저와 10프레임까지 동점을 이루고 있던 순간이었다. 마르크스 붐은 무표정한 얼굴로 레인을 등지고 서 있었다. 레인 위에는 마르크스 붐의 공이 굴러가고 있었다. 마르크스 붐 뒤편으로 흐릿하게 보이는 관중들은 환호성을 지르는 것처럼 양손을 치켜들고 있었다. 잠시 후 마르크스 붐은 스트라이크를 기록해 앤디 로저를 역전하게 된다. 승부를 결정짓는 순간이라 흥분할 법도 한데 귀마개를 착용해서 그런지 몰라도 마르크스 붐은 동요하지 않고 있었다. 지금 우리 볼링장에 드나드는 사람들은 마르크스 붐이 이렇게 유명했던 사람인지 아무도 모를 것이다.

나는 손님이 없을 때면 마르크스 붐을 보며 소설을 구상한다. 지난 3년 동안 볼링장에 딸린 햄버거 가게에서 일하며 얻은 습관이다. 퇴근 후에는 집에서 포르노 소설을 쓴다. 세 권의 책을 냈지만 내 소설을 읽은 사람은 드물었다. 불만은 없다. 누가 요새 소설로 욕정을 풀겠는가.

지금 저 앞 다섯 군데의 레인 위에서 게임이 진행되는 중이다. 레인 위를 굴러가는 색색의 볼링공들이 핀을 쓰러뜨리고 사라졌다. 남은 핀 수에 따라 사람들의 환호성과 야유가 교차됐다. 다섯 팀이 동시에 볼링공을 굴리고 있었으므로 그 소리는 상상 이상으로 컸다. 그리고 그 소리보다 더 큰 소리가 밖에서 들려오고 있었다. 작년 이맘때부터 시내 곳곳에 대규모 쇼핑몰 단지가 들어선다는 현수막이 붙어 있었고 공사는 계획대로 진행되는 중이었다. 집과 일터를 빼앗긴 주민들이 시위를 벌였지만 시의회가 얽혀 들어 있어 공사는 인정의 여지없이 신속하고 과감했다. 시내에는 외계인처럼 낯선 작업복 차림의 인부들이 가득했다. 때론 너무 시끄러워서 마르크스 붐의 귀마개라도 빼앗아 끼고 싶은 심정이었다.

"햄버거 줘."

그때 J가 햄버거를 주문했다. J는 볼링장 근처에 있는 신발 가게 사장이었다. 쇼핑몰이 가게를 짓이기는 바람에 요샌 볼링장에서 빈둥거리는 처지였지만 말이다. 호리호리한 체형의 J는 힘이 부족한지 늘 10파운드짜리 볼링공을 사용했다.

"두 개."

J가 덧붙였다. 나는 J를 향해 고개를 끄덕이곤 동그란 빵 위에 양상추와 양파를 올려놓았다. 그리고 노릇하게 익은 패티 위에 소스를 뿌려 빵 사이에 끼워 넣었다. 햄버거를 만드는 것만큼 간단한 건 없다. 내용물을 층층이 쌓기만 하면 된다. 햄버거 속까지 신경 쓰는 사람은 내 소설을 읽은 사람만큼이나 드물었다.

나는 J에게 햄버거 두 개를 건넸다. J는 그중 하나의 포장지를 벗기고 햄버거를 베어 물었다. J의 입가에 묻은 소스가 형광등 빛에 반사돼 번들거렸다. J는 매일 햄버거를 두 개씩 먹어치웠다. J는 입버릇처럼 허전한 것보다는 꽉 찬 게 낫다고 말하곤 했다.

"허전한 것보다는 꽉 찬 게 낫지."

J는 어김없이 같은 말을 반복했다. 또 어김없이 쇼핑몰이 들어선다는 소문이 나돌 때 진작 가게를 팔았어야 한다는 둥, 보상금이 보잘 것 없다는 둥 신세 한탄을 늘어놓기 시작했다. 나는 J의 얘기를 흘려들으며 마르크스 붐에게 눈길을 던졌다. 마르크스 붐은 여전히 무표정했다. 볼링공이 열 개의 핀을 모조리 쓰러뜨려 우승을 확정 짓는 순간에도 같은 표정이었을 거라는 생각이 들었다.

포르노 소설을 쓴다고 우리가 방탕할 거라 생각하면 오산이다. 내가 아는 포르노 작가들은 하나같이 비실비실한 샌님이었다. 나와 동년배인 한상경 또한 그의 데뷔작 『열 명의 아내 서른 명의 딸』과는 무관한 인물이었다. 그는 베르나르 마리 콜테스의 난해하기 짝이 없는 독백극에 열광하는 전형적인 예술지상주의자였다. 낯을 심하게 가려 여자를 사귀어봤는지도 의문이었다. 그러나 포르노 소설을 쓰기 위해선 연애를 멀리할수록 유리하다는 게 정설이다. 불가능의 영역을 모르니까. 나는 꾸준히 여자가 있었으므로 예외였다. 물론 내 소설에 나오는 체위를 전부 시현해보진 못했지만 말이다.

한상경은 재작년에 있었던 누군가의 출판기념회 이후 자취를 감췄다. 말이 출판기념회였지 아는 사람만 모인 술자리였다. 그 행사는 우리가 공식적으로 모였던 마지막 자리였다. 인터넷과 스마트폰의 영향으로 포르노 소설의 간행 부수가 점차 줄어들고 있었기 때문이었다. 우리는 소설을 쓰는 것만으로는 먹고살기 힘들어졌고 볼링공에 부딪힌 핀처럼 뿔뿔이 흩어져 삶의 아득한 곳으로 추락해버렸다.

한상경은 얼마 전까지만 해도 간단한 안부가 적힌 엽서를 보내왔다. 답장을 원하지 않는 듯 발신지는 적혀 있지 않았다. 그저 자신의 존재를 증명하고 싶은 듯했다. 종종 신작에 대한 구상을 적어 보내올 때도 있었는데, 그럭저럭 볼만했지만 그 이상은 아니었다.

언젠가는 장문의 편지를 보내온 적도 있었다. 미구엘 페레의 장편소설 『하차장의 창녀들』의 몇 대목이 필사돼 있는 편지였다. 미구엘 페레는 칠레의 포르노 소설가로 현대 포르노의 대부였다. 우리는 예전부터 페레에게 열광했다. 특히 한상경은 틈날 때마다 『하차장의 창녀들』을 찬양했다. 『하차장의 창녀들』은 페레의 대표작으로, 70년대 칠레혁명기 쿠데타 군부에 대항하는 정부군의 투쟁을 창녀 하켈리네의 시점으로 그린 소설이다. 페레에게 하켈리네는 정부군의 투사이자 성모였다. 그런데 이상한 점이 하나 있었다. 편지에는 『하차장의 창녀들』 외에는 아무것도 적혀 있지 않았다. 한상경은 필사를 통해 내게 무슨 말을 전하고 있는 듯했는데, 아무리 생각해도 짐작할 수 없었다. 단지 그가 소설을 손에서 놓지 않기 위해 고군분투하고 있다는 느낌을 받았을 뿐이었다.

한상경이 마지막으로 보낸 엽서에는 러시아의 바이칼 호수가 인쇄돼 있었다. 그는 그 엽서에 충남 홍성에서 백숙 전문 식당을 하기로 했다며 다시는 소설을 쓰지 않겠다고 밝혔다.

포르노를 쓰는 작가들은 이제 얼마 남지 않았다. 나는 쓰고 있는 쪽이다. 서른 살이 될 무렵 디자인 회사에서 잘리고 궁핍과 허무에 허덕일 때부터 줄곧 소설을 써왔다. 내게 소설을 쓴다는 건 전쟁통의 폐허에서 나누는 마지막 섹스만큼이나 절박했다. 내 소설을 정독한 독자라면 남성 인물들이 모두 조루라는 것을 알 것이다. 의식적이든 무의식적이든 내가 겪은 궁핍과 허무라는 두 가지 요소를 조루에 담아낸 것이다. 『암사자의 동굴』 『축축한 팔꿈치들』 『검은 숲속을 거닐다』, 세 소설 모두 그렇게 읽어야 마땅하다. 그러나 아무도 눈치채지 못했을 것이다. 딱 한 번 「활자 포르노가 살아남는 법」이라는 글에서 어느 평론가가 포르노 텍스트의 종언을 고하며 여러 작품과 함께 내 소설을 언급했을 뿐이었다. 뭐, 지금쯤 정액에 젖은 채 어딘가에서 라면 깔개로 쓰이고 있겠지.

퇴근 후 책상 앞에 앉아 마지막이 될지도 모르는 네 번째 소설을 구상 중이다. 비좁은 책상이 불편했고 모니터에서 나오는 빛 때문에 눈이 피로했다. 나는 백지 상태인 모니터에서 눈을 떼고 창밖을 내다봤다. 강렬한 석양빛이 시선을 붙잡았다. 저 멀리 서울을 향해 길게 뻗은 고가도로 위에 자동차들이 빽빽이 들어차 있었다. 고가도로 너머에는 쇼핑몰의 웅장한 골조가 솟아 있었다. 이렇게 나는 소설이 안 써질 때면 창밖을 보곤 한다. 이연의 퇴근을 기다리는 것이다. 이연은 내 애인으로 2년째 같이 살고 있다. 볼링장 단골들이 감탄해 마지않는 미인이지만 내 이상형은 아니다. 나는 이연을 상상하며 소설을 쓴 적이 없다. 영감을 주는 유형은 아니란 말이다. 어쨌든 이연은 감이 좋아 뒷걸음질 치다 쥐 잡는 격으로 힌트를 주곤 했다.

섹스를 하거나 헤어진다. 크게 볼 때 포르노에서 중요한 건 이 두 가지다. 이번에 이연에게 물어볼 건 섹스에 관한 것이다.

· 남녀가 죠리퐁을 먹으면서 섹스를 한다.
· 남녀가 오렌지를 먹으면서 섹스를 한다.

사소한 것 같아도 죠리퐁이나 오렌지를 삽입하면 많은 의미를 내포할 수 있다. 죠리퐁과 여자의 성기…… 오렌지와 신자유주의…… 머릿속으로 이런저런 것들을 꿰맞추고 있을 때였다. 문이 벌컥 열렸다. 이연일 것이다. 어느덧 노을이 사라지고 창밖에는 어둠이 내리깔려 있었다. 야간작업 중인 쇼핑몰은 영화 촬영장의 조명처럼 부푼 불빛을 훤히 밝히고 있었다.

"불도 안 켜고 뭐 해?"

이연이 불을 밝히며 툴툴거렸다. 나는 눈부신 빛 때문에 실눈을 뜨고 뒤를 돌아봤다. 꾀죄죄한 작업복을 걸친 이연은 몹시 초췌해 보였다. 이연의 부친은 대기업 임원이었다. 그러나 그녀는 무슨 생각에서인지 집을 나와 이곳으로 내려왔고 인근 휴대폰 부속품 제조 공장에 취직했다. 머지않아 그 공장 역시 쇼핑몰에 자리를 빼앗길 위기에 있었다. 이연은 두어 달 전부터 시위를 하러 다니고 있었다. 내가 보기에 그녀는 든든한 백그라운드에 익숙해져 있어서 밥그릇 빼앗기길 싫어하는 철부지에 불과했다.

"물어볼 게 있어."

나는 이렇게 말하곤 이연의 눈치를 살폈다. 이연은 작업복을 입은 채 침대에 걸터앉았다. 요새 이연은 지친 기색이 역력했고 생리통에 시달리는 듯 날카로웠다.

"나중에. 피곤해."

돌아온 건 예상대로 짜증 섞인 목소리였다. 항상 내게 관심을 기울이던 이연은 시위를 시작한 이후 달라져버렸다. 나는 다시 뒤로 돌아앉았다. 그리고 민망함을 감추려 괜히 책장에 꽂혀 있는 책들을 훑어보았다. 『하차장의 창녀들』이 눈에 들어온 건 그때였다. 나는 한상경의 성서를 빼 들었다. 문득 한상경이 밤을 새워가며 『하차장의 창녀들』을 베껴 쓰고 있는 장면이 떠올랐다. 한상경과 시간

가는 줄 모르고 페레에 대해 이야기 나눴던 것도 생각났다. 그렇게 수십 번을 거듭해 읽은 『하차장의 창녀들』을 뒤적거리며 추억에 잠겨 있을 때였다. 뒤쪽에서 부스럭거리는 소리가 났다. 이연이 옷을 갈아입는 소리일 것이다. 예전 같았으면 그 소리만 들어도 발기하곤 했지만 지금은 이연의 나체를 수도 없이 봤기 때문인지 별 감흥이 없었다. 빈약한 젖가슴, 앙상한 허벅지…… 차라리 자위를 하고 말지…… 그녀와 섹스를 한다는 건 4D 영상시대에 포르노 소설을 읽는 것만큼이나 따분했다.

나는 『하차장의 창녀들』의 아무 곳이나를 펼쳤다. 쿠데타군 간부 살인 사건 수사차 창녀들의 집결지인 하미네즈 하차장에 들른 형사가 하켈리네에게 질문을 하고 있는 대목이 나왔다. 형사는 유력한 용의자로 정부군의 잔심부름을 도맡아 하는 하켈리네를 꼽았다. 그럼에도 형사는 하켈리네에게 숙녀를 대하듯 예의를 갖췄고, 하켈리네 또한 농담을 섞어가며 그의 질문을 받아줬다. 나는 낙천적인 하켈리네가 마음에 들었고, 낭만이 통용되는 그 시대가 부러웠다. 그때였다. 이연이 침대에 걸터앉아 텔레비전을 틀었다. 텔레비전에서 웅성대는 소리가 흘러나오기 시작했다.

"이거 좀 봐."

등 뒤에서 이연의 목소리가 들렸다.

"뭔데?"

나는 심드렁한 목소리를 꾸며냈다.

"민수라는 배우 안다고 하지 않았어?"

이연이 물었다. 나는 무관심한 척하며 느릿하게 자리에서 일어나 이연 옆에 앉았다. 이연은 텔레비전에 눈을 고정시킨 채 내 손을 잡아끌었다. 이연은 나와 텔레비전을 보며 이야기 나누는 것을 좋아했다. 나는 이연의 체온을 느끼며 텔레비전으로 눈을 옮겼다. 기자회견장에 경직된 자세로 앉아 있는 민수가 보였다. 검은 원피스 차림의 민수는 화장이 다소 진해졌을 뿐 여전히 아름다웠다. 화면 밑에는 일본 대지진의 영향으로 세계증시가 급격히 추락하고 있다는 속보가 흘러나오고 있었다.

섹스 스캔들에 관한 기자회견이었다. 민수는 외교통상부 장관 비서의 차남, 그리고 국립예술대학 영상이론과 교수와 어울려 쓰리썸을 한 것으로 밝혀졌다. 도대체 그들과 관계를 맺어서 무슨 이득을 얻을 수 있는지 궁금했다. 화제는 금세 민수의 임신으로 옮겨갔다. 배 속에 있는 아이의 아빠가 동료 배우라는 사실이 언론의 집요한 추적에 의해 드러난 것이었다. 민수는 훌쩍이며 자신을 변호했다. 납골당에서 만났을 때도 민수는 그랬었다. 아는 사람이 나와 흥미롭다 뿐이지 『더 웬즈데이』에도 실릴까 말까 한 평범한 스캔들이었다. 시청자들은 세 명이 아니라 대여섯 명이 난교를 벌였다 해도 시간이 조금만 지나면 무감해질 것이다. 민수의 아이가 세 개의 성기를 지닌 괴물이라면 또 모를까.

나는 문득 허무해졌다. 이연은 민수가 여우상이라는 둥, 민수의 옷이 유명 브랜드라는 둥 평을 해대기 바빴다. 나는 슬며시 이연의 손을 놓고 일어섰다.

"어디 가?"

이연이 나를 물끄러미 바라보았다. 나는 고갯짓으로 책상을 가리켰다.

"네 머릿속에는 여자의 벗은 몸뿐이지?"

이연이 윽박질렀다. 텔레비전에서 흘러나오는 민수의 흐느낌은 점차 높아지고 있었다.

어영부영 세 달이 흘러갔다. 볼링장 부지에도 해외 명품 브랜드 매장이 들어서는 게 결정됐다. 그동안 내가 한 거라곤 미구엘 페레의 전집을 다시 한 번 읽은 것뿐이었다. 소설은 여전히 백지 상태에 머물러 있었다.

나는 느지막이 일어나 점심을 먹고 볼링장에 들어섰다. 쇠락한 우리의 영웅 마르크스 붐이 나를 맞이했다. 폐관이 얼마 남지 않아 그런지 어둠침침한 볼링장에 박제가 된 채 걸려 있는 마르크스 붐은 유난히 우울해 보였다. 나는 한동안 마르크스 붐 앞에 서 있다가 불을 밝혔다. 그러자 텅 빈 볼링장이 모습을 드러냈다. 그 빈 공간을 메우기라도 하듯 공사장의 소음이 끊임없이 흘러들어오고 있었다.

철거가 확정된 이후 사장은 서울을 오가며 새로운 사업을 구상하는 중이었다. J 역시 소리 소문 없이 동네를 떠났다. 볼링장에는 살길을 찾아 각지로 흩어진 단골들을 대신해 소일거리를 찾는 인부들이 드나들기 시작했다.

내 신변에도 변화가 생겼다. 공장이 문을 닫은 동시에 이연이 내 곁을 떠나버린 것이었다. 나는 요새 침울해져 있었다. 이연과 헤어진 게 근본적인 이유는 아니었다. 고작 실연 따위로 고민하고 있는 나 자신이 못마땅했기 때문이었다. 페레는 사회주의 정부가 자본주의 쿠데타에 의해 무너질 때까지 갖은 고초를 견디면서도 산티아고 저항군 기지에서 밤새 소설을 써냈다. 페레의 포르노는 고난의 반증이므로 자연스럽게 아이러니와 알레고리가 생성되는 것이었다. 나는 근본적으로 페레를 흉내 낼 수 없었고, 나약한 나 자신과 거기에서 비롯된 쓸모없는 문장들이 부끄러워졌다.

민수가 출연한 영화의 포스터가 마르크스 붐의 맞은편에 붙어 있는 것을 본 건 그때였다. 〈알 수 없는 해후〉라는 영화의 포스터였다. 최근 시내 상영관에서 개봉한 영화로 야간 근무자가 붙여놓은 모양이었다. 포스터 속 민수는 잿빛 밀실에 웅크리고 앉아 망연한 시선을 벽면 너머에 두고 있었다. 사실 〈알 수 없는 해후〉는 몇 년 전 흥행에 참패한 영화로 요새 민수에 대한 관심이 증폭되면서 재개봉한 것이었다. 기자회견 이후 언론은 심리학자처럼 민수에게 섹스 중독이라는 진단을 내렸다. 여자들은 섹스 중독을 트라우마와 연관시키며 민수를 동정했고, 남자들은 민수의 나체가 자신의 환상을 충족시켜주길 기대하며 극장에 몰려들었다. 불현듯 마르크스 붐조차 민수를 흘끗거리는 것처럼 느껴졌다.

"이봐, 햄버거 하나."

그때 누군가 내 어깨를 두드렸다. 고개를 돌리자 하관이 긴 인부 하나가 실실대고 있었다. 하관이 긴 사내들은 페레 소설의 단골 악역이었다. 그들은 오랜 시간 삽입하면 여자들이 무조건 좋아하는 줄 아는 남성우월주의자였다. 페레는 쿠데타 군부의 고문인 친형의 이름을 빌려 악인들을 루벤이라 이름 지었다. 루벤은 쿠데타가 일어나기 전부터 산티아고 가톨릭대학 정치학부 교수로 명망이 높았다. 프로이트에 중독된 일부 평자들은 페레가 정부 편에 선 건 루벤에 대한 열등감 때문이라고 입을 모았다.

나 역시 눈앞에서 건들대고 있는 루벤에게 열등감을 느끼고 있었다. 하켈리네를 꼭 닮은 농염한 여인을 옆에 끼고 있었기 때문이었다. 발그레한 볼, 두툼한 입술, 정념이 깃든 고동색 눈동자…… 그녀는 페레가 묘사한 하켈리네 그대로였다. 어디서 흘러들었는지 몰라도 얼마 전부터 쇼핑몰 근처에 창녀들이 들끓고 있었다. 하켈리네 역시 그런 여자이리라. 나는 하켈리네를 제대로 감상할 틈도 없이 루벤의 재촉에 못 이겨 햄버거를 만들어야 했다. 게다가 교대시간을 맞은 인부들이 몰아닥쳐 쉴 틈 없이 햄버거를 주문하기 시작했다. 볼링장은 폐관 계획이 무색하게 예전처럼 소란스러워졌다.

열 개가 넘는 햄버거를 연달아 만들고 나서였다. 숨을 돌리기 위해 고개를 들어보니 하켈리네가 앞에 앉아 있었다.

"커피도 되나요?"

하켈리네가 물었다. 그녀는 너울거리는 블라우스를 입고 있었다. 블라우스 안으로 가슴이 살짝 엿보였다. 하켈리네는 내 시선을 의식한 듯 가슴께를 추켜올렸다.

"탄산음료뿐인데요."

민망해진 나는 이렇게 대답하곤 그녀에게서 서둘러 눈을 뗐다.

"그럼 좀 앉아 있어도 되죠?"

그녀가 부루퉁하게 말했다. 나는 고개를 끄덕였다. 그녀는 고개를 뒤로 돌려 루벤이 있는 곳을 바라봤다. 루벤은 레인 위에서 우악스러운 자세로 공을 굴리고 있었다. 그가 굴린 공은 아홉 개의 핀을 쓰러뜨렸다. 루벤은 남은 핀 하나를 보며 아쉬운 듯 탄성을 내뱉었다. 루벤 일행은 창녀들을 옆에 낀 채 시시덕거리고 있었다.

"저렇게 무거운 걸 왜 굴릴까요?"

그녀가 고개도 돌리지 않은 채 물어왔다. 나는 갑작스런 질문에 당황해 입을 열지 못했다.

"볼링 말이에요."

그녀는 고개를 바로 해 나를 보며 희미한 웃음을 지었다. 나는 동의한다는 뜻으로 고개를 끄덕였다. 일리 있는 말이었다. 왜 저 무거운 공을 들고 스스로에게 고문을 가하는 것일까. 알 수 없는 일이다. 나는 고개를 주억거리곤 레인으로 시선을 옮겼다. 루벤은 15파운드짜리 암갈색 공을 닦으며 주위를 살피고 있었다. 하켈리네를 찾는 눈치였다. 그러던 중 나는 루벤과 눈이 마주쳤다. 그는 계속해서 이쪽을 노려보다가 하켈리네를 향해 손짓했다. 하켈리네는 루벤을 흘끗 보며 어깨를 으쓱했다. 불안한 마음을 숨기고 싶어 하는 사람 특유의 과장된 태도였다. 루벤은 턱을 죽 내민 채 계속 하켈리네를 쏘아봤다. 하켈리네는 그에게 불만이 있는 듯 아예 등을 돌려버리고는 핸드백에서 잡지를 꺼내 읽기 시작했다. 그 잡지는 놀랍게도 『더 웬즈데이』였다. 나는 『더 웬즈데이』를 흘끗거렸다. 『더 웬즈데이』는 어느새 경제 전문지로 바뀌어 있었다. 하켈리네는 텔레비전에 자주 나오는 경제학자의 인터뷰를 읽고 있었는데, 그 학자는 경제민주화니 유럽발 금융위기니 요새 화제가 되는 용어들을 세 문장에 한 번씩 내뱉고 있었다. 여배우들의 뒤꽁무니를 따라다니는 것과 겉은 다르지만 근본은 같았다.

"읽을 만해요?"

내가 물었다.

"심심풀이죠, 뭐."

하켈리네가 『더 웬즈데이』를 건성으로 넘기며 대답했다. 그리고 오래지 않아 흥미가 떨어졌다는 듯 고개를 내저으며 『더 웬즈데이』를 핸드백에 집어넣었다. 외모만 닮았을 뿐 환생한 하켈리네는 소설 속 하켈리네와 확연히 달랐다. 활기차지 않을뿐더러 허무해 보이기까지 했다. 내가 소설 속 하켈리네를 상상하며 울적한 기분에 잠겨 있는 동안 어느새 루벤이 다가와 있었다.

"재미 좋나?"

하관이 긴 남자 특유의 끈적이는 목소리였다. 그는 나를 잠시 노려보더니 하켈리네의 젖가슴을 주무르며 장난스러운 표정을 지었다. 하켈리네가 루벤의 손을 뿌리쳤다. 루벤의 표정이 구겨졌다.

"너도 내가 우스워?"

루벤이 윽박질렀다. 하켈리네는 루벤을 무시하듯 고개를 돌렸다. 그러자 루벤이 하켈리네를 떠밀고 스트레스를 푸는 것처럼 사정없이 짓밟기 시작했다. 언젠가 인부들이 시의회의 농간에 놀아나 몇 달째 임금을 못 받고 있다는 소문을 들은 적이 있었다. 문득 『하차장의 창녀들』의 서문에 쓰여 있는 문장이 떠올랐다.

포르노는 고환과 음문에 투영된 현실입니다.

페레에게 포르노는 현실의 반영이며 뒤틀린 욕망의 투사이고 대안을 제시하는 것이었다. 페레의 포르노론을 떠올리자 눈앞의 광경이 강자와 약자가 뒤엉킨 현실을 포착한 포르노처럼 야릇하면서도 부조리하게 보였다. 어둠 속에 퍼지는 쇼핑몰의 불빛처럼 내게 우울한 감정이 스며들고 있었다. 마르크스 붐은 예의 그 무표정한 얼굴로 인간사의 희극을 지켜보고 있었다.

볼링장이 문을 닫은 건 계절이 바뀐 뒤였다. 나는 퇴직금 조로 3개월치 월급을 받았다. 그리고 무너져 내린 볼링장에 나뒹굴던 마르크스 붐을 주워 방에 걸어두었다. 과거의 영광을 뒤로한 채 곳곳이 찢기고 팬 마르크스 붐이 애처로워 보였기 때문이었다. 귀마개를 비집고 들어오는 소란을 외면하는 듯한 특유의 무표정은 여전했지만 말이다.

나는 미래에 대한 결정을 미룬 채 집에 남아 소설을 쓰기로 했다. 어차피 집주인의 요구만큼 전세금을 올려주는 건 무리였으므로 계약이 남은 한 달 만이라도 마음 놓고 창작에 몰두할 생각이었다. 그러나 백지는 메워지지 않았다. 아니, 메울 틈이 없었다고 하는 게 정확한 표현일 것이다. 아버지가 안치된 납골당에서는 갑자기 이전 소식을 통보했다. 최근 납골당 부근에 건설된 신도시의 분양을 수월하게 하기 위해서였다. 납골당에서는 이번 달까지 각종 서류를 제출하고 서명을 해달라고 요구했다. 또 아버지의 아들이라고 주장하는 사람은 하루에도 몇 번씩 전화해 어선의 소유권에 대해 지껄였다. 친척 몇 사람과 소송 중이라는데 여태 해결이 안 된 모양이었다. 이연 역시 술에 취해 사흘에 한 번꼴로 전화기 너머에서 흐느꼈다. 이건 그나마 나았다. 내가 어느 정도 관련된 일이니까 할 말이 있었던 것이다. 어쨌든 나를 방해하는 건 죠리퐁과 오렌지가 아니라 빌어먹을 전화였다.

그 무렵 한동안 연락이 없던 한상경에게도 엽서가 왔다. 프랑크푸르트의 푸른 하늘이 그려진 엽서였다. 그는 다시 소설을 쓰고 있다고 밝히며 이례적으로 전화번호를 남겼다. 그 번호로 전화를 걸어봤지만 연결된 곳은 웬 낚시터였다. 몇 번을 걸어도 마찬가지였다. 혹시나 해서 물어봤지만 한상경은 거기에 없었다. 왜 전화번호를 남겼는지 의문이었다. 출판사를 통해 알아보니 한상경이 얼마 전 자신의 소설을 들고 나타나 난동을 부렸다고 했다. 편집장은 한상경이 아직도 행패를 부리고 있는 듯 미간을 구기더니 그의 소설을 내밀었다.

"완전히 제정신이 아니더라고. 아직도 자기가 어디에 있는지 모르는 모양이야."

편집장이 이렇게 말하며 고개를 내둘렀다. 그리고 내게 에로 영화 시나리오를 각색해볼 생각은 없냐고 슬며시 물었다. 소설에 비할 수 없는 고료를 주겠다는 것이었다. 나는 생각해보겠다고 말했다.

한상경에 대해 수소문해보는 건 생각보다 쉬웠다. 알고 보니 한상경은 나 외에도 몇몇 동료들에게 꾸준히 연락을 취해오고 있었다. 소설을 포기하고 생업에 뛰어든 동료들은 한상경에게 돈을 빌려줬다 떼였다며 이를 바득바득 갈았다. 한상경이 식당을 하고 있다던 홍성군 갈산면은 알고 보니 돌산과 말라붙은 개울뿐인 개발제한구역이었다. 온천이 들어선다며 한때 투기 열풍이 일었다가 흐지부지됐다는 후문이었다. 투기 업체에 속아 땅을 산 사람들이 큰 피해를 봤다고 한다. 한상경도 피해자 중 하나일지 모른다. 나는 이제 어느 정도 한상경의 기행을 이해할 수 있을 것 같았다. 안간힘을 쓰고 있지만 생각만큼 잘 되지 않는달까. 줄기차게 야한 문장을 써내도 인터넷이나 비디오 산업을 따라잡을 수 없는 것처럼 말이다. 불현듯 『더 웬즈데이』의 기자들이 담배 연기가 자욱한 편집실에 모여 판매 부수를 올리기 위해 골머리를 싸매고 있는 장면이 머릿속에 그려졌다.

정오의 하늘은 공들여 닦은 볼링공처럼 윤이 났다. 시내로 나가는 길은 흑인의 성기처럼 기다랗게 뻗어 있었다. 고가도로에서는 확장공사가 진행되는 중이었다. 바리케이드 안에 갇힌 채 부서지고 있는 건물들은 신체가 훼손된 인질처럼 고통스러워 보였다. 그 너머로 개장이 임박한 쇼핑몰이 발기된 듯 우뚝 서 있었다. 백지를 피해 창밖을 내다보고 있었지만 나는 왠지 모를 위화감 때문에 시선을 거둘 수밖에 없었다. 편집장에게 받아 책상 위에 던져둔 한상경의 소설이 눈에 뜨인 건 그때였다. A5용지 크기로 견고하게 제본을 뜬 것이었다. 제목은 '원수들의 나체'였다.

『원수들의 나체』를 한 문장으로 줄이면 다음과 같다.

남녀가 섹스를 하는 동시에 각각 그림을 그리고 곤충을 채집한다.

페레는 말했다. 하고 싶은 말이 많아도 메타포가 과하면 안 된다. 일례로 페레는 새로운 체위의 묘사조차 반대했다. 아이러니하게 그 시절에는 페레에게 반기를 든 신진 작가들에 의해 무수한 체위들이 만들어지기도 했다. 그러나 당시 신진 작가들 중 지금까지 읽히는 건 알프레드 파라몰트와 토마스 뷰얼 정도였다. 그 정신만 번지르르할 뿐 객관적으로 볼 때 완성도가 형편없었던 것이었다.

『원수들의 나체』는 한상경의 소설 중에서도 유난히 난해했다. 동양화가인 주인공이 신윤복의 춘화를 재해석한 구절이 흥미로웠으나, 뜬금없는 문장이 불쑥불쑥 튀어나왔고 사유와 감정의 격차도 심해 이해할 수 없었다. 얼마나 난해한지 성교 대목조차 알아볼 수 없을 정도였다. 야해도 모자랄 판에 난해하기까지 하다니…… 거룩한 문학의 신전에라도 오를 참인가. 한상경의 소설은 라면 깔개로도 쓰이지 못할 터였다. 나는 한상경이 한심하다고 생각했다. 그리고 무엇보다 이런 생각을 하게 된 나 자신에게 놀랐다. 예전에는 누구보다 한상경의 소설을 좋아했던 것이었다. 곧 알 수 없는 외로움이 몰아닥쳤다.

나는 위로해줄 사람을 찾듯 주위를 살폈다. 가구는 그대로였지만 이연이 떠난 집은 휑했다. 더 이상 기다릴 사람도 없었고 텔레비전 소리도 들리지 않았다. 누르께한 벽면에 마르크스 붐만이 덜렁 걸려 있을 뿐이었다. 나는 침대에 걸터앉아 텔레비전을 틀었다. 지역 채널에 쇼핑몰 개장에 관한 광고가 나오고 있었다. 나는 멍하니 텔레비전을 보다가 문득 이연의 손을 잡고 있는 듯한 기시감을 느꼈다. 이연의 체온이 그리워졌다.

그때 현관문을 두드리는 소리가 들렸다. 나는 감상에서 벗어나 문을 열었다. 현관 밖에는 낯익은 우체부가 서 있었다. 그는 모자를 벗어 들고 내게 인사를 건넸다.

"이 동네 어려워졌네요."

그가 멋쩍게 웃으며 말했다. 나는 무슨 말이냐고 물었다. 우체부는 시내에 들렀다 오는 길인데 쇼핑몰의 영향으로 행정구역이 바뀌는 바람에 우편물을 배달하는 게 힘들었다고 설명했다. "곧 적응하겠죠, 뭐." 우체부가 덧붙였다. 나는 고개를 끄덕였다. 그의 말을 듣고 보니 내가 딛고 서 있는 공간이 낯설게 느껴지기 시작했다.

"편지예요?"

나는 한상경이 보낸 엽서에 인쇄돼 있을 외국 도시들을 상상하며 물었다. 우체부는 대답 대신 자그마한 상자를 내밀었다. 나는 그 상자를 받아 들었다. 상자에는 이연의 이름이 적혀 있었다. 이연이 주소지를 바꾸지 않아 택배가 여기로 배달된 것이다.

"서명 좀 해주세요."

우체부가 서명 용지를 내밀었다.

"저도 곧 떠날 겁니다."

나는 서명란에 이연의 이름을 써넣으며 말했다. 우체부는 고개를 갸우뚱하더니 등을 돌렸다. 왜 그에게 그런 말을 했는지 나조차도 의문이었다.

그로부터 열흘 후였다. 나는 그동안 소설을 미뤄둔 채 편집장이 보낸 에로 영화 시나리오를 각색하느라 정신없었다. 머릿속에 정사 장면이 반복 재생되는 영사기가 들어앉은 것 같았다. 시나리오를 대충 마무리한 뒤에는 쌓인 일을 한꺼번에 처리하기 위해 오랜만에 집 밖으로 나섰다. 우체국에 들러 이연에게 택배를 보내고 부동산에 집을 내놓느라 반나절을 허비했다. 늦은 점심을 먹은 뒤에는 영화관에 들러 〈알 수 없는 해후〉를 봤다. 에릭 로메르가 환생한다면 자신의 영화가 후대에 악영향을 끼치는 것에 대해 좌절할 법한 영화였다. 민수의 연기는 변함없이 진지한 척하는 것뿐이어서 관객들의 유별난 관심이 우스웠다. 나는 영화를 곱씹을 틈도 없이 터미널로 향해야 했다. 납골당에 가서 서류를 제출하고 이전에 동의하는 서명을 해야 하기 때문이었다.

거리는 인적 없이 고요했다. 공사가 끝났기 때문인지 하켈리네도 루벤도 보이지 않았다. 가끔 폐자재를 담은 차량들이 요란한 소리를 내며 오갔고, 나는 비대한 몸집의 쇼핑몰에 점점 가까워지고 있었다. 쇼핑몰에 달린 수많은 유리창이 햇빛에 반사돼 번쩍거렸다. 입구에는 개장일을 알리는 현수막이 바람에 나부끼고 있었다.

터미널은 쇼핑몰과 가까운 거리에 있었다. 쇼핑몰 개장에 맞춰 매끈한 대리석으로 단장한 터미널에는 패밀리 레스토랑과 프랜차이즈 커피숍이 구획에 맞춰 들어서 있었다. 나는 무인 발매기에서 표를 산 뒤 편의점에 들렀다. 간단한 요깃거리를 사기 위해서였다. 가판대에 꽂혀 있는 『더 웬즈데이』가 눈에 들어온 건 계산대 앞에서 차례를 기다리고 있을 때였다. 나는 『더 웬즈데이』를 뽑아 들었다. 『더 웬즈데이』는 그새 영화 잡지로 바뀌어 있었다. 표지에는 묵시록적인 분위기가 물씬 풍기는 사진이 인쇄돼 있었다. 우중충한 하늘과 낡고 부서진 건물들, 그 풍경을 바라보는 앙상한 소년, 소년을 노리는 인간 사냥꾼…… 최근 유명 영화제에서 대상을 수상해 인기를 끌고 있는 SF 영화의 스틸컷이었다. 표지 한켠에는 주요 기사가 적혀 있었다. 주요 기사들은 다음과 같다.

· 중국계 창녀를 사이에 둔 알랭 들롱과 폴 뉴먼의 대결 비화

· 허우 샤오시엔의 창작욕과 대만인의 거대한 성기

· 〈알 수 없는 해후〉의 히로인 민수 단독 인터뷰 : 섹스 스캔들 이후 심경고백

미스터리나 에로틱을 끌어들여야 잘 팔린다. 『더 웬즈데이』는 이 세계의 불문율을 준수했다. 나는 이 사실을 새삼스럽게 되새기며 민수의 인터뷰를 찾아 잡지를 들춰 보았다. 민수의 인터뷰는 후반부에 게재돼 있었다. 서너 장가량의 사진도 함께였다. 민수는 긴 치마와 풍성한 티셔츠를 입어 만삭인 몸을 가렸고 시종일관 예술적으로 성공한 사람 특유의 냉소적인 태도로 인터뷰에 임했다. 재개봉한 영화와 예술에 대한 이야기가 주를 이루었다. 민수는 요새 모란디의 정물화와 다르덴 형제의 영화에 경도돼 있다고 말했다. 남에게 말했을 때 별 탈 없이 인정받을 수 있는 작품들이었다.

"그것도 살 건가요?"

굵직한 음성에 고개를 들었다. 종업원이 나를 바라보고 있었다. 내가 계산할 차례였다. 뒤를 돌아보니 건장한 남자가 신문을 손에 든 채 계산을 기다리고 있었다.

나는 『더 웬즈데이』를 사 들고 버스에 올라탔다. 그리고 납골당에 가는 내내 민수의 인터뷰를 읽었다. 기자는 인터뷰 말미에 "물어도 될진 모르겠지만"이라고 조심스럽게 말문을 트며 스캔들과 아버지의 죽음에 관한 이야기를 꺼냈다.

"아직 도망치는 중이에요."

이에 대해 민수는 아리송한 대답을 남겼다. 기자는 인터뷰를 마치며 그녀가 어디로 가고 있는지는 모르겠지만 배우로서 올바른 선택이길 바란다고 주를 달았다.

녹색 점퍼를 입은 한 무리의 사람들이 납골당으로 올라가는 길을 점거하고 있었다. 그들은 '납골당 이전 반대'라는 내용의 글자가 박힌 현수막을 들고 있었다. 납골당 이전이 유력한 도시 주민들이 집값 하락을 우려하여 시위하고 있는 것이었다. 시위대가 움직일 때마다 흙먼지가 자욱하게 피어올랐다. 먼지투성이가 된 경비들이 시위대를 저지하고 있었다. 나는 그 자리에 선 채 올라갈 길을 찾아 두리번거렸다. 그때 바지 속에 든 휴대폰이 진동을 울렸다. 나는 전화를 받았다. 그러나 상대방은 말이 없었다. 나는 누구냐고 물었다. 대답 대신 휴대폰 너머에서 드르륵거리는 소리가 들리기 시작했다. 공사장의 소음 같기도 했고, 볼링공이 굴러가는 소리 같기도 했으며, 자판을 두드리는 소리 같기도 했다. 게다가 주위의 소음과 섞여 들어 무슨 소리인지 분간하기 힘들었다. 한참을 들었는데도 그 소리는 끊이지 않았다. 별안간 한상경의 기행이 머릿속에 스쳐 지나갔다. 생각을 이어가다 보니 휴대폰 너머에서 들리는 소리가 일종의 암호처럼 느껴졌다. 이런 짓을 할 사람은 한상경뿐이었다. 정체불명의 소리가 한상경의 소설처럼 난해한 구석이 있었기 때문이었다.

"한상경?"

내가 물었다. 대답이라도 하듯 갑자기 소리가 멈췄다. 나는 목소리를 높여 한상경을 다시 한 번 불렀다. 잠시 후 드르륵거리는 소리가 다시 들리기 시작했다. 나는 얼마간 그 소리를 더 듣다가 전화를 끊었다. 그리고 『하차장의 창녀들』을 움켜쥔 채 미증유의 걸작을 찾아 헤매는 한상경을 상상하며 시위대 틈에서 벗어났다.

납골당 사무실도 북적거리긴 마찬가지였다. 순서가 오려면 한참을 기다려야 할 것 같았다. 나는 숨을 돌리기 위해 한적해 보이는 마당으로 향했다. 마당에서 내려다본 성남 구시가지에는 어느새 높다란 아파트 단지가 들어서 있었다. 칙칙한 빛깔의 아파트들과 한 치의 흐트러짐도 없이 곧게 뻗은 보도, 그 사이를 오가는 비슷한 색의 자동차들…… 눈앞의 풍경은 깔끔하다 못해 미래 도시처럼 비인간적이었다. 불현듯 그 풍경이 전에 비할 수 없이 황량하게 느껴졌다. 왠지 나를 둘러싼 세계가 공전과 자전이 아니라 다른 방식으로 움직이는 것 같았다. 『더 웬즈데이』의 표지와 눈앞의 풍경이 비슷하다는 생각도 들었다. 어쩌면 『더 웬즈데이』가 이 세계를 가장 정확히 포착하고 있을지도 모른다는 생각도 들었다. 헛웃음이 비집어 나왔다. 그때였다. 몇몇 사람들이 이전을 둘러싼 납골당의 구태의연한 행정 처리에 대해 투덜대며 이쪽으로 다가오고 있었다. 불현듯 그들이 『더 웬즈데이』 표지에 나오는 인간 사냥꾼처럼 내 숨통을 조여오고 있다는 생각이 들었다. 나는 서둘러 자리를 피했다.

텅 빈 납골당은 밖과 달리 고요했다. 순식간에 차원이 다른 시공간으로 이동한 느낌이었다. 아버지 앞에는 시들어버린 국화 다발이 놓여 있었다. 누군가 왔다 간 모양이었다. 어선의 소유권을 주장하는 아들일지도 모른다는 생각을 하던 중 불현듯 민수가 떠올랐다. 금세 누구라도 상관없다는 생각이 들었다. 사진 속 아버지는 어딘가로 떠나게 될 운명도 모른 채 전과 다름없이 환히 웃고 있었다. 나는 밖이 조용해지길 기다리며 민수의 인터뷰를 다시 한 번 읽었다. 그러자 사진 속 아버지가 귀를 기울이는 듯한 느낌이 들었다. 민수가 온갖 방황을 마친 뒤 아버지 곁에 잠시 쉬러 온 것 같기도 했다. 민수의 인터뷰 뒤엔 여배우들의 무분별한 노출 풍토에 대한 기사가 이어졌다. 수치를 근거 삼아 독자들을 설득시킨 뒤 사회학을 동원해 풍토를 비판하고 정신분석학을 인용해 여배우들을 동정하는 뻔한 기사였다. 무엇보다 『더 웬즈데이』는 여배우들의 야릇한 사진을 싣는 데 집중했다. 기사의 제목은 다음과 같다.

누가 그녀의 옷을 벗겼는가?

나의 클린트 이스트우드

클린트 이스트우드. 그는 잘생긴 서부의 영웅이었고 행동 하나 하나에 멋이 밴 강력계 형사였다. 아카데미를 휩쓴 영화감독이었으며 모범적인 공화당원이기도 했다. 1986년에는 캘리포니아 주 카멜 시 시장으로 당선되기도 했다. 그는 부정부패를 척결한 뒤 미련 없이 시장직에서 물러났다. 그는 여러모로 완벽한 남자였다.

영화에서 드러나는 클린트 이스트우드의 세계관은 고전적이다. 그가 만든 영화뿐만 아니라 젊은 시절 그가 출연한 영화를 보면 누구나 그 사실을 알 수 있다. 〈황야의 무법자〉에서 그는 권총 한 자루를 들고 특유의 무정부주의적인 태도로 약자를 위해 타락한 공권력과 싸우고 악인을 처단한다. 자신이 믿는 가치를 절대적으로 숭배하는 것이다. 감동은 여기에서 온다.

자그마한 영화 잡지에서 기자 일을 하고 있을 때, 나는 클린트 이스트우드가 공화당원이라는 이유로 그의 영화를 폄하하는 동료를 본 적이 있었다. 동료는 알랭 레네와 장 뤽 고다르의 영화를 찬양하며 클린트 이스트우드를 비판했다. 혁명적이고 진보적인 『카이에 뒤 시네마』의 일원들과 비교해 클린트 이스트우드가 폭력적이고 단순하다는 것이었다. 별다른 반론을 내세우진 않았지만 내 생각은 달랐다. 알랭 레네와 장 뤽 고다르의 영화가 현란하고 난해한 건 나약하기 짝이 없는 자아에 대한 반작용이었다. 나는 동료와 다시는 클린트 이스트우드에 대해 이야기하지 않았다.

클린트 이스트우드는 이제 늙었다. 젊은 사람들은 그가 감독이기 이전에 배우였다는 사실을 잘 모른다. 그의 쇠약한 육체와 과거의 강인함을 함께 떠올리지 못한다. 그저 깐깐해 보이는 노감독 정도로 기억할 뿐이다. 어쩌면 호르몬의 문제일지도 모른다. 중년이 지나 목소리와 머리칼이 얇아지고 있는 남자들…… 알랭 들롱, 미키 루크, 알 파치노, 로버트 드니로…… 지금 그들이 할 수 있는 거라곤 쇠락한 옛 명성을 보전하기 위해 시시껄렁한 조연을 맡아 고군분투하는 것뿐이다. 〈옛날 옛적 서부에서〉의 찰스 브론슨처럼 하모니카만 갖고도 내면의 멋을 풍기는 남자는 이제 찾을 수 없다. 우리는 예산이 부족해 냉난방도 제대로 되지 않는 시네마테크를 제외하고는 진정한 남자들을 볼 수 없다.

반면 우디 앨런은 늙어서도 인기를 끌고 있다. 전형적인 뉴요커인 우디 앨런은 쉴 틈 없이 연애를 하고 입을 놀린다. 우디 앨런을 추종하는 이들은 그가 영화에 대단한 철학이라도 불어넣은 것처럼 말한다. 클린트 이스트우드가 총알 하나로 우디 앨런의 수다보다 많은 것을 말하고 있다는 사실도 모르고 말이다. 우디 앨런이 연인에게 우리가 헤어지는 이유에 대해 집요하게 설명하는 동안, 클린트 이스트우드라면 하룻밤을 함께 보낸 여자를 총으로 쏜 뒤 뒤도 안 돌아보고 모텔 방을 벗어나 포드의 시동을 걸 수 있지 않을까? 언젠가 우디 앨런을 찬양해 마지않는 여자에게 〈애니 홀〉을 좋아한다고 한 적이 있지만 사실은 아니다. 클린트 이스트우드처럼 항상 총을 지니고 있는 것까지는 아니더라도 가끔씩은 거짓말을 해야 이 고단한 현실을 헤쳐나갈 수 있는 법이다.

따지자면 나는 클린트 이스트우드보다 우디 앨런에 가까웠다. 몸은 빼빼 말랐고 눈은 지독히 나빴으며 할 줄 아는 건 수다뿐이었다. 우디 앨런과 다른 점이 있다면 여자에게 인기가 없다는 것뿐이었다. 아무도 이런 내가 클린트 이스트우드와 한때 가까운 사이였다는 사실을 믿지 않을 것이다.

클린트 이스트우드를 만난 건 지난해 가을이었다. 나는 당시 잡지사를 그만두고 위암에 걸린 숙부를 대신해 펜션과 낚시터를 관리하고 있었다. 자녀가 없었던 숙부는 나를 펜션에 남긴 채 요양원으로 떠났다. 묘지가 가득한 뒷산과 근처 도살장에서 흘러내려온 오수로 오염된 저수지…… 토지개발마저 내팽개쳐버린 〈OK목장의 결투〉의 닷지 시티 같은 펜션에 대체 누가 묵는단 말인가. 손님이 하도 없어서 전염병 환자라도 관리할 수 있을 정도였다. 마땅히

할 일이 없었던 나는 작가들이 고독을 양분 삼아 걸작을 써낸 것을 떠올리며 시나리오를 쓰기 시작했다. 그러나 성과는 없었다. 내 생각엔 흠잡을 데 없는 대본이었지만 공모전에서는 연달아 떨어졌으니 말이다. 그러니 영화를 보고 시간을 축내며 언제 올지 모르는 손님이나 기다리는 수밖에.

그나마 오는 손님은 낚시꾼이지만 가끔은 특별한 목적이 있는 사람들도 왔다. 손님이 부른 창녀를 제외하면 대부분 몸을 숨기고 싶어 하는 사람들이었다. 빚에 쫓기거나. 사람에 쫓기거나. 둘 중 하나였다. 그중 하나가 클린트 이스트우드였다.

클린트 이스트우드가 처음 관리실에 들어왔을 때 나는 그가 한국전쟁에 관한 영화를 찍기 위해 답사를 왔거나, 부인 몰래 한국인 유학생과 밀애를 즐기다 이곳까지 따라왔을 거라고 생각했다. 선글라스로 얼굴을 가렸지만 나는 단번에 그가 클린트 이스트우드라는 것을 알아챘다. 100편이 넘는 영화에 출연한 그를 어찌 못 알아볼 수 있겠나.

"방 있나?"

그가 특유의 가래 끓는 목소리로 물었다. 그리고 내가 자신을 알아본 것을 이미 알고 있다는 듯 희미하게 웃었다.

"돈만 있다면요."

내가 답했다. 솔직히 말해 나는 그에게 실망했다. 그는 영화에서 봤던 것보다 볼품이 없었다. 꾀죄죄한 옷차림에 지독한 냄새가 풍겼고 허리는 구부정했으며 온몸에 주름이 가득했으니 말이다.

클린트 이스트우드가 펜션에 묵은 지 열흘이 지나서였다. 나는 그에 대한 기사들을 검색해봤다. 지난여름 미국 언론들은 일제히 클린트 이스트우드가 제작자와 다툼 끝에 행방불명됐다고 보도했다. 할리우드 작업 환경의 급격한 변화와 분업 체계에 적응하지 못한 클린트 이스트우드가 제작자에게 상해를 입히고 계약금을 빼돌려 외국으로 도주했다는 내용이었다. 언론들은 유력한 은신처로 쿠바와 멕시코를 꼽았는데, 그가 한국에 있다는 걸 짐작조차 못하는 모양이었다. 기사에 따르면 클린트 이스트우드는 신작에 대한 의견차가 생기자 급기야 제작자에게 총까지 겨누었다고 한다. 그 제작자는 지난 20년 동안 클린트 이스트우드가 꾸준히 영화를 만들 수 있도록 지원해준 건실한 사업가였다. 클린트 이스트우드의 영화가 매번 적자를 내는데도 노감독에 대한 예우 차원에서 말이다.

"당신이 뭘 알아?"

클린트 이스트우드는 제작자에게 총을 겨누며 이렇게 말했다고 한다. 그러나 언론들은 진짜 아무것도 모르는 건 클린트 이스트우드라고 보도했다. 그는 더 이상 서부의 영웅이 아니었다. 아무런 명분도 없이 폭력을 행사하고 푼돈을 빼돌린 시대착오자일 뿐이었다. 내가 판단하기에도 클린트 이스트우드는 자격지심에 기회를 놓친 고집 센 늙은이에 불과했다. 나는 이 사실이 전 세계로 보도되고 있다는 것을 그에게 말하지 않았다. 자신이 망신을 당하고 있다는 것을 알면 〈알카트라스 탈출〉의 탈옥수 모리스처럼 무슨 일을 저지를지 몰라 겁이 났기 때문이었다.

며칠을 겪어보니 클린트 이스트우드는 전성기가 지난 대부분의 배우들이 그렇듯 비현실적이었다. 그는 매일 아침 한 시간가량 운동을 했다. 말이 운동이지 저수지 부근을 천천히 산책하는 정도였다. 그는 항상 긴 코트와 카우보이 바지 차림이었고 허리춤에는 실제 발사가 될까 싶을 만큼 낡은 권총까지 차고 있었다. 나는 처음에 그가 과대망상증 환자라고 생각했고, 나중에는 그래도 말을 타지 않고 맥고모자를 쓰지 않아 다행이라고 생각했다. 무섭다기보다는 창피했다. 그나마 펜션에 손님이 없는 게 다행이지 카우보이 복장의 백인 노인이 총을 소지하고 있는 것을 누가 보기라도 하면 정신이상자로 신고할 게 뻔했다. 여기는 집시가 가득한 콜로라도도, 역전의 악당이 들끓는 성 조지 요새도, 연쇄살인마가 활개를 치는 샌프란시스코도 아니었다. 오염된 저수지가 딸린 평범한 펜션일 뿐이었다.

"우유 한 잔 부탁하네."

클린트 이스트우드는 산책에서 돌아오면 항상 우유를 찾았다. 그날도 나는 마지못해 그에게 우유를 건넸다. 그는 우유를 받아 들고 입을 놀리기 시작했다. 그즈음 매일 겪는 일이었다. 과묵할 거라 생각했던 건 오산이었다. 클린트 이스트우드는 자신의 인생과 영화에 대해 설명해나갔다. 나는 지난 열흘 동안 그 이야기를 누누이 들어 이미 다 알고 있었지만 모르는 척했다. 누군가에게 자신을 알리고 싶어 안달이 난 사람 같아서 측은했기 때문이었다.

"텍사스엔 오로지 두 종류의 음식뿐이지. 그게 뭔 줄 아나?"

그는 말을 잠시 멈추고 우유를 한 모금 마신 뒤 거드름을 피우기 시작했다. 핵심적인 대사처럼 그가 반복하는 말이었다. 나는 그의 바람대로 고개를 천천히 저어주었다.

"소고기와 우유."

그가 입꼬리를 올리며 목소리를 내리깔았다. 내가 먹는 음식들이 미개하다고 깔보는 듯한 기분이 들었다. 나는 더 이상 봐주기 힘든 노인네라고 중얼거렸다. 그는 아랑곳하지 않고 차기작에 대한 투자를 받기 위해 여기까지 왔다고, 한 제작사와 접촉 중인데 일만 잘 풀리면 거액을 투자받을 수 있다고 떠들어댔다.

"할리우드는 이미 끝났어."

어느 순간 클린트 이스트우드가 입술을 깨물며 말했다. 자신과 같은 대가를 알아볼 안목을 갖춘 사람이 더 이상 할리우드에 존재하지 않는다는 것이었다. 그는 또 마틴 스콜세지가 3D 영화를 만든다는 사실을 알고 있냐고 물었다. 나는 고개를 끄덕였다. 언젠가 기사에서 읽은 적이 있었다. 그 무렵 마틴 스콜세지의 변신은 화제가 되고 있었다.

"젊었을 때 여자를 그렇게 밝히더니 기력이 쇠한 거지. 단단히 노망이 든 게 분명해."

클린트 이스트우드가 혀를 끌끌 찼다. 그리고 "진짜 3D는 이런 거지"라고 덧붙이며 갑자기 허리춤에서 총을 꺼내 내게 겨누었다. 마틴 스콜세지가 눈앞에 있으면 쏠 기세였다. 나는 깜짝 놀라 뒤로 물러섰다.

"놀라지 말게, 젊은이. 빈총이라네. 어때? 3D처럼 실감 나지 않나?"

그가 껄껄 웃으며 총을 다시 허리춤에 찼다. 허풍쟁이 늙은이, 노망이 든 건 스콜세지가 아니라 바로 당신이야. 나는 이렇게 속으로 중얼거렸다. 그사이 클린트 이스트우드는 마틴 스콜세지에 대한 험담을 멈추고 기술만 번지르르할 뿐 기본이 안 됐다면서 크리스토퍼 놀런에게 욕을 퍼붓기 시작했다.

"그 영화 재밌던데요?"

내가 반문했다. 〈다크 나이트〉는 『카이에 뒤 시네마』에서도 이례적으로 극찬한 할리우드 영화였다. 자본과 예술의 절묘한 융합 운운하면서 말이다. 클린트 이스트우드는 고개를 절레절레 저으며 긴 한숨을 쉬었다. 노인의 지혜를 무시하지 말라고 충고하는 듯했다. 클린트 이스트우드는 곧이어 브라이언 드 팔마와 자신이 할리우드를 양분하던 시절에는 놀런 같은 잔챙이가 설치는 일이 없었다고, 아니 있을 수도 없는 일이었다고 말했다. 내가 알기로는 브라이언 드 팔마와 클린트 이스트우드가 할리우드를 양분하던 시절 같은 건 없었다. 그때는 그들이 조지 루카스와 스티븐 스필버그를 피해 할리우드 변방에서 저예산 괴작들을 양산하던 시기였다. 경제적으로 어려웠던 클린트 이스트우드가 돈을 벌기 위해 포르노 영화에 출연했다는 소문도 나돌고 있었다.

"이자벨 아자니에 대해서도 말해줄까?"

클린트 이스트우드가 속삭였다. 내가 대답하기도 전에 그는

1981년 이자벨 아자니와 파리에서 만나 잠깐 사귀었다고 말했다. 그리고 이자벨 아자니가 좋아하는 체위에 대해, 다니엘 데이 루이스와 이자벨 아자니의 사이를 어떻게 갈라놓았는지에 대해, 그 둘 사이의 아들이 사실은 자신의 종자라는 것에 대해 떠벌리기 시작했다. 1981년이 이자벨 아자니가 〈포제션〉에서 사이코패스 역을 맡은 뒤 자살 소동을 벌이고 정신병원에 입원한 해라는 건 영화에 조금이라도 관심이 있는 사람이라면 누구나 알고 있는 사실이다. 클린트 이스트우드는 가십란을 메우기 위해 머리를 싸매고 거짓말을 지어내는 연예부 기자 같았다. 나는 그의 허풍을 견디다 못해 그런 이야기는 한국의 정서에 맞지 않아서 듣기 불편하다고 말했다.

“〈버드〉가 막 개봉하고 난 뒤니까 아마 88년이었을 거야. LA에 머무를 때 한국 여자도 잠깐 사귀어봤어. 그녀는 코카인보다 나를 더 사랑했지. 난 그때와 다르지 않아.”

그가 지나간 세월을 부정하듯 “그때와 다르지 않아”에 힘을 주어 말했다. 나는 약쟁이 교포와 한국 정서의 상관관계에 대해 잠시 생각해봤지만 그게 무엇인지 도무지 파악할 수 없었다. 그는 내 눈치를 보더니 이제 총을 닦으러 갈 시간이라며 슬며시 자리에서 일어났다. 그는 잠깐 동안 나를 내려다보았다. 허풍을 거둬버리자 일순간 그의 눈빛이 〈더티 해리〉의 칼라한 형사처럼 진지해졌다. 그를 만난 후 처음으로 그가 진짜 클린트 이스트우드처럼 느껴졌다.

“마이클, 만약 당신이 우리 집 현관에 카메라를 들고 나타난다면

난 당신을 죽이겠다. 진심이다.”

마이클 무어가 〈화씨 9/11〉을 통해 공화당을 비판하자 클린트 이스트우드는 이렇게 대응했다. 당시 마이클 무어는 클린트 이스트우드의 경고를 웃어넘겼지만 사실은 무서워서 며칠 동안 잠을 이루지 못했다고 『버라이어티』와 인터뷰를 하는 도중 고백했다. 어린 시절 몇 번씩이나 반복해 봤던 〈석양의 건맨〉의 블론디가 총을 겨누는 꿈 때문에 뜬눈으로 밤을 지새웠다고 말이다.

그로부터 얼마 지나지 않아 마이클 무어는 할리우드 거리에서 클린트 이스트우드와 우연히 마주쳤다. 클린트 이스트우드는 무엇에 그리 쫓기는지 고개를 푹 숙인 채 빠른 걸음으로 걷고 있었다. 마이클 무어는 클린트 이스트우드에게 인사를 건넸다. 공포에 떠느니 빨리 상황에 부딪혀 이겨내는 게 낫다는 생각에서였다. 그러나 클린트 이스트우드는 마이클 무어를 피해 더 빨리 걷기 시작했다. 마이클 무어는 “악당을 쫓는 칼라한 형사가 된 기분이었죠”라고 운을 떼며 “걸음걸이나 행동거지 모두 어린 시절 영화에서 봤던 그대로였어요. 겁에 질린 듯 도망가는 모습은 처음이었지만요. 얼마나 빠른지 순식간에 사라지더라고요”라고 웃음을 머금은 채 말했다. 자신이 최후의 승자라는 태도였다. 기자는 클린트 이스트우드가 확실하냐고 물었다.

“처음에는 저도 헷갈렸어요. 미국에서 흔히 볼 수 있는, 그러니까 무료함을 이기지 못해 평생교육원에서 시 창작이나 배우고 온 듯한 노인이었거든요. 그러나 클린트 이스트우드가 분명하다는 확신은 있었죠. 어떻게 제가 그를 잊을 리 있나요. 어릴 때는 우상이었고 요새는 꿈마다 나오는데 말이죠."

마이클 무어는 이렇게 덧붙이곤 자신이 본 게 클린트 이스트우드이든 아니든 이제 미국의 부흥기를 이끌었던 기성세대들이 서서히 사라질 때라고 말했다. 〈석양의 무법자〉에서 클린트 이스트우드의 숙적으로 나오는 리 반 클리프라도 된 것처럼 말이다. 틀린 말은 아니었다. 〈미스틱 리버〉 〈체인질링〉 〈그랜토리노〉가 연이어 평단의 호평을 받고 클린트 이스트우드는 "우리 시대의 마지막 고전주의자"라는 찬사를 받았지만 사실 그 영화들은 하나같이 손익분기점을 넘지 못했다. 거대 자본과 특수 효과도 없었고 유명 배우가 출연하는 게 아니었으니 당연했다. 〈히어애프터〉에서 소수민족과 화해하고 〈스페이스 카우보이〉를 통해 우주 공간을 모색하며 변화를 꾀했지만 40년 이상을 할리우드에서 버티기엔 강인한 육체만으론 역부족이었다. 게다가 육체는 점점 노쇠했고 퇴물이 된 여배우처럼 과거 속에 매몰돼 현실을 직시하지 못했다. 더군다나 제작자와의 다툼으로 인해 할리우드에 더 이상 발을 붙일 수 없었다. 내 영웅이 이렇게 망가지다니…… 차라리 나타나질 말지…… 나는 문득 서글퍼졌다. 이건 호르몬보다 조금 더 불가항력적인 문제임에 틀림없었다.

동정이 가긴 했지만 그렇다고 클린트 이스트우드를 봐줄 수는 없었다. 그가 펜션에 온 뒤 혼자 영화 보는 시간을 빼앗겼기 때문이었다. 그는 관리실에 시도 때도 없이 드나들었고 영화를 보는 도중 끼어들어 배우들의 험담을 해대기 일쑤였다. 그의 말에 따르면 더스틴 호프만은 토마토 소스밖에 모르는 이탈리아 촌놈이고, 알랭 들롱의 팬은 절반이 동성애자인 데다가, 폴 뉴먼은 최소한의 윤리관도 없는 작자이며, 알 파치노와 로버트 드 니로는 자신과 같은 급이라고 하기엔 새까만 후배들이었다.

"존 웨인 그 노인네는 대책 없는 꼰대야."

심지어 그는 존 웨인을 깎아내리기도 했다. 그는 동양 영화들은 취급도 하지 않았으며 〈본 아이덴티티〉 같은 현대물을 볼 때는 "총은 저렇게 쏘는 게 아니야"라고 트집을 잡으며 총을 꺼내 시범을 보이기도 했다. 그를 내쫓는 방법은 간단했다. 지루한 영화를 트는 것이다.

"영화를 이렇게 고리타분하게 만들다니. 그 나이 먹도록 영화 만드는 법을 모르는군."

데이비드 린치의 영화를 틀면 클린트 이스트우드는 이렇게 말하며 하품을 했다. 예전 같았으면 그 말에 어느 정도 동의를 하며 고개를 끄덕였겠지만, 유일한 취미생활마저 빼앗겨버린 나는 괜한 반발심이 생겼던 것 같다. 그 덕에 린치의 영화를 몇 번이나 반복해 봤는지 모르겠다. 그중 몇 장면은 아직도 머릿속에서 사라지지 않는다.

"내 영화는 봤나?"

그는 한술 더 떠서 세르지오 레오네의 서부극이나 돈 시겔의 〈일망타진〉을 언급하며 은근히 자신의 영화를 틀길 바랐다. 그러나 그의 앞에서 그 영화들을 본다는 게 내키지 않았다. 우쭐해하는 그가 상상돼 싫기도 했지만 그의 처지를 확인 사살하는 것 같아 왠지 미안한 마음도 들었기 때문이었다. 소격효과를 창안한 브레히트가 원망스러울 지경이었다. 영화가 환상이 아니라면 대체 무엇이란 말인가. 어째서 눈앞에 있는 클린트 이스트우드가 진짜 클린트 이스트우드란 말인가.

그러니 영화를 보는 시간은 주로 클린트 이스트우드가 잠들고 나서였다. 그렇다고 완전히 그의 사격 범위에서 벗어난 건 아니었다. 언젠가 한번은 새벽에 관리실 문을 두드린 적도 있었다.

"혹시 내 앞으로 전화나 편지 안 왔나?"

그가 관리실 문을 벌컥 열며 말했다. 착각하지 마세요. 당신은 이제 지역신문에서도 찾아보기 힘들어요. 동네 잡화점 주인 할아버지의 부고에도 밀릴 지경이라고요. 나는 이렇게 속으로 중얼거렸다. 실제로도 그의 도주 사건은 젊은 배우들의 스캔들에 밀려 잊힌 지 오래였다. 경찰도 연일 몰려드는 중요한 사건을 해결하느라 그를 추격하는 것을 미뤄놓았을 것이었다. 마이클 무어는 클린트 이스트우드에 대한 공포를 극복했는지 〈식코〉를 만들어 평단의 호평을 받았다. 클린트 이스트우드는 아직도 상황 파악을 제대로 하지 못하고 있었다.

"예전엔 내가 그 어떤 곳에 숨어 있어도 잘도 찾아내더니만."

그가 투덜거렸다. 나는 "그럼 신고라도 해드려요?" 하고 말하려다가 참았다. 그의 이야기가 길어질까 겁났기 때문이었다. 나는 우유 한 잔을 주어 그를 내쫓았다. 그는 오디션에 탈락해 낙담한 배우 지망생처럼 침울한 표정으로 한동안 밖을 서성이다가 방으로 들어갔다.

클린트 이스트우드가 나를 귀찮게 한 건 영화를 볼 때만이 아니었다. 나는 일주일에 두어 번 저수지에 배를 띄워 물 위에 떠오른 오물을 건져내는 일을 했는데, 그는 그때마다 눈치 없이 나를 따라나섰다.

"리오그란데 강이 떠오르네."

클린트 이스트우드는 한동안 시커먼 저수지를 바라보다가 이렇게 입을 떼곤 했다. 그리고 리오그란데를 배경으로 한 서부극의 역사에 대해 설명하기 시작했다. 존 포드에서 시작한 그 이야기는 독립전쟁 당시 리오그란데에서 하루에도 열두 번씩 인디언들과 전투를 벌였다는 이야기까지 거슬러 올라가다가 어느 순간 끝나버렸다. 레이건 정권 때부터 관광지로 개발된 리오그란데에서 인디언과 백인이 영토와 자존심이 아니라 관광객의 주머니를 두고 다투는 현실을 모르고 있는 듯했다.

"더러운 건 피차일반이죠."

나는 시큰둥하게 답하며 망을 건져 올렸다. 물때가 낀 스티로폼 조각들이 망에 걸려 있었다.

"리오그란데가 내다보이는 호텔에서 시나리오를 쓰곤 했다네. 리오그란데를 휘감는 사막의 모래바람을 보고 있으면 영감이 저절로 떠올랐지."

모래바람을 만난 듯 그가 눈을 가늘게 뜨며 말했다.

"글을 쓰다가 강 너머 멕시코를 바라보면 인디언들의 지독한 구취가 풍겨오는 것 같은 기분이 들어 영감이 금세 사라졌지만 말이야."

그가 미간을 잔뜩 찌푸리며 덧붙였다. 〈무법자 조시 웨일즈〉에서 보여준 코만치 족과의 화합은 그저 영화를 팔기 위한 수단에 불과했다고 말하는 듯했다. 나는 그의 이야기를 흘려들으며 망에 걸린 쓰레기를 봉투에 넣었다. 달리 할 말이 없기도 했지만 그의 회상을 방해할 만큼 나는 모질지 못했다. 어느 순간부터 말을 멈추고 저수지를 바라보던 그의 눈망울이 촉촉해지기 시작했다. 그는 포박한 뒤 뱃머리에서 밀어버린다 해도 아무런 저항도 못할 것처럼 쇠약해 보였다.

"그래, 자네도 글을 쓴다고 했지?"

그때 그가 물었다. 나는 "그런 셈이죠"라고 대답하며 고개를 끄덕였다.

"나약하기 짝이 없는 직업이군."

그가 비웃음을 띠며 말을 이었다.

"문둥병에 걸린 포주만도 못한 직업이지."

그가 소리 내 웃기 시작했다. 불현듯 그를 물속에 떠밀고 싶어졌다. 잠시나마 그를 동정한 게 후회됐다. 그가 웃음을 멈추고 텍사스 운운하며 다시 헛소리를 늘어놓는 동안 나는 상상 속에서 그를 빠뜨릴 지시를 내릴 감독을 고르고 있었다. 샘 페킨파는 너무 잔인한가…… 데이비드 크로넨버그라면 그나마 멋스럽게 그려줄 테고…… 조지 로메로라면 실제로도 죽이는 게 가능할까?

그 무렵 나는 2주에 한 번꼴로 충남 홍성에 위치한 요양원에 다녀왔다. 주치의에게 숙부가 오래지 않아 죽을 거란 말을 들어서였다. 그날도 나는 면회 신청을 한 뒤 마당에서 숙부를 기다렸다. 면회실 마당에는 등나무들이 그늘을 드리우며 늘어서 있었고, 마당 너머 암석이 적나라하게 드러난 산이 보였다. 얼마 지나지 않아 간호사가 휠체어에 탄 숙부를 밀고 나왔다. 숙부는 삶의 마지막 빛을 발하는 듯 정정해 보였다.

"펜션은?"

숙부는 나를 보자마자 펜션에 대해 물었다. 평생을 걸려 얻은 게 그 펜션 하나뿐이라는 듯이. 나는 펜션은 잘 있다고 대답했다.

"지금 몇 명이 묵고 있지?"

숙부가 재차 물었다. 나는 한 명이 묵고 있다고 했다. 문득 펜션에 혼자 남은 클린트 이스트우드가 누군가를 납치해 와서 인질극이라도 벌이고 있는 게 아닐까 불안해졌다.

"나그네에게 대접 잘해주게."

숙부는 이렇게 말하곤 쓸쓸한 얼굴로 돌산을 바라봤다. 나는 숙부가 도리어 영영 떠나버릴 준비를 하는 나그네란 생각이 들었고, 그의 기분을 풀어줘야겠다는 생각도 들었다.

"클린트 이스트우드 좋아하세요?"

그때 나도 모르게 튀어나온 말이었다. 숙부는 인생을 돌이켜보듯 한동안 침묵을 지켰다.

"내가 아는 한 최고의 남자였지."

숙부가 숙고를 끝낸 듯 차분한 목소리로 말했다. 그리고 클린트 이스트우드의 영화를 보기 위해 동시상영관에 드나들던 고리타분한 이야기를 신이 나서 쏟아내기 시작했다. 나는 숙부의 이야기를 잠자코 들어주었다. 이야기는 신기하게도 클린트 이스트우드의 정점인 〈용서받지 못한 자〉에서 멈췄다. 감독으로서 한동안 죽을 쑤던 클린트 이스트우드는 〈용서받지 못한 자〉로 아카데미 작품상과 감독상을 동시에 수상하며 재기에 성공했다. 〈용서받지 못한 자〉는 클린트 이스트우드 자신을 재료 삼아 서부극의 종말을 형상화한 영화였다. 퇴물 총잡이로 분한 클린트 이스트우드가 총잡이의 고통을 토로하고 서부 영웅주의의 실체를 폭로한 것이다. 그러나 자신을 반영할 수 있는 기회는 잔인하게도 단 한 번뿐이었다. 그다음의 내리막길에 대해서 숙부는 모르는 듯했다. 이야기를 마치자 숙부가 기침을 토해내기 시작했다. 자신에게도 찬란한 젊은 시절이 있었다는 듯 갑자기 흥분해 너무 많은 이야기를 쏟아낸 것 같았다. 나는 숙부에게 클린트 이스트우드가 펜션에 숨어 있다는 말을 하지 않았다. 곧 죽는 사람의 환상을 깨는 건 아무리 악랄한 악당도 못할 짓이다.

"〈암흑가의 세 사람〉이 개봉했을 때 여자들이 열광했던 게 기억나네. 그나저나 그 양반 아직 살아 있나?"

숙부가 병실에 들어가기 전에 말했다. 생각해보니 무언가 이상했다. 〈암흑가의 세 사람〉에 출연한 건 클린트 이스트우드가 아니라 알랭 들롱이었다. 나는 입을 다물었다. 알고 죽으나 모르고 죽으나 변하는 건 없으니까.

펜션으로 돌아가는 길에 아직 영화 잡지 기자로 있는 동료에게 들렀다. 시나리오를 보여주기 위해서였다. 동료는 마감이 코앞이라며 개봉 영화평을 쓰느라 정신이 없었고 시나리오를 건네자 건성으로 훑어보기 시작했다. 10분도 채 지나지 않아 그는 시나리오를 내려놓았다. 도입부도 읽지 않은 채였다. 그는 이렇게 서사가 단순하면 팔릴 리가 있냐고, 공모전에서 떨어지는 게 당연하다고 쓴소리를 해댔다. 나는 그가 쓴 평을 흘끗 봤다. 요즘 개봉한 그저 그런 재난영화에 대한 평이었는데, 동료는 뭐가 그리 좋은지 온갖 이론을 끌어들여 찬사하고 있었다. 나는 그의 감식안을 확인한 뒤 안심하는 한편 씁쓸하기도 했다. 동료는 장 뤽 고다르와 알랭 레네마저 잊어버린 듯했다.

"아직도 무작정 총싸움하는 영화만 보는 건 아니겠지?"

동료가 비아냥댔다. 이름도 외우기 힘든 서양의 젊은 감독들을 대며 그들이 영화의 새 지평을 열고 있다고 하기도 했다. 나는 그들을 모른다고 했다. 동료는 고개를 절레절레 저으며 내가 과거에 붙잡혀 있는 사람이라고 말했다.

"텍사스에서 가장 흔한 이름이 뭔 줄 알아?"

동료가 히죽히죽 웃으며 물었다. 나는 고개를 저었다.

"클린트 이스트우드."

동료가 말했다.

"그럼 클린트 이스트우드들이 가장 증오하는 이름은?"

나는 또 고개를 저었다.

"클린트 이스트우드."

동료가 또 말했다. 그리고 아주 우스운 농담을 한 듯 낄낄대기 시작했다. 얼마 전 어느 칼럼에서 읽은 우스갯소리인데, 이제 막 청년이 된 텍사스의 젊은이들 중에는 유난히 클린트 이스트우드라는 이름을 가진 사람이 많다는 것이었다. 클린트 이스트우드들은 "왜 할머니가 이런 이름을 지어줬는지 모르겠어요"라고 말하며 자신의 우스꽝스러운 이름을 하나같이 증오한다고 한다.

"근데 너는 왜 클린트 이스트우드가 되지 못해 안달이지?"

동료가 이죽거렸다. 나는 그때 클린트 이스트우드가 저 멀리서 윈체스터로 동료를 저격하는 상상을 했던 것 같다.

펜션에 도착했을 때는 자정이 넘어서였다. 관리실에 들어서자 클린트 이스트우드가 영화를 보고 있었다. 이자벨 아자니가 나오는 〈서브웨이〉였다. 이자벨 아자니의 아름다운 모습만으로도 추앙받아야 마땅한 영화였다. 내 기억이 맞다면 〈서브웨이〉는 그다지 슬프지 않은 범죄물인데도 클린트 이스트우드는 내가 옆에 다가온 것도 모른 채 눈물을 흘리고 있었다. 나는 당황해서 그 자리에 멈췄다. 그는 그제야 인기척을 느꼈는지 포르노 영화를 보다 들킨 소년처럼 후다닥 텔레비전을 끄고 일어섰다.

"별일 없었죠?"

내가 괜히 민망해져서 물었다. 클린트 이스트우드는 눈물 고인 눈으로 나를 보며 무슨 할 말이라도 있는 듯 입을 달싹였다.

"영화는 어땠어요?"

불편한 침묵을 끝내고자 내가 다시 한 번 물었다.

"난 사실 그리 유명한 사람이 아니네. 전성기도 지났고…… 첫사랑을 떠올리며 훌쩍대는 나약한 남자일 뿐이지."

클린트 이스트우드가 고백이라도 하듯 나직한 목소리로 말했다. 나는 갑작스러운 고백에 멀거니 서 있을 수밖에 없었다. 그는 슬며시 자리에서 일어나 밖으로 나갔다. 그때 나는 그가 빠져나간 자리에 놓인 서랍장이 살짝 열려 있는 것을 발견했다. 얼마간의 돈과 시나리오 습작들이 담긴 서랍이었다. 나는 관리실을 빠져나가는 그를 바라보았다. 그의 코트 주머니에는 지폐 몇 장이 삐져나와 있었다. 문득 클린트 이스트우드가 숙박비를 지불할 때가 됐다는 사실이 떠올랐다. 서랍 안에 있는 돈이 숙박비를 내기엔 턱없이 부족한 금액이라는 것도 깨달았다. 건맨이 좀도둑이 되다니…… 정녕 무슨 문제란 말인가?

돈을 훔친 걸 모른 척해준 이후 클린트 이스트우드는 나를 슬슬 피해 다녔다. 언제부턴가는 아침에 나가서 밤늦게 돌아오기 시작했다. 처지를 아는 마당에 숙박비를 내라고 닦달하기도 왠지 좀 그래서 나 역시 그를 보지 않는 게 마음 편했다. 게다가 시나리오를 고치느라 좀처럼 그에게 신경을 쓰지 못했다. 동료가 말한 젊은 감독들의 영화도 연달아 봤는데, 몇 겹의 서사 구조를 갖고 있어서 도무지 주제를 파악하기 힘들었고 하나같이 화려한 화면에만 집착할 뿐이어서 영화를 보고 나면 지쳐버렸다. 〈더티 해리〉의 명대사 "오늘 하루를 화끈하게 장식해줘"가 통하지 않을 만큼 영화를 둘러싼 세계는 복잡해진 상태였다. 이런 맥락에서 보면 서부극이 사라진 건 당연했다. 초창기 서부극은 신화 위조, 영웅주의, 백인우월주의, 단순한 선악 구도처럼 확연히 드러나는 단점이 많았다. 그 이후 서부극은 유색인종과 연대하고 여성을 보듬으며 살아남으려 버둥댔지만 그것만으로는 부족했다. 그러던 중 서부극은 유령에 홀린 듯 순식간에 사라졌다. 일부 평자들은 태생적 한계를 운운하며 서부극의 종말을 정당화했다. 그러나 내 생각은 달랐다. 서부극은 사라지지 않았다. 서부개척시대와 베트남전쟁, 자본주의와 냉전체제, 마르크스와 나치와 무솔리니까지 서부극은 당시 현실과 맥락이 닿아 있고 그 정신은 현재까지 유효했다. 내 생각엔 우리가 오히려 아무 맥락 없이, 혹은 너무나 많은 맥락에 닿아 최면에 걸린 것처럼 비틀거릴 뿐이었다. 밤새 동료가 권한 영화를 보고 있자니 나는 문득 유령에 홀린 채 끝없이 사막을 헤매고 있는 남자들이 그리워졌다. 클린트 이스트우드마저 보고 싶은 생각이 들었다. 그 무렵 내 그리움을 자극하려고 하는지 클린트 이스트우드는 사흘 동안 들어오지 않았다. 그때 나는 직감적으로 그가 영영 돌아오지 않을 거라 생각했던 것 같다. 그것밖에는 그의 방에 들어간 이유가 설명되지 않는다.

나는 가끔 클린트 이스트우드가 방을 서부극에 나오는 허름한 오두막처럼 꾸며놓지는 않았을까 상상하곤 했다. 그러나 허무하게도 그의 방은 펜션의 다른 방들과 똑같았다. 다른 점이 있다면 탁상 위에 놓인 존 스타인벡의 『분노의 포도』 뿐이었다. 나는 방을 정리하기 시작했다. 방도 비교적 깨끗했고 짐도 가방 하나 분량이어서 힘들지는 않았다. 총은 갖고 나갔는지 보이지 않았다. 나는 빈총과 카우보이 복장으로 희극적인 광경을 연출할 클린트 이스트우드를 떠올렸다. 어리숙한 신사 윌로 씨를 등장시켜 현대사회를 풍자하는 자크 타티의 코미디 같았다.

다음 날 늦은 오후였다. 예상은 빗나갔다. 클린트 이스트우드가 돌아온 것이다. 처음 보는 젊은 여자와 함께였다.

"잘 있었나?"

클린트 이스트우드가 내게 인사를 건넸다. 나는 떠나버린 줄 알고 방을 치우고 짐도 따로 챙겨뒀다고 말했다.

"내가 어디 가나?"

그가 우쭐대며 말했다. 자신감이 넘쳐 보였다. 나는 그의 팔짱을 끼고 있는 여자를 곁눈질했다. 클린트 이스트우드는 그제야 우리 둘을 서로 소개시켜주었다. 지금은 그녀가 창녀였다는 것 말고는 그들이 어디에서 만났는지 그녀의 이름이 무엇인지 기억나지 않는다.

"아름다운 숙녀분이 오셨는데 오늘 저녁은 스테이크 어떤가?"

그가 영화사에서 계약금을 받았다고 덧붙이며 내게 돈뭉치를 쥐여주었다. 자신감의 원인이 그 돈뭉치 같았다. 나는 그 돈에서 숙박비를 제하고 소고기를 사 왔다. 소고기를 굽는 동안 그들은 테라스에 앉아서 맥주를 마시며 떠드느라 정신없었다. 인정할 건 인정해야겠다. 클린트 이스트우드는 타고난 배우였다. 나는 〈매디슨 카운티의 다리〉의 한 장면이라도 보는 듯 클린트 이스트우드와 여자가 이야기를 나누는 것을 넋을 놓고 바라봤다. 잠시 후 여자가 화장실에 간 틈을 타 클린트 이스트우드가 내게 다가왔다.

"역시 최고의 안주는 여자야. 어때? 예쁘지 않나?"

그에게서 술 냄새가 풍겨왔다. 나는 긍정도 부정도 하지 않았다. 그는 자신이 사귄 여자들에 대해 이야기하기 시작했다. 정확히 기억나진 않지만 온갖 유명한 여배우들이 언급됐던 것 같다.

"자네 시나리오는 재미있긴 한데 말이지…… 뭔가 허전해."

어느 순간 그가 갑자기 진지한 표정을 짓더니 뜬금없이 내 시나리오 이야기를 꺼냈다. 나는 그 말을 듣고서야 서랍에 든 시나리오를 그가 훔쳐봤다는 것을 기억해냈다. 지금 생각해보면 그의 말은 일리가 있었다. 핑계 같지만 흉내만 냈을 뿐 내겐 인종 갈등과 베트남전처럼 명확한 상대가 없었다. 클린트 이스트우드가 할리우드에서 뛰쳐나온 것도 나와 같은 이유가 아니었을까, 이런 동질감도 느껴졌다. 그러나 그때 나는 감정적으로 달아올랐고 잠시나마 클린트 이스트우드를 그리워했던 게 말할 수 없이 후회됐으며 그와 같이 나도 이 세계에서 영원히 쇠퇴하는 기분이 들었다. 순간 맛이

간 클린트 이스트우드의 시중이나 들고 있는 내가 비참하게 느껴졌다.

“그렇다고 너무 의기소침해 있진 말게. 젊었을 땐 다 실수하면서 배우는 거 아니겠나. 혹시 텍사스에서 작업해볼 생각은 없나? 영감이 몰아닥쳐서 더 좋은 작품이 나올 거라 장담하네.”

그가 이렇게 말하며 내 어깨를 두드렸다.

“그나저나 이곳이 텍사스였다면 더 좋았을 텐데 말이야. 여기는 아무 일도 일어나지 않아서 사람 사는 곳 같지 않단 말이지. 지금은 술과 여자와 스테이크가 있으니 그나마 다행이지만.”

그는 상황 파악도 못하고 예의 그 텍사스 타령을 하며 내 속을 긁어놓았다.

“소고기 맛은 다 똑같다고요. 시내 대형 마트에만 가도 미국산 소고기가 널려 있어요. 저기 보이는 도살장 때문에 이 저수지에서 헤엄만 쳐도 소 부속물들이 입안에 가득 들어올걸요.”

나는 화를 토해냈다. 돌이켜보면 그때 나는 클린트 이스트우드에게 당신마저 왜 내 작품을 이해해주지 못하느냐고 칭얼댔던 것 같다. 그는 평소와 다른 내 반응에 당황했는지 말을 잇지 못했다. 때마침 여자가 돌아왔고, 클린트 이스트우드는 내 눈치를 보며 뒤꽁무니를 뺐다. 아예 비겁한 도망자 역이 몸에 밴 것 같았다.

화를 돋우려 그러는지 그날 밤 내내 클린트 이스트우드와 여자는 소란을 피웠다. 나는 충동적으로 〈황야의 무법자〉를 틀었다. 클린트 이스트우드가 관리실에 들어와 자신의 젊은 시절을 보고 좌절했으면 하는 바람 때문이었던 것 같다. 그러나 자정이 지나도 관리실에는 아무도 들어오지 않았고 여자의 교성이 귓가에 맴돌아 영화를 제대로 감상할 수 없었다. 나는 화면을 노려봤다. 젊은 창녀의 육체를 탐하는 늙은이와 자존심을 지키는 정의의 사도……. 정녕 같은 인물이란 말인가.

〈황야의 무법자〉의 클린트 이스트우드가 복수를 하기 위해 서부의 외딴 마을에 되돌아오는 장면을 보고 있을 때였다. 누군가 관리실 문을 두드렸다. 문을 여니 클린트 이스트우드의 여자가 서 있었다.

"술 한잔해요."

그녀가 눈웃음을 치며 말했다. 나는 클린트 이스트우드는 어떻게 하고 여기에 왔냐고 물었다. 그녀는 그가 술에 취해 곯아떨어졌다고 말한 뒤 화면 속 젊은 클린트 이스트우드를 흘끗 봤다. 그리고 금세 흥미를 잃었는지 내 쪽으로 다시 고개를 돌렸다. 옆방에서 곯아떨어진 노인과 같은 사람인지 짐작조차 못하는 모양이었다.

"영화 보고 있었나 봐요. 방해한 건 아니죠?"

그녀가 말했다. 나는 괜찮다고 말한 뒤 냉장고에서 맥주를 꺼내 그녀에게 건넸다.

"작가라면서요?"

그녀가 내 옆에 바싹 붙어 앉아 맥주를 한 모금 마셨다. 나는 정식 작가는 아니며 습작을 하고 있을 뿐이라고 말했다. 클린트 이스트우드가 어떤 말을 했는지 뻔했다. 나를 짓이겨서 자신의 우월함을 뽐내느라 정신없었겠지. 그녀는 내게 무엇을 쓰고 있는지 말해 달라고 졸랐다.

"빤한 이야기죠, 뭐. 재미없을 거예요."

내가 답했다. 그래도 그녀는 계속 졸랐고 나는 못 이기는 척 이야기하기 시작했다. 얼마 지나지 않아 그녀는 내 얘기를 듣는 둥 마는 둥 하며 화면으로 눈을 돌렸다. 내 시나리오가 지루한 모양이었다. 나는 얘기를 멈췄다. 한동안 침묵이 이어졌다. 화면 속 클린트 이스트우드 주위로 총을 든 악당들이 몰려들고 있었다.

"남자들은 대체 왜 저렇게 싸우는 걸 좋아하죠?"

여자가 화면에서 눈길을 떼며 물었다. 말문이 막혔다. 내 시나리오를 이해하지 못하는 게 당연했다.

"근데 이 펜션 진짜 저 할아버지 소유예요?"

여자가 이어서 물었다. 나는 기가 차서 아무 말도 하지 못했다.

"본인이 그렇게 유명하다고 하던데…… 저 노인네가 대체 누군데요?"

그녀가 맥주를 들이키며 또 물었다.

"클린트 이스트우드."

내가 답했다. 그녀는 모르겠다는 듯 어깨를 으쓱했다.

"유명한 영화배우예요."

"영화배우요?"

그녀가 반문했다. 나는 텔레비전을 향해 고갯짓했다. 그녀는 화면으로 눈을 돌렸다. 화면 속에서는 젊고 잘생긴 클린트 이스트우드가 악당을 향해 총을 쏘고 있었다. 그녀는 의혹이 가득한 눈으로 다시 나를 봤다.

"우디 앨런만큼 유명한가요?"

그녀는 이렇게 물은 뒤 얼마 전에 극장에서 본 〈환상의 그대〉에 대해 이야기하기 시작했다. 내가 볼 때 〈환상의 그대〉는 볼품없는 이야기에 그럴듯한 의미를 부여해서 관객을 우롱하는 영화에 불과했다. 그녀가 영화음악이 너무 좋았다는 둥, 안소니 홉킨스가 너무 귀엽다는 둥 영화와 전혀 관계없는 말만 늘어놓고 있는 걸 보면 〈환상의 그대〉가 얼마나 대책 없는 영화인지 누구나 짐작할 수 있을 것이다.

"저렇게 강인한 사람이 지금은 어떻게 3분을 못 버텨요?"

〈환상의 그대〉에서 시작한 수다는 어느새 화면 속 클린트 이스트우드와 실제 클린트 이스트우드를 비교하는 데까지 이르렀다. 그녀는 구취가 구역질 난다느니, 온몸에 핀 검버섯이 징그럽다느니 클린트 이스트우드의 험담을 하기 시작했다. 클린트 이스트우드가 관리실에 들어온 건 그때였다. 그는 인상을 쓰며 여자에게 왜 여기 있느냐고 물었다.

"내가 할 일은 끝났는데요?"

여자는 지지 않고 돈을 받은 만큼 일했는데 무슨 상관이냐고 덤볐다. 클린트 이스트우드는 이쪽으로 성큼성큼 다가와 여자의 뺨을 때렸다.

"나잇값을 해야지."

여자가 악을 썼다. 그러자 클린트 이스트우드가 허리춤에 찬 총을 여자에게 겨누었다. 여자는 소리를 지르며 벌벌 떨기 시작했다. 화면 속 클린트 이스트우드는 정의를 위해 악당을 벌하고 있었고, 현실의 클린트 이스트우드는 알량한 자존심을 위해 빈총으로 여자를 위협하고 있었다. 나는 그 어떤 영화보다도 눈앞에서 벌어지는 상황이 재미있다고 생각하며 극의 클라이맥스를 기다리고 있었다.

숙부가 죽었다. 장례를 치르고 와보니 클린트 이스트우드는 사라지고 없었다. 관리실의 자물쇠는 부서져 있었고 얼마간의 현금도 사라진 상태였다. 책상 위에는 쪽지가 하나 남아 있었다. 클린트 이스트우드는 쪽지에 지난번에는 얼마 말하지 못해 아쉬웠다며 내 시나리오의 장단점을 꼽아놓았다. 몇 마디는 새겨들을 만했지만 대부분 헛소리였다. 그다음에는 급한 일이 생겨 인사도 못하고 떠나게 됐다면서 돈을 조금만 꿔 가겠다는 내용이 적혀 있었다. 또 텍사스를 방문하면 창작에 몰두할 만한 작업실을 알아봐줄 뿐만 아니라 신선한 우유와 스테이크를 대접하겠다고 덧붙여 쓰여 있었다. 마지막으로 그는 밤이면 언제나 어스틴 시청 부근에 있는 '올드 텍사스'란 펍에 있을 테니 언제든지 와서 자신을 찾으라고 말했다.

그로부터 이틀 뒤였다. 영화사 관계자가 펜션에 왔다. 그는 사기를 당했다며 클린트 이스트우드를 찾았다. 나는 클린트 이스트우드가 사라졌다고 말했다. 그는 클린트 이스트우드의 행방을 물었고 나는 모른다고 말했다. 그는 법적인 조치를 취한다고 했다. 나는 좋을 대로 하라고 했다. 며칠 뒤에는 젊은 형사가 찾아왔다. 그는 폭행죄로 고소가 들어왔다며 클린트 이스트우드를 찾았다. 그 여자가 신고한 모양이었다. 영화배우라는 말을 듣고 단단히 한몫 잡기로 한 것 같았다. 나는 지금 클린트 이스트우드가 없다고 답했다. 형사는 가해자가 유명한 영화배우라는 말을 들었다면서 그가 누구인지 설명해달라고 했다.

"클린트 이스트우드요."

내가 말했다.

"누구요?"

형사는 말을 못 알아듣는 눈치였다. 나는 갑자기 열이 받았다. 지금은 늙었지만 예전엔 당신보다 훨씬 힘이 셌다고요. 나는 이렇게 퍼붓고 싶었다.

"착각한 모양이네요. 영화배우가 아니라 그냥 미국에서 온 여행객이었어요."

나는 그냥 이렇게 말했다. 일일이 설명하기 귀찮았고 알아들을 리도 없었기 때문이었다. 그제야 형사는 고개를 천천히 끄덕였다.

얼마 지나지 않아 나는 숙부가 유산으로 남긴 펜션을 처분한 뒤 텍사스로 떠났다. 클린트 이스트우드를 만나기 위해서는 아니었다. 장례를 치르느라 지쳤고 시나리오도 풀리지 않았으며 유산도 생긴 터라 휴가를 보내고 올 생각이었다. 텍사스를 택한 건 무엇보다 서부극의 본고장에 가면 클린트 이스트우드의 말대로 시나리오가 잘 풀릴 거란 일말의 기대가 있었기 때문이었다.

텍사스에 도착한 뒤 며칠간은 관광을 했다. 첫 행선지는 독립전쟁의 격전지 알라모였다. 독립전쟁 당시 군복을 입은 노인들이 이목을 끌었지만 박물관에 전시된 박제처럼 생동감이 없어서 사진을 한두 번 찍으니 금세 흥미가 떨어졌다. 이튿날에는 리오그란데에 다녀왔다. 리오그란데에는 급류 타기를 하러 온 관광객들과 특산품을 팔고 있는 메스티소 인디언들이 들끓었다. 쇼핑몰을 방불케 할 만큼 복잡하기 그지없어서 나는 리오그란데의 풍경도 제대로 보지 못하고 쫓기듯 숙소로 돌아왔다. 다음 날에는 샌안토니오 관광목장 근처 사막에 갔다. 사막에는 수많은 건물들이 촘촘히 박혀 있었는데, 그에 비하면 모래는 한 줌도 안 돼 보였다. 사막 한쪽에서는 영화 촬영이 한창이었다. 가이드는 서부극을 촬영하는 중이라고 설명했다. 그러나 거대한 카메라와 장비들만 보일 뿐 배우들은 보이지 않았다. 나중에 한국에서 그 영화를 봤지만 이건 거의 서부극에 대한 반란이었다. 어린 여자아이가 주인공이었던 것이다.

나는 더 이상 관광할 기분이 나지 않아 리오그란데 근방에 숙소를 잡고 본격적으로 시나리오를 쓰기 시작했다. 그러나 클린트 이스트우드의 말처럼 리오그란데가 내다보이는 숙소는 찾을 수 없었다. 아니, 리오그란데가 언뜻 보이긴 했지만 소란과 불빛이 들끓어서 영감에 귀를 기울일 수 없었다. 더군다나 강 옆이라 그런지 습도가 높아 축축하고 꿉꿉했다. 펜션보다 글이 더 안 써지는 것 같았다. 나는 결국 리오그란데를 벗어나 시청 근처의 작은 호텔에 자리를 잡았다.

그 이후 나는 밤마다 '올드 텍사스'를 찾아 헤매기 시작했다. 클린트 이스트우드에게 텍사스에서도 글이 안 써지는 건 마찬가지라고 따져 묻고 싶었던 건지, 단지 외로워서 그랬던 건지는 오랜 시간이 흘렀기 때문에 잘 기억나지 않는다. 다만 '올드 텍사스'가 어디에도 없었다는 건 확실히 기억난다. 클린트 이스트우드가 나를 또 기만한 게 아닐까, 이런 생각이 들 만큼 시내에는 온통 호텔과 카지노와 클럽뿐이었다. 광활한 사막은 콘크리트로 메워진 상태였고 현지인들은 한없이 친절했으며 경찰들은 관광객들의 안전을 챙기느라 과도한 신경을 쓰고 있었다. 소 떼 대신 차들이 질서정연하게 차도를 오갔고 매춘도 합법이어서 돈만 있으면 죄책감을 느낄 필요도 없었다. 텍사스는 잔인하리만치 쾌적한 공간이었다. 클린트 이스트우드의 말과 달리 텍사스도 숙부의 펜션만큼이나 심심했다. 내 상상의 텍사스는 무법의 공간이었기 때문에 정의와 영웅이 필요했다. 그러나 이제 텍사스에 영웅은 필요 없었다. 내가 아는 텍사스는 없었다.

침울한 심경에 잠겨 거리를 배회하던 중이었다. 행인과 어깨를 부딪쳤다. 그는 나를 꼬나봤다. 〈포인트 블랭크〉의 리 마빈처럼 험상궂게 생긴 남자였다. 나는 나도 모르게 겁이 나 연신 사과를 하며 뒷걸음질을 쳤다. 그는 내가 관광객이라는 걸 알아챘는지 이내 부자연스러운 웃음을 지으며 어디 다친 데는 없냐고 말을 걸었다. 내가 자신의 돈줄이라는 걸 아주 잘 알고 있는 듯했다.

"어디 찾으시나요? 도와드릴까요?"

그가 상냥하게 물었다. 그러나 그마저도 빈말인 듯 내가 '올드 텍사스'에 대해 물으려는 사이 리 마빈은 등을 돌려 사라져버렸다. 나는 다시 거리를 배회하다가 관광객 무리에 휩싸여 레스토랑에서 스테이크를 먹었다. 텍사스산 소고기를 치켜세우는 광고가 여기저기 붙어 있었지만 한국에서 먹는 것과 별 차이는 없었다.

텍사스에 온 지 보름이 지나서였다. 그날도 나는 '올드 텍사스'를 찾아 헤맸다가 허탕을 치고 호텔에 들어섰다. 로비에는 낯선 노신사가 신문을 펼친 채 앉아 있었다. 그는 내가 들어가자 눈을 찡긋하며 인사했다. "텍사스에 온 걸 환영하오"라고 말하는 듯했다. 그는 내게 어디에서 왔냐고 물으며 관심을 표했다. 나는 한국에서 왔다고 답한 뒤 그에게 다가갔다.

"올드 텍사스를 아십니까?"

내가 물었다.

"물론, 모를 리가 있나."

노인이 답했다. 그는 '올드 텍사스'를 생생하게 묘사했는데, 지금은 그가 딸과 함께 살기 위해 플로리다로 이사했고 예전에 직장 동료들과 어울려 '올드 텍사스'에 자주 드나들었으며 친구가 죽는 바람에 오랜만에 텍사스에 왔다는 이야기밖에 기억나지 않는다. 그는 이어서 '올드 텍사스'가 예전에는 자그마한 펍이었는데 오랜만에 텍사스에 와보니 '블루 씨'라는 클럽으로 재건축됐다고 말했다. '블루 씨'는 시청에서 두 블록 거리에 있는 거대한 클럽으로 나도 몇 번이나 지나친 적이 있었다. 나는 그에게 감사를 표한 뒤 밖으로 나섰다.

"이곳은 이제 지옥이라오."

노인의 목소리가 등 뒤에서 들렸다.

'블루 씨'에 들어서자 전자음악이 시끄럽게 울려 퍼졌다. 여러 인종들이 술에 취해 몸을 흐느적거리는 게 여기저기 보였다. 주위를 살폈지만 클린트 이스트우드는커녕 무표정한 얼굴로 럼주를 마시는 고독한 남자 하나 눈에 띄지 않았다. 이 소란스러운 공간에는 그런 남자가 있을 틈이 없다고 하는 게 좀 더 정확한 표현일 것이다. 불현듯 현란한 조명 아래 뒤섞인 다양한 인종들이 더할 나위 없이 인위적으로 느껴지기 시작했다. 서로에 대한 절대적인 증오를 드러내고 싸움을 일삼는 서부의 솔직함과 기나긴 전투에 지친 채 다리를 끌고 귀가하는 먼지투성이의 남자들이 그리워졌다. 나는 왠지 모를 피로를 느끼며 바에 앉아 맥주를 주문했다.

"텍사스엔 웬일이에요?"

바텐더가 맥주를 내놓으며 말을 붙였다. 20대 후반 정도로 보이는 골격이 큰 젊은이였다. 그는 카우보이 복장이었는데, 옷이 불편한지 자꾸 옷매무새를 매만지고 있었다. 나는 왠지 그가 클린트 이스트우드라는 이름을 증오하는 텍사스의 젊은이들을 상징하는 것처럼 느껴졌다.

"사람을 찾으러 왔습니다."

내가 말했다. 바텐더는 알아봐준다며 찾는 이가 누구냐고 물었다.

"클린트 이스트우드요."

"뭐라고요?"

바텐더가 음악이 너무 커서 내 목소리가 잘 들리지 않는 듯 바짝 다가와 다시 물었다.

"클린트 이스트우드라고요."

나는 바텐더의 귀에 대고 말했다. 다행히 바텐더는 클린트 이스트우드를 알고 있었다. 바텐더는 자신의 할머니가 클린트 이스트우드의 팬이라고 말했다. 그리고 어렸을 때 할머니를 따라 몇 번 클린트 이스트우드의 영화를 본 적이 있는데 지금은 기억나지 않는다고 했다.

"여기 단골이라고 들었어요."

내가 말했다. 바텐더는 고개를 갸우뚱하면서 '블루 씨'가 얼마 전 주인이 바뀐 데다 새로 개장했고 자신은 여기서 일한 지 얼마 되지 않는다고 말했다. 또 자신이 알기로는 클린트 이스트우드가 텍사스에서 자취를 감춘 건 자신의 조부모가 죽은 것만큼이나 한참 됐다고 덧붙였다.

그 뒤로 바텐더와 시시콜콜한 이야기를 몇 마디 더 나누었던 것 같다. 얘깃거리가 떨어질 때쯤엔 클럽의 풍경을 구경하며 술을 마셨던 것 같다. 페넬로페 크루즈를 닮은 까무잡잡하고 아름다운 여자가 내 옆에 앉은 건 그 무렵이었다. 그녀는 내게 어느 나라에서 왔냐고 물으며 관심을 보였다. 그 뒤 우리는 영화에 대해 꽤 오랫

동안 이야기를 나눴다. 우디 앨런 얘기는 나오지 않았으니 적어도 대화가 통화는 상대였던 건 분명하다. 그때였다. 누군가 내 어깨를 두드렸다. 돌아보니 기골이 장대한 흑인이 서 있었다. 그는 얼굴을 일그러뜨리곤 페넬로페 크루즈를 낚아채 바닥에 쓰러뜨렸다. 그리고 그녀에게 욕설을 내뱉은 뒤 내게 다가왔다.

"너 같은 놈이 내 여자를 건들다니 치욕스럽군. 네 나라로 당장 돌아가."

그가 내게 얼굴을 드밀며 말했다. 그때 한 무리의 사람들이 몰려들어 우리를 에워싸기 시작했다. 그들은 〈폭력탈옥〉의 한 장면처럼 내게 야유를 퍼부었다. 겁을 먹어야 마땅했지만 당시 나는 왠지 이 상황이 내가 그토록 갈망하던 영화의 도입부처럼 느껴져 반가울 지경이었다. 아름다운 여자로 인해 갈등이 생기고 영웅이 나타나 악인을 처단하는 게 내가 원하던 시나리오 아닌가. 이제 영웅만 나타나면 완벽한 시나리오였다.

"텍사스는 내가 있을 곳도 아니지만 흑인이 설칠 곳도 아니지."

내가 대꾸했다. 흑인이 내 멱살을 잡고 자리에서 일으켰다. 나도 지지 않고 그에게 덤벼들었다. 우리는 얼마간 설전을 벌였다. 그러던 중 그가 주먹을 치켜들었다. 주위를 둘러싼 사람들이 환호성을 질렀다. 나는 눈을 질끈 감았다. 그러나 이상하게도 별안간 사위가 고요해졌다. 나는 눈을 슬며시 떴다. 누군가 흑인의 관자놀이에 총을 겨누고 있었다.

"이봐, 애송이. 그 손 놓게. 내 친구라네."

가래 섞인 목소리. 클린트 이스트우드였다. 나는 아직도 기억한다. 악당과 기나긴 추격전을 마치고 온 듯한 클린트 이스트우드의 고단한 표정을. 클린트 이스트우드는 방아쇠에 손가락을 건 뒤 나를 보고 활짝 웃었다. "어때? 여기가 텍사스야"라고 말하는 듯했다.

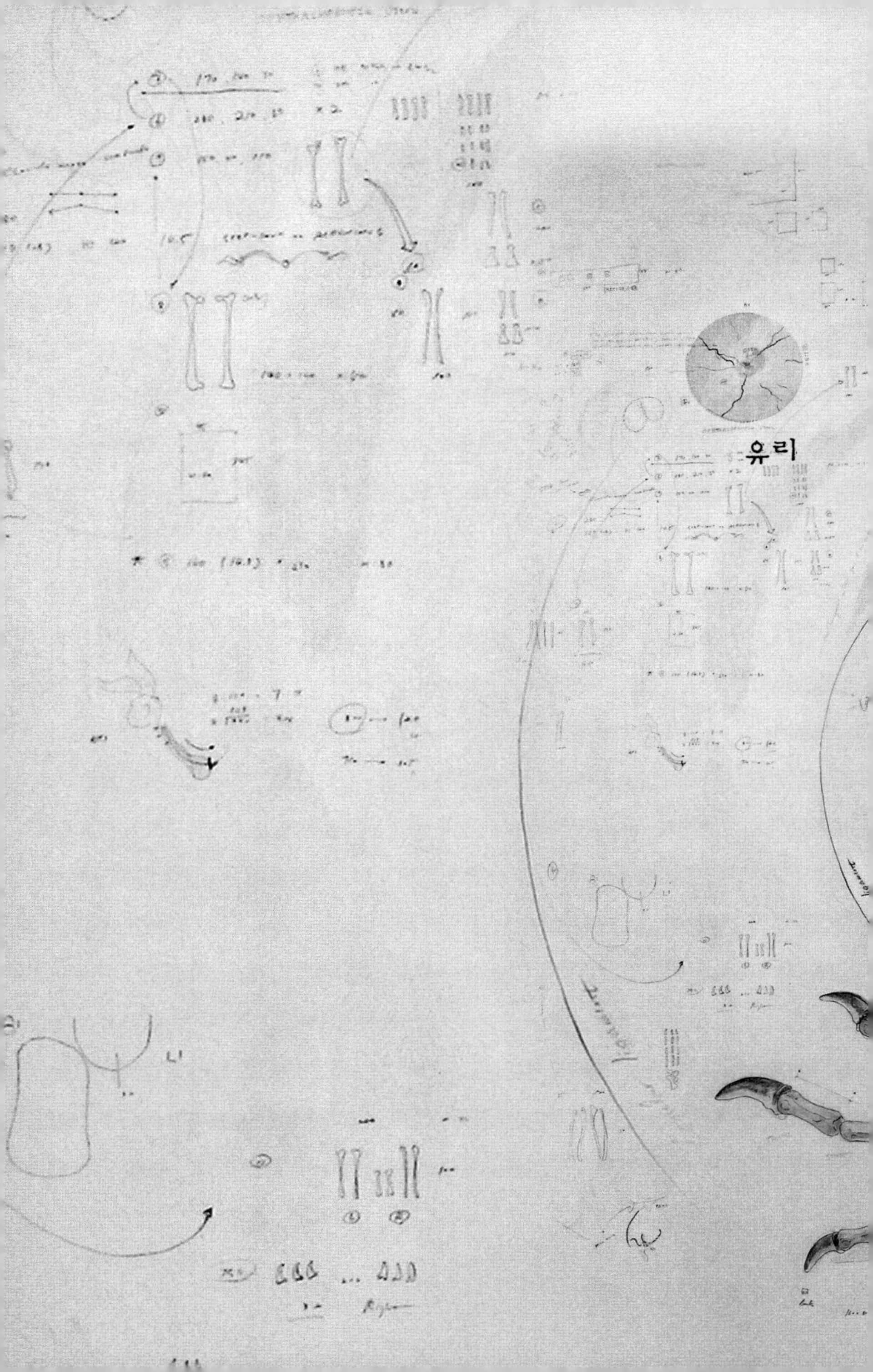
유리

벌목공 마크 에블스에 의하면 홍학 수렵에는 두 가지 방법이 있다. 1923년 오리건 주 마구간 숲에서 벌목을 하던 도중 감독관의 윈체스터를 훔쳐 동료 여섯 명을 살해하고 그 인육을 먹은 마크 에블스가 기껏해야 홍학에 대해 떠들어대다니 믿기진 않지만 말이다. 밑은 그가 밝힌 사냥법이다.

· 배를 타고 다니다가 물가를 거니는 홍학을 윈체스터로 쏜다

· 호숫가의 풀숲에 숨어 있다가 가까이 오는 홍학을 윈체스터로 쏜다

연방 경찰이 수사도 하기 전에 입 한가득 웃음을 띤 채 자수한 마

크 에블스의 행동처럼 허를 찌를 만큼 명쾌한 방법이다. 1857년 O. F. 윈체스터가 윈체스터 라이플을 발명하지 않았더라면 좀 더 복잡한 방법으로 홍학을 사냥했겠지만 말이다. O. F. 윈체스터와 마릴린 먼로의 시공간을 뛰어넘은 사랑 이야기는 다음 소설에서 차차 하기로 하고 그 당시 미국이 대공황시대였다는 것부터 말해두고 싶다. 대공황을 극복하기 위한 정부시책에 의해 토목 산업만이 유일하게 호황을 누렸는데, 마크 에블스는 동료들을 살해하기 전 돈독이 오른 하청업자에 의해 하루의 대부분을 숲에 갇혀 지냈다. 전담 교도관의 증언에 따르면, 마크 에블스는 독방을 분주히 오가며 "숲에서 나오고 싶지 않습니다"라고 중얼거렸다고 한다. 정신의학회는 19세기 황금광시대의 정신분열증을 거론하며 마크 에블스의 처벌을 반대했다. 그러나 존 쿨리지 정부는 대공황으로 침체된 사회의 희생양으로 마크 에블스에게 사형선고를 내렸다. 그런 마크 에블스가 교수형 당하기 직전 참회를 요구하는 신부에게 뜬금없이 홍학 사냥에 대해 말한 것이었다. 홍학의 붉은 빛깔이 황금만능주의의 상징이라는 둥, 사냥이 부조리한 국가정책을 풍자한 메타포라는 둥 마크 에블스의 유언에 대한 갖가지 해석이 나돌았다. 마크 에블스가 초등교육도 받지 못한 벌목공일 뿐이었는데도 말이다.

마크 에블스의 일화는 『매시노프』의 기자로 일하고 있을 때 마감에 임박해 미국의 타블로이드 잡지에 실린 글을 급하게 번역한 것이다. 소수의 독자만 기억하겠지만 『매시노프』는 얼마 전 『더 웬즈데이』로 이름을 바꿔 단편의 소재로 활용하기도 했다. 그 단편을 읽어봤으면 알 수 있듯이 『매시노프』는 육아법부터 여배우들의 잠자리 습관까지 돈벌이만 된다면 모든 걸 다루는 주간지였다. 독자의 흥미만 끌 수 있다면 거짓말을 밥 먹듯이 하고도 죄책감을 느끼지 않았다. 사실 나도 마크 에블스가 실존인물인지 가공인물인지도 잘 모르겠다. 그러나 편집장은 외국이 배경이거나 외국인의 이름이 들어가면 판매율이 올라간다고 굳게 믿고 있었고, 판매율 말고는 아무것도 신경 쓰지 않았기 때문에 나는 별문제 없이 마크 에블스의 일화를 실은 뒤 얼마 되지 않는 월급을 받을 수 있었다.

· 사람이 죽음을 생각한다면 모든 것이 웃기는 일이다

마크 에블스의 일기에서 발췌한 문장이다. 마크 에블스는 독방에 갇힌 채 일기를 썼다. 교수형 집행일을 기다리며 시시각각 변하는 감정을 기록하고 자신의 인생을 회고한 것이다. 『매시노프』에 실린 글에는 마크 에블스의 일기에서 발췌한 문장들이 군데군데 실려 있다.

잠깐 속았겠지만 사실 마크 에블스의 일기 같은 건 없다. 내가 꾸며낸 것이다. 원본에서 기자는 마크 에블스가 떠난 독방을 "철제 침대만 덩그러니 놓인 침울한 방"이라고 우울하게 묘사했다. 그러나 나는 묘사를 지우고 마크 에블스가 독방에서 일기를 썼다고 가정한 뒤 일기에서 위 문구를 발췌했다. 교수형 집행일을 앞둔 사형수의 체념 섞인 한탄으로 적당하지 않은가. 쓸데없이 감상적일 필요가 뭐가 있단 말인가.

이제 와서 고백하지만 저 문구는 사실 작가 토마스 베른하르트가 오스트리아 정부의 공로패를 거부하며 한 말이다. 나는 그럴듯한 문장을 찾기 위해 책을 뒤적이다가 우연히 저 문장을 발견했고 마크 에블스의 일기에 넣었다. 편집장은 죽음에 대한 새로운 윤리관 운운하며 이 문구를 마음에 들어 했다. 예상했듯이 저 문장의 타당성과 실존 여부 따위는 안중에도 없었다.

지금 생각해보면 베른하르트의 말을 고른 건 우연히 아니었다. 베른하르트는 제국주의와 두 차례의 세계대전이 유럽을 휩쓰는 동안 관조와 참여 사이에서 고뇌했다. 내가 저 문장을 택한 건 아마 베른하르트와 자신이 갇힌 곳이 숲인지 독방인지 헷갈려 하는 마크 에블스의 공통점을 발견했기 때문일 것이다.

내가 『매시노프』에서 배운 거라곤 이렇게 서로 다른 두 사실을 접목시키거나 허구를 만들어내 현실 속에 배치하면 효과가 그만이라는 게 전부다. 쓸데없는 것을 강조하면 더 그럴듯하게 보인다는 것도 체득했다. 상징과 알레고리에 대한 신뢰를 점차 잃어갔지만 말이다.

마크 에블스의 일화가 게재된 『매시노프』가 편집장의 기대만큼 많이 팔렸는지는 기억나지 않는다. 다만 지금 내 머릿속에는 마크 에블스의 모습에 베른하르트 외에도 한 남자가 더 겹쳐 보인다. 그 남자는 유리였다.

알렉세이 유리비치. 이게 유리의 이름이다. 우리는 내가 『매시노프』를 그만두고 전처를 만나기 위해 파리로 가는 길에 만났다. 나는 파리에서 유학 중인 전처의 결혼식에 참석하러 가는 김에 한적한 곳에 머물며 오래전부터 구상해온 장편을 써볼 생각이었다. 오랫동안 작업이 지지부진했기 때문에 어쩌면 낯선 환경에서는 잘 써질지도 모른다는 기대도 있었다. 돌이켜보면 순진하기 짝이 없는 생각이었지만 말이다. 소설은 언제나 잘 써지지 않는다는 사실을 간과하고 있었던 것이다.

· 안부를 묻지 마라

로맹 가리가 자신의 은둔지를 기어코 찾아낸 편집자에게 던진 말이다. 로맹 가리에게 작가란 속세와 분리된 채 문학에 순교하는 삶을 의미했다. 나도 어느 정도 동의한다. 줄곧 반대로 살아오긴 했지만 말이다. 나는 순교는커녕 소설이 써지지 않는 순간을 버티지 못해 『매시노프』의 기사들 못지않은 비현실적이고 허무맹랑한 소설을 생산해낼 뿐이었다.

왜 이렇게 소설 쓰는 이야기를 늘어놓는지 나 자신도 잘 모르겠지만, 말이 나온 김에 그 무렵 시작해 지금까지도 완성하지 못한 장편에 대해 조금 더 이야기해야겠다. 당시 나는 오갈 데 없는 시체를 묻어 연명하는 어린 형제에 대한 소설을 쓰고 있었다. 동생은 재미 삼아 무덤에 묘비를 세우고 작가들의 유언을 새기기 시작한다. 어느 날부터 무덤 속 시체들이 동생에게 말을 건넨다. 동생은 그 말을 묘비에 새겨 넣는다. 그 이후 시체들의 말이 감당할 수 없을 만큼 쏟아진다. 모든 묘비에 그 말들을 새겨 넣은 뒤에도 시체들의 이야기는 계속된다. 동생은 그 말들을 노트에 옮겨 적기 시작한다. 형은 그런 동생을 걱정스럽게 바라본다. 오래지 않아 동생은 사라진다. 수십 권의 노트를 남긴 채. 형은 노트에서 단서를 찾아가며 동생을 뒤쫓는다. 그들은 앞서거니 뒤서거니 하며 중국과 러시아 등지를 떠돈다. 이 부분에서 과거와 현재와 미래가 축제를 벌이는 것처럼 만나 교차하며 뒤섞이게 된다. 구상대로라면 형제의 발자국은 아시아를 넘어 전 세계에 닿게 될 것이다.

· 시체를 묻어봤는가?

어느 정도 소설을 써 내려가던 중 이런 의문이 고개를 치켜들었다. 후일담 소설을 쓰면서 학생운동 참여 여부를 따지는 것처럼 유치한 질문이었지만 당시 나는 심각했다. 백민석도 『내가 사랑한 캔디』에서 총잡이가 아닌 사람이 총잡이 소설을 쓰는 것에 대해 회의적인 생각을 품지 않았나. 존 파울즈도 『나의 마지막 장편소설』에서 비슷한 고민을 하지 않았나. 그렇다고 내가 어떻게 하겠는가. 이태준이 만들어낸 『장한몽』의 도시 빈민들처럼 공동묘지를 파헤칠 수는 없는 노릇 아닌가.

쓸데없는 이야기가 좀 길어졌는데, 이제부터 다시 유리에 대한 이야기를 시작하겠다. 유리는 모스크바에서 파리 드골공항으로 향하는 항공기로 환승했을 때 내 옆자리에 앉은 아랍계 남자였다. 나는 그때 제발트의 『토성의 고리』를 읽고 있었는데, 내 어깨를 건들며 인사를 건넨 유리 역시 제발트의 『현기증, 감정들』 독어 판본을 들고 있었다. "어이, 동지"라고 반갑게 외치는 것 같았다. 통성명을 하고 나이가 엇비슷한 것을 안 뒤로 우리는 와인을 마시며 제발트에 대해 이야기했다. 나는 제발트의 저작들 중 『아우스터리츠』가 가장 인상적이었다고 했고, 유리는 『아우스터리츠』가 귀족적이라고 비판했다. 유리는 독문학을 전공했다며 언젠가 소설을 쓰고 싶다고 했고, 『아우스터리츠』에 대한 의견 차와는 별개로 내가 소설가라고 하자 호감을 표했다. 나는 유리가 문학 연구자나 출판사 편집자겠거니 생각하며 의례적으로 그의 직업을 물었다.

"저 여자 보여?"

유리는 통로를 사이에 두고 앉은 여자를 고갯짓했다. 이목구비가 뚜렷하고 까무잡잡한 피부를 지닌 미인이었다. 그녀는 기내석에 설치된 모니터로 뉴스를 보고 있었다. 뉴스에는 평양에서 미키마우스 공연을 관람하는 북한 군인들의 모습이 흘러나오고 있었다. 북한과 미키마우스…… 허공 위에서 그 영상을 보고 있는 이국적인 미인…… 제발트의 소설을 읽고 있는 아랍인…… 나는 문득 허구와 현실이 또는 허구와 허구가 뒤섞인 채 덕지덕지 기워져 있는 『매시노프』적 상황 속에 들어온 것 같은 기분이 들었다. 이 비행기 안에서 오사마 빈 라덴과 오바마가 키스하는 걸 본다 해도 개

연성이 충분할 것 같았다. 나는 그녀를 곁눈질하며 "그러니까 네가 누군데?"라고 유리에게 재차 질문했다.

"킬러."

유리가 담담하게 말했다. 나는 유리 옆에 놓여 있는 텅 빈 와인잔을 보면서 그가 술에 취했거나 술에 취한 척하며 나를 놀리는 거라고 생각했다. 내 옆에, 그것도 전처의 결혼식에 참석하러 가는 파리행 비행기 옆 좌석에 킬러가 앉으리라고는 상상조차 못해본 것이었다.

"저 여자를 죽이러 왔다고?"

믿기지 않아서 다시 한 번 물었다. 그는 고개를 끄덕였다. 나는 저 여자가 누구길래 죽이려고 하냐고 물었다.

"센시니. 이집트의 볼링 선수."

유리가 대답했다. 나는 "그러니까 대체 센시니라는 이집트 볼링 선수를 왜 죽이려고 하는데?"라고 되물었다.

"무슬림형제단 관료의 정부라도 되나 보지?"

나는 이렇게 덧붙여 물으며 그를 슬쩍 봤다. 그는 여전히 문학연구자 이상으로는 보이지 않았다.

"아니, 그냥 볼링 선수야. 공을 굴려서 핀을 쓰러뜨리는."

유리는 진지했다. 킬러가 노리는 게 국가 원수나 민주화 인사도 아니고…… 백번 양보해서 재벌의 연적이나 갱단 보스의 막내딸도 아니고…… 특별할 것 없는 예쁘장한 볼링 선수라니……. 『리브라』의 리 하비 오즈월드…… 『창백한 말』의 조지…… 내가 갖고 있는 킬러의 이미지를 되새겨볼 때 유리의 말은 믿기지 않았다.

"혹시 지금 소설 속 킬러에서 헤어 나오지 못하고 있는 거 아니야?"

유리가 픽 하고 비웃었다. 나는 당황해서 아무 대답도 하지 못했다.

"앤 무어라는 여자 알아?"

유리가 물었다. 앤 무어를 알 리가 없는 나는 고개를 흔들었다. 유리는 선반 위에 놓여 있던 신문을 내게 건넸다. 내가 신문을 받아 들고 의아한 표정을 짓자 유리는 일단 읽어보라고 했다. 나는 신문을 펼쳐 들었다. 유리가 신문 한켠을 가리켰다. 그곳에는 일주일 전 앤 무어라는 30대 초반의 여성 헬스 트레이너가 펜실베이니아의 헬스클럽에서 총상을 입고 사망했다는 기사가 실려 있었다. 기자는 앤 무어가 오밤중에 헬스클럽에 간 이유에 대해 추리했고, 용의자가 강도가 아니라고 짐작하며 그 근거로 도난 물품과 폭행의 흔적이 없다는 점을 들었다. 또 앤 무어가 신호위반 한번 한 적 없는 모범적인 시민이라는 둥, 그녀에게는 아무런 원한 관계도 없었다는 둥, 용의자가 근육에 집착하는 변태 성욕자일 거라는 둥 온갖 추측을 쏟아냈다. 소득이라면 앤 무어의 모친이 앤 무어가 항상 몸에 지니고 있던 묵주가 없어졌다고 증언한 게 전부였다. 묵주에는 앤 무어의 이름이 새겨져 있었는데, 기자는 그녀가 불교 신자가 된 경위를 설명하다가 흐지부지 기사를 마무리했다. 묵주가 사라졌다는 것만 빼면 색다를 것 없는 살인 사건이었다. 묵주가 아니라

손톱이나 안구 따위를 모으는 연쇄살인마가 나왔다면 좀 더 재미있었겠네. 그때 나는 나도 모르게 이렇게 생각하고 있었다.

"그래서 앤 무어가 누군데?"

나는 기사를 다 읽은 뒤 이렇게 물었다.

"내가 죽인 여자."

유리가 말했다. 나는 당연히 "왜 죽였는데?"라고 물을 수밖에 없었다. 센시니도 그렇고 앤 무어도 그렇고…… 의미 없는 소설이 존재하지 않는 것처럼 살인하는 데 이유가 없는 건 말이 되지 않았다. 사상, 돈, 치정, 권력처럼 둘러대기 쉬운 이유라도 있어야 하지 않나. 더군다나 소설이 아니라 현실의 킬러라면 좀 더 구체적이고 현실적인 이유일 거라는 생각이 들었다. 그러나 유리는 "글쎄"라고 말하며 고개를 가로저었다.

"네가 뭘 궁금해하는지 알 거 같아. 요새 기분으론 여길 쏴도 죽는 이유를 모를 거 같으니까."

유리가 이렇게 말하며 손가락으로 자신의 관자놀이를 가리켰다. 그리고 지금은 예전과는 달리 의뢰인과 직접적인 관계를 맺을 수 없다는 둥, 거대 알선 단체에 의해서만 의뢰인과 접촉이 가능하다는 둥, 아무리 개인적인 원한이라도 과거에는 원인이 분명했지만 요새는 너무 복합적이라 파악하기 힘들다는 둥 넋두리를 늘어놓았다. 어느 진영에 속하건 옳고 그름이 확실해 고민 없이 총을 쏘던 냉전시대의 킬러들은 복 받은 자들이라면서 말이다.

"내가 그때 활동했으면 저 여자하고 운명을 건 사랑에 빠졌을지도 모르지."

유리가 볼링 선수를 고갯짓했다. 센시니는 우리가 자신을 주목하고 있는 것도 모른 채 여전히 모니터만 바라보고 있었다.

"이제 나를 좀 믿겠어?"

유리가 히죽댔다. 나는 어깨를 으쓱했다. 솔직히 말해 그때까지도 나는 유리가 나를 놀리는 거라고 생각하고 있었다. 유리가 셔츠를 걷어 올려 손목을 보여준 건 그때였다. 유리의 손목에는 묵주가 채워져 있었다. 유리가 묵주를 내 눈앞에 들이밀었다. 자세히 들여다보니 묵주에는 앤 무어의 이름이 새겨져 있었다. 그사이 유리는 자신도 모르는 사이 죽은 사람의 소지품을 훔치기 시작했고 그 사실이 보도되는 데 재미가 들렸다고 나직하게 고백했다. 연쇄살인마의 악취미가 아니라 킬러의 소심한 자기 증명이라니……. 나는 유리의 말을 반신반의하면서도 문득 슬퍼졌다. 돌이켜보면 유리에게 연민을 갖게 된 뒤부터 밀도 높은 소설을 읽은 것처럼 그에게 조금씩 설득되고 있었던 거 같다.

얼마 뒤 유리는 가방에서 책자 하나를 꺼내 펼쳤다. 책자 안에는 오래된 우표들이 질서정연하게 배열돼 있었다.

"1967년 소련에서 발행된 레닌 탄생 97주년 기념우표."

유리가 우표들 중 하나를 가리키며 말했다. 그 우표에는 군중들을 상대로 연설 중인 레닌의 모습이 그려져 있었다.

"공산주의의 몰락과 함께 이제 쓰레기가 됐지. 어제 모스크바에서 죽인 빵집 주인이 모은 거야."

유리가 이렇게 설명하며 나를 바라봤다.

"우리가 파리에 도착할 때쯤 뉴스에 나올걸."

유리가 이렇게 말하며 희미하게 웃었다. "너도 마음만 먹으면 죽일 수 있어"라고 말하는 듯했다. 그러자 유리가 돈을 벌기 위해서라면 누구라도 죽일 수 있는 킬러로 보이기 시작했다. 평소 갖고 있던 킬러에 대한 환상도 어느 순간 산산조각 나버렸다. 나는 환상에서 깨어나길 거부하듯 고개를 저으며 볼링 선수를 뜯어봤다. 아까와는 달리 그녀는 그렇게 감탄할 만한 미인은 아니었다. 자그마한 동네의 몇몇 사람에게만 첫사랑으로 기억될 정도였다. 코는 휘어져 있었고 눈은 짝짝이였으며 피부에는 기미도 가득했다. 유리는 다시 한 번 이제 내 말을 믿겠냐고 물었다. 생각해보니 유리가 내게 거짓말을 할 이유는 전혀 없었다. 나는 고개를 끄덕일 수밖에 없었다. 그때 유리가 갑자기 센시니에 대해 더 알고 싶지 않냐고 속삭였다. 그리고 내가 대답할 틈도 없이 센시니는 나름 유명하다면서 작년 이집트 볼링 선수권 대회 준우승자라고 속닥거렸다. 센시니와 톰 블래빈이 연인 사이라고 덧붙이기도 했다.

"톰 블래빈은 또 누군데?"

"알마야딘방송국 편집기사. 둘은 3년 동안 총 258번의 섹스를 했고 센시니는 낙태도 한 번 했지. 지금도 센시니는 파리로 파견 나간 톰 블래빈을 만나러 가는 길이야. 톰이 카페 종업원과 바람이 났다는 건 꿈에도 모르고 있을걸?"

유리가 말을 쏟아냈다. 나는 총을 내팽개친 채 센시니와 톰 블래빈의 정사 횟수 따위를 계산하고 있는 유리를 떠올리며 말을 잇지 못했다.

"왜 말이 없어? 톰 블래빈이 테러리스트가 아니라 또 실망했어?"

유리가 이렇게 말하고는 금세 침울한 표정을 짓더니 사실 자신도 톰 블래빈의 뒷조사까지 해봤지만 센시니를 죽여야 할 이유는 찾지 못했다고 덧붙였다. 그녀의 페이스북에 무바라크 정권을 비판하는 글이 조금 있긴 하지만 그건 이집트의 젊은이들이라면 대부분 하는 정도라는 것이었다. 유리의 말에 따르면 센시니는 갑작스런 민주화 여파에 동의하면서도 어리둥절해하는 이집트의 전형적인 젊은 세대일 뿐이었다. 유리가 수소문 끝에 알게 된 사실은 청탁한 사람이 센시니와 아무런 인연도 없는 이스라엘 국립대학의 제약 연구자였다는 것이다.

"복잡해, 복잡해."

유리가 이렇게 중얼거렸다. 나는 이왕 상황이 이렇게 된 거 돈만 받으면 아무 생각 없이 사람을 죽이는 게 오히려 더 편하지 않냐고 물었다. 유리의 표정이 일그러졌다.

"너는 원고료를 받기 때문에 소설을 쓰는 거야?"

유리가 신경질적으로 되받아쳤다. 나는 기분이 나빴다면 미안하다고 사과했다. 유리는 자신도 화를 내서 미안하다고 말하며 품에서 수첩을 꺼내 들었다. 고사성어가 적혀 있을 듯한 낡은 수첩이었다. 유리는 이게 무엇인 줄 아냐고 물었다. 나는 모르겠다고 했다. 유리는 너 같은 사람들의 기대를 충족시켜주기 위해 자신도 나름의 노력을 하고 있다며 실실거렸다. 나로서는 영문을 알 수 없었다. 유리는 수첩을 펼쳤다. 수첩에는 센시니의 신상에 대해 적혀 있었다. 유리는 좋아하는 음식부터 학교 성적과 첫사랑까지 센시니에 대해 소리 내 읽기 시작했다. 센시니의 나체를 엿보는 듯한 기분이 들어서 흥분이 감돌았다. 유리는 어느 순간 수첩을 내 눈앞에 드밀더니 야릇한 웃음을 흘렸다.

· 선호 체위 : 기승위

유리는 곧 웃음기를 거둔 뒤 다시 수첩에 빠져들었다. 나는 그 모습을 보다가 『토성의 고리』를 펼쳐 들었다. 우리는 한참 동안 말이 없었다.

"저 남자 보여?"

유리가 어깨를 툭툭 건드렸을 때 나는 비로소 제발트의 최면에서 풀려 나왔다. 유리는 뒤를 흘깃했다.

"저 사람도 센시니를 죽이려는 자야."

유리가 속삭였다. 나는 뒤를 돌아봤다. 센시니 뒤편에는 중절모를 쓴 중년 남자가 앉아 있었다. 그는 노트북을 앞에 두고 보고서를 작성하듯 바쁘게 타자를 치고 있었다.

"누가 먼저 죽이냐는 게 문제지."

유리가 말했다. 나는 두 명의 킬러가 경쟁하듯 뒤쫓는 볼링 선수를 다시 한 번 바라봤고 때마침 그녀와 눈이 마주쳤다. 그녀는 내가 킬러라도 되는 듯이 황급히 눈을 피했다.

"왜? 꼴려? 죽이기 전에 한번 하게 해줄까?"

유리가 낄낄댔다. 나는 죽음과 쾌락을 모두 내포한 킬러의 말에 공포를 느꼈다. 그러나 킬러가 총구를 눈앞에 들이민 것처럼 나는 항공기 속에 갇혀 옴짝달싹 못하는 상황이었다. 나는 도리 없이 파리까지 실려 가는 수밖에 없었다. 불현듯 며칠 동안 밤을 새서 사람을 죽이고 보고를 한 뒤 닭장 같은 독신자 아파트에 누워 선잠에 든 유리가 떠올랐다. 그러자 유리의 말이 위악적으로 느껴졌고, 그가 킬러라기보다는 영업 실적에 시달리는 회사원처럼 보이기 시작했다. 신기하게도 마음이 약간 진정됐다. 이유는 잘 모르겠지만 그때 나는 유리와 마크 에블스의 공통점을 발견했던 것 같다.

잠시 후 항공기가 드골공항에 착륙한다는 방송이 흘러나왔다. 나는 궁금한 게 하나 있다고 했다. 유리는 얼마든지 물어보라고 했다. 나는 너는 아랍인인데 왜 이름은 러시아식이냐고 물었다. 그러자 그는 한술 더 떠 자신이 자란 곳은 아랍도 러시아도 아닌 독일이라고 했다.

"어떻게 그게 가능해?"

내가 물었다. 그는 큰 코를 매만지며 제발트의 『이민자들』도 안 읽어봤냐고 되묻고는 2차 대전이 끝난 뒤 조부가 가족을 이끌고 시리아에서 러시아로 넘어왔고, 자신이 태어나고 얼마 지나지 않아 아버지가 서독으로 이주했으며, 독일이 통일된 뒤에는 베를린에서 대학을 다녔다고 다른 사람의 인생을 말하듯 담담하게 얘기했다. 마지막에는 어린 시절 피부색 때문에 차별을 당한 것만 빼면 평범한 삶을 살아왔다고 덧붙였다. 그 뒤 공항에 도착할 때까지 유리와 어떤 이야기를 나누었는지 기억나진 않는다. 다만 센시니가 비행기에서 내리는 모습을 보던 유리의 날카로운 눈매를 기억할 뿐이다. 유리는 미로처럼 복잡한 공항을 손쉽게 헤집으며 입구까지 나를 배웅했다. 나는 마중 나온 전처와 만났다. 유리는 전처에게 예의 바르게 인사한 뒤 내게 명함을 건넸다. 명함 안에는 전화번호와 이메일 주소가 적혀 있었다. 유리는 일이 끝나면 술이라도 한잔하자고 말한 뒤 어딘가로 사라졌다.

"여행은 어땠어?"

전처가 물었다. 나는 그럭저럭 괜찮았다고 했다. 그녀가 내 팔짱을 끼며 이제 집에 가자고 했다. 그녀는 나를 친구로 대하고 있는 듯했다. 나는 아직 그녀를 친구로 대하기 어색했는데, 그녀가 어색해 할까봐 친구로 대하고 있는 척했다.

"아까 같이 온 사람은 누구야?

전처가 물었다. 나는 비행기에서 우연히 만난 친구라고 했다.

"꼭 보험회사 직원 같던데?"

"뭐, 비슷해."

내가 답했다. 공항을 벗어나는 동안 전처는 모스크바에서 제과점을 운영하는 노인이 총에 맞아 죽었다는 뉴스를 봤다면서 혹시 내가 어떻게 됐을까봐 걱정했다고 말했다.

"모스크바에 제과점이 얼마나 많은데."

나는 이렇게 말은 했지만 가슴이 철렁했다. 전처는 내 속도 모른 채 제과점 주인의 물품 중 우표 수집 책자 하나만 사라졌다고 말했다.

"훔쳐 갈 게 그렇게 없었나."

전처가 중얼거렸다. 그때 내 옆으로 중절모를 쓴 또 한 명의 킬러가 스쳐 지나갔다.

· 형은 동생을 찾아 헤매다가 이민자에게 살해당한다

파리에 갈 무렵 나는 소설의 후반부를 대략 정해놓았다. 되짚어 보면 『매시노프』의 영향으로 추정된다. 언젠가 『매시노프』에서 이민자와 범죄의 상관관계에 대해 다뤘던 적이 있었다. 당시 도시 근교 농촌에서 유부녀 강간 살인 사건이 벌어졌다. 아마 온갖 흉악 범죄에 익숙해져 있어서 새로울 것 없는 사건이라는 의견이 대부분일 것이다. 그러나 이 사건이 특별하게 취급됐다는 것을 강조하고 싶다. 용의자가 미얀마 출신 노동자였던 것이다. 언론은 이민자의 삶과 왜곡된 윤리관의 상관관계에 대해 연일 보도했다. 편집장도 이 사건을 흥미로워하며 내게 기사를 써보라고 했다. 나는 자료 조사를 하던 중 진실을 발견했다. 이민과 범죄는 아무런 상관도 없다. 나는 편집장에게 그 사실을 말했다.

"좀 더 재미있게 써봐."

편집장은 내 말을 들은 척도 안 했다.

"야하게 쓰면 더 좋고."

이렇게 주문하기도 했다. 나는 머리를 쥐어짜가며 선정적인 기사를 써냈다.

"섹스라는 단어가 좀 더 들어가면 좋지 않을까?"

이게 편집장이 내놓은 마지막 의견이었다.

파리 외곽에 있는 전처의 집으로 가는 길에도 수많은 이민자들이 있었다. 그들은 거리를 걷고 있었고, 상점에서 무언가를 사고 있었으며, 누군가와 이야기를 나누고 있었다. 전 세계 어디에서나 볼 수 있는 지극히 평범한 풍경이었다. 그러나 나는 언제부턴가 『매시노프』의 기사처럼 그들이 차를 부수고 나와 전처를 폭행하는 상상을 하고 있었다. 내 마음을 읽기라도 했는지 전처가 인상을 찌푸리며 이 지역은 이민자들이 득실거려서 범죄 발생 빈도가 높다고 말했다. 그때 차창 밖으로 아시아계 여자와 아프리카계 남자가 다정하게 걸어가는 게 보였다. 남자는 갓난아이를 안고 있었다. 아이는 뭐가 그리 즐거운지 까르르 웃고 있었다. 그 광경을 보자 헛된 상상에서 깨어날 수밖에 없었다. 그 와중에도 전처는 얼른 돈을 모아 백인들이 사는 부유한 곳으로 이사 가고 싶다며 프랑스의 이민정책은 실패했고 그런 의미에서 올랑드를 뽑은 건 잘못된 선택이라고 목소리를 높였다. 자신이 동양에서 온 이민자라는 걸 잊은 듯이 말이다.

"그럼 대체 어디로 가라는 거야?"

갑자기 짜증이 치민 내가 물었다. 전처가 왜 갑자기 화를 내냐는 듯 나를 물끄러미 바라봤다. 문득 나도 그런 생각을 한 나 자신에게 화를 낸 건지, 그 생각을 입에 올린 전처에게 화를 낸 건지, 아니면 다른 이유 때문에 화를 낸 건지, 그 이유를 정확히 모르겠다는 생각이 들었다. 이런 이유로 청탁을 하면, 유리 입장에서는 상대를 왜 죽였는지 모르는 게 당연하다는 생각도 들었다.

어느덧 차는 구시가지로 접어들었다. 창밖으로는 행상 앞에 앉아 기념품을 팔고 있는 이민자들이 보였다. 그 옆에는 대형 마트가 들어서는 중이었다. 공사장 담장에는 다음과 같은 낙서가 쓰여 있었다.

· 올리비에는 화성에서 왔다!

전처는 저녁으로 프랑스 가정식을 준비한다느니 한식을 차린다느니 한동안 호들갑을 떨었다. 나는 그동안 소파에 앉아 잠시 눈을 붙였다. 잠에서 깼을 때 전처가 옆에 앉아 텔레비전을 보고 있었다. 나도 텔레비전을 봤다. 한 사람이 죽고 두 사람이 사랑에 빠지는 건 어느 나라나 똑같았다.

"회사도 그만뒀다며. 이제 뭐 할 거야?"

영화가 끝난 뒤 전처가 물었다. 나는 장편을 쓸 생각이라고 했다.

"봐. 나랑 헤어지면 글 쓸 시간이 늘어난다고 했잖아."

전처가 이렇게 말하며 텔레비전을 껐다. 그리고 내 옆에 바싹 붙어 앉으며 어떤 소설이냐고 물었다.

"두 형제가 갈 곳 없는 시체를 묻는 이야기야."

"그리고?"

나는 귀찮아져서 그냥 그게 끝이라고 했다.

"빤하지 뭐. 또 죽이고 떠나고 후회하는 거겠지."

전처는 코웃음을 쳤다. 나는 대꾸하려다 말았다. 이혼한 마당에 더 이상 다툴 이유가 없었던 것이다. 나는 말을 돌려 결혼 준비는 잘돼가냐고 물었고 한동안 전처의 이야기를 들었다. 이야기가 끝나자 잠시 침묵이 감돌았고 나는 괜히 어색해져 이제 네 이야기를 좀 해보라고 했다. 미술사. 유학. 담당 교수와의 연애. 전처는 내가 이미 알고 있는 이야기를 늘어놓았다. 앞으로는 약혼자의 논문을 한국어로 번역할 계획이라며 아는 출판사가 있으면 소개해달라고도 했다. 처음에는 웃어넘겼지만 그녀는 집요했다. 결혼식에 초대하느라 불렀는지 출판사를 소개시켜달라고 조르려고 불렀는지 헷갈릴 지경이었다. 나는 책으로 출판돼봤자 팔리지도 않을 거라며 한국인들은 살기 바빠서 영화 이상의 예술은 더 이상 좋아하지 않는다고 했다.

"그래도 네가 쓴다는 소설보다는 많이 팔릴걸?"

그녀가 약이 올랐는지 이렇게 쏘아붙였다. 이후에도 그녀는 계속 약혼자 이야기만 했다. 나는 그녀가 대체 무엇을 하고 있는지 궁금했다. 그래서 이제 진짜 네 이야기를 해보라고 했다. 그녀는 잠시 공부를 그만두고 자신이 미술사를 공부할 능력이 있는지 다른 길을 모색해야 할지 고민하는 중이라고 말했다. 그 뒤 한동안 침묵이 이어지다가 전처가 우리가 아직도 부부인 줄 아냐며 기분 나쁘게 캐묻지 말라고 내쏘았던 게 기억난다.

"공부를 하고 싶어서 나를 떠난 거 아니었어?"

내가 이렇게 물었던 것도 떠오른다. 그녀가 약혼자가 올 때까지 시간이 얼마 남지 않았다고 속삭였던 장면과 우리가 침실로 들어가 섹스를 했던 장면도 떠오른다.

"겨우 이걸 하려고 여기까지 날 부른 거야?"

섹스를 한 뒤 내가 물었다. 전처는 아무 말이 없었고, 우리는 다시 한 번 섹스를 했다. 전처가 샤워를 하는 동안 나는 침대를 벗어나 창밖을 내다봤다. 하늘에는 노을이 붉어지고 저 멀리서 지하철이 기괴한 소리를 내며 다가오고 있었다. 나는 격렬한 촬영 뒤에 잠시 한숨을 돌리는 포르노 배우가 된 거 같았다.

아무래도 전처의 약혼자에게 좋은 감정을 갖긴 쉽지 않다. 그러므로 그에 대한 이야기는 간단히 하고 넘어가겠다. 그의 이름은 시몽이다. 시몽은 지면을 할애해서 설명하지 않아도 될 만큼 평범한 인상이었는데, 굳이 특이점을 찾는다면 앞니 사이가 벌어져 있다는 것이었다. 본인도 그게 콤플렉스인 듯 웃을 때 입 모양이 약간 어색했다. 시몽은 저녁을 먹는 내내 프랑스 예술을 찬양하더니 결국에는 술에 취해 일본의 식민지가 아니었다면 한국 예술은 미개한 수준을 벗어나지 못했을 거라고 말하는 데까지 이르렀다. 요즘 들어 너 같은 동양 소설가의 작품이 유럽 땅에 들어오는 바람에 유럽 문학의 순혈주의가 흐트러지고 있다는 말도 했다. 전처는 시몽이 그런 말을 할 때마다 내 눈치를 봤는데, 나는 그게 더 화가 났다. 그래도 처음에는 전처의 체면을 생각해 시몽의 말을 잠자코 들어주었다. 그러나 시몽의 술주정은 점점 심해졌다. 나는 참다못해 너희들도 잘난 게 하나 없다고, 미셸 우엘벡의 소설에 수없이 묘사되는 프랑스의 부조리도 못 봤냐고 맞받아쳤다. 그리고 전처와 섹스를 수천 번도 더 했고, 지금 여기서도 두 번이나 했다고 말한 다음 집을 뛰쳐나왔다. 밖으로 나와서 뒤를 돌아보니 현관까지 따라 나온 전처가 나를 멀거니 바라보고 있었다. 데리고 가달라는 건지 왜 그랬냐고 원망하는 건지 짐작할 수 없었다.

· 귀스타브 플로베르를 죽여라

카페 탁자 위에 누군가 이렇게 낙서를 해놓았다. 카페에 들어섰을 때 유리는 이 문구를 바라보고 있었다. 나도 유리의 맞은편에 앉아 그 문구를 들여다봤다. 유리는 내가 온 것도 모른 채 그 문구를 푹 빠져 있었다.

"뭐 하고 있는 거야?"

내가 탁자를 툭툭 두드렸다. 유리는 그제야 고개를 들고 인사를 건넸다.

"헤밍웨이가 이 카페 단골이었던 거 알지? 헤밍웨이가 그 시절 이 자리에 앉아 이 문구를 썼다면? 어때? 그럼 재미있지 않을까?"

유리가 진지한 표정으로 말했다.

"헤밍웨이가 플로베르를 왜 죽이려고 했을 거 같아?"

유리가 이어서 질문을 던졌다. 나는 플로베르가 죽고 20년이 지난 뒤에야 헤밍웨이가 태어난 걸 모르냐며 그들이 만나는 건 불가능하다고 유리의 말을 잘라버렸다. 그러자 유리는 소설가가 왜 그리 상상력이 부족하냐고 말했다. 나는 이 문구와 상상력이 무슨 상관이냐고 짜증을 부렸다. 유리는 농담에 왜 이렇게 민감하게 반응하냐며 무슨 안 좋은 일이라도 있었느냐고 물었다. 유리의 말이 맞았다. 이 카페에서 헤밍웨이는 책을 읽거나 소설을 썼고, 나는 한심하게도 전처의 약혼자와 싸운 뒤 애꿎은 사람에게 분풀이를 하고 있었다.

"이 자리에 플로베르를 노리는 킬러라도 앉았었나 보지 뭐."

유리가 어서 이 무의미한 다툼을 끝내자는 듯 실없는 말을 던졌다.

"볼링 선수는 어떻게 됐어?"

내가 머쓱해져서 물었다. 유리는 대답 대신 발밑에 놓인 가방을 탁자 위에 올려놓았다. 가방을 열자 그 안에는 하늘색 볼링공이 들어 있었다. 나는 유리가 센시니를 죽인 뒤 볼링공을 훔치는 장면을 떠올렸다.

"죽어 있더라고."

유리가 볼링공을 매만지며 쓸쓸하게 말했다. 자신이 센시니의 호텔 방에 도착했을 때는 센시니의 시체와 이 볼링공만 남아 있었다는 것이었다. 유리는 중절모를 쓴 남자가 그랬는지 강도가 그랬는지 모르겠다고 중얼거렸다. 나는 유리가 변명을 늘어놓는 것처럼 느껴졌다.

"네가 죽인 것도 아니면서 이 볼링공은 왜 가져온 건데? 신문에 나오고 싶어서?"

내가 물었다. 유리의 얼굴이 붉어졌다. 사실 나는 이유를 알 수 있을 것 같았다. 비참해서 견딜 수 없었겠지.

"그럼 너도 강도나 다름없겠네?"

그러나 나는 유리를 계속 몰아붙였다. 지금 생각해보면 상상력 운운하며 자존심을 상하게 한 것 때문에 유리에게 괜히 시비를 걸었던 거 같다. 시몽도 모자라 유리에게도 무시를 당하고 있다는 생각 때문에 감정적으로 대응했던 거 같다. 한동안 침묵이 이어졌다. 침묵을 깬 건 유리였다. 유리는 내게 재킷의 안주머니를 슬쩍 보여줬다. 거기에는 리볼버가 들어 있었다.

"너도 죽이고 싶은 사람 있어?"

"시몽."

나는 잠시 머리를 굴리다가 답했다.

· 자전거를 세워두지 마시오

동생이 형의 묘비에 새긴 문구이다. 형은 동생을 쫓다가 중국과 인도의 국경 마을에서 러시아 출신 부랑아에게 살해당한다. 동생은 그제야 정신을 차리고 죽은 형을 생각하며 괴로워한다. 동생은 그 마을에 정착한다. 형을 묻은 뒤 묘비에 새길 문구를 고민한다. 시간이 흘러 직업을 얻고 결혼도 하고 아이도 낳지만 그의 의식은 항상 형의 묘비에 가 있다. 시간이 날 때마다 형의 무덤에 기대 시체들의 말이 들리기를 기다린다. 그러나 예전과는 달리 아무도 그에게 말을 걸지 않는다. 과거는 꿈처럼 여겨진다. 그 감각을 잃어버린 것 같다. 형이 남긴 자신의 노트를 살펴보지만 시체들이 말을 했다는 게 믿기지 않는다. 동생은 자신의 힘으로 형과 동아시아 등지를 떠돌던 이야기를 쓰기 시작한다. 다른 사람에게 보여주지도 않고 출간을 목표로 하지도 않는다. 글을 쓰면서 형의 묘비에 새길 문구를 찾는 것 단 하나만 생각한다.

당시 나는 파리 13구 차이나타운 인근 호텔에 묵고 있었다. 나는 하루 종일 형의 묘비에 무엇을 새길지 고민하다가 결국 작가들의 유언을 뒤적거리기 시작했다. 그들의 유언은 철학적이고 독특했지만 나는 도무지 매력을 느낄 수 없었다. 『매시노프』처럼 의도를 갖고 사실과 허구를 접목시키는 작업이 작위적으로 느껴지기 시작했던 것이다. 그러던 중 우연히 창밖 주차장에 세워진 푯말을 봤다. 푯말에는 '자전거를 세워두지 마시오'라고 쓰여 있었다. 이 문구를 옮겨 적은 이후 나는 무언가에 홀린 듯이 소설을 쓰기 시작했다. 전처의 결혼식 날짜도 잊은 채였다. 전처에게 몇 번 연락이 왔지만 무시하고 소설에 집중했다. 돌이켜보면 그 문구가 영감을 자극해서라기보다 내 곁에 『매시노프』 편집장도, 사사건건 트집을 잡던

전처도, 앞니가 벌어진 미술사학자도 없었기 때문에 글이 잘 써졌던 거 같다. 모든 것으로부터 자유로워진 나는 마음껏 글을 쓸 수 있었다.

하나 더 말해둘 게 있다. 당시 나는 유리와 함께 방을 쓰고 있었다. 유리가 당분간 파리에서 휴가를 보내다 갈 생각이라며 동행을 제안한 것이다. 유리는 하루 종일 침대 위에서 책을 읽었다. 리볼버를 지근거리에 둔 채였다. 언제 또 쉴지 몰라 죽을 각오를 하고 책을 읽는 것 같았다.

"여기까지 와서 노트북 앞에만 앉아 있을 거야?"

언젠가 유리가 물었다. 나는 오랜만에 소설이 잘 써지고 있어서 자리를 떠나기 힘들다고 했다. 유리는 혼자 나갔다 와서 내게 어디를 관광했는지 미주알고주알 떠들어댔다. 며칠 뒤에는 그마저도 질렸는지 내 소설을 보여달라고 조르기 시작했다. 나는 몇 번을 거절하다가 결국 소설을 출력해 유리에게 건넸다. 유리는 침대에 앉아 내 소설을 읽기 시작했다. 옆에 놓인 리볼버 때문인지 그는 걸작을 가리기 위한 비장한 평론가처럼 보였다. 반나절이 지나서야 유리는 자리에서 일어났다. 나는 유리에게 소설이 어떠냐고 물었다.

"그럭저럭. 근데 치명적인 문제가 하나 있어."

유리가 말했다. 나는 문제가 뭐냐고 물었다. 유리는 턱으로 창밖 주차장을 가리켰다. 나는 창밖을 내려다 봤다. 창밖에는 '자전거를 세워두지 마시오'라는 문구가 적혀 있는 푯말이 우연에 기대 만든 알레고리의 나약함을 상징하듯 빽빽이 주차된 자동차 사이에 애

처롭게 서 있었다. 유리가 키득키득 웃기 시작했다. 나는 힘이 빠져 멀거니 창밖을 보며 서 있었다. 유리의 웃음소리는 점점 커지고 있었다. 나는 약이 올라서 유리를 노려봤다. 유리는 웃음을 멈추고 슬며시 밖으로 사라졌다. 그때 나는 중절모를 쓴 킬러에게 유리를 죽여달라고 하면서 그 이유에 대해 뭐라고 설명하면 되나 생각하고 있었던 것 같다.

유리가 돌아온 건 일주일 뒤였다. 간신히 화를 가라앉히고 다시 소설을 쓰기 시작할 무렵이었다. 유리는 시몽을 만나고 왔다고 했다. 나는 깜짝 놀라 이유를 물었다.

"죽여달라며?"

유리가 반문했다. 나는 그제야 예전에 그 말을 했었다는 걸 떠올렸고 지금은 화가 가라앉아 죽일 생각까지는 없다고 했다. 유리는 들어보기나 하라며 시몽이 말하기를 전처가 네게 성적으로 단 한 번도 만족한 적 없다느니, 시몽이 네 소설을 쓰레기 취급했다느니 따위의 말을 전해주었다. 유리가 시몽과 전처에 대해 속속들이 알고 있었기 때문에 어느 순간부터 나는 그의 말에 휘둘릴 수밖에 없었다. 이후에는 나도 감정이 달아올라 유리에게 시몽과 전처에 대한 험담을 늘어놓았다. 유리는 호기심 어린 표정으로 내 말을 수첩에 받아 적었다.

"어떻게 죽여줄까?"

그 뒤 유리가 이렇게 물었다. 당시에 나는 화가 날 대로 나서 끔찍한 방법이라면 무엇이든지 상관없다며 네 마음대로 하라고 했다. 유리는 천천히 고개를 끄덕인 뒤 수첩을 들여다보며 골몰하기 시작했다. 나는 문득 의문이 들어서 유리에게 왜 시몽을 죽일 생각을 했냐고 물었다. 유리는 내 소설을 비웃은 게 미안하기도 했고 한편으로는 내가 소설에 몰두하는 게 부럽기도 해서 자신도 무언가에 열중하고 싶었다고 했다. 시몽을 죽이는 게 둘 다 충족시키는 방법이라는 것이었다. 유리의 말이 제법 그럴싸하게 들려서 고개를 끄덕였던 내 모습이 어렴풋이 떠오른다.

그날 이후 유리는 진지해졌다. 글을 쓰다가 무슨 소리가 들려 뒤를 돌아보면 유리는 무언가를 중얼거리며 총을 만지작거리고 있었다. 영감을 불러오듯 센시니의 볼링공을 문지르기도 했고 우표 수집 책자를 들여다보기도 했다. 자리를 박차고 밖으로 나가기도 했다. 더러 술에 취해 오는 경우도 있었다. 그날은 어김없이 밤새 수첩에 무언가를 끼적였다. 가끔 누군가와 통화를 하기도 했다. 전화를 끊은 뒤에는 긴 한숨을 내쉬고 다시 수첩에 무언가를 적어 내려갔다. 유리가 진짜 시몽을 죽일까봐 슬슬 걱정되기 시작했지만 호기심이 동하는 것도 사실이었다. 지나가는 말로 잘돼가냐고 물은 적도 몇 번 있었다. 그때마다 유리는 고개를 절레절레 저을 뿐 말이 없었다. 점점 유리의 수첩 속이 궁금해졌다.

그러던 어느 날이었다. 나는 유리가 자리를 비운 틈을 타 수첩을 열어봤다. 대부분 낙서처럼 휘갈겨 쓰여져 있어서 알아보지 못했지만 그중 몇 개가 눈에 들어왔다.

· 할리 데이비슨, 거울 속 모과, 책상, 손톱, 정물화

유리의 수첩을 읽은 뒤 나는 나도 모르게 유리가 시몽을 어떻게 죽일 작정인지 상상하기 시작했다. 위 단어들에 시몽이라는 실존 인물을 투영하자 유리의 수첩이 수백 갈래로 해석되는 걸작처럼 느껴지기 시작했다. 그에 비하면 내 소설은 보잘것없게 여겨졌다. 질투 때문인지 하루 종일 글이 써지지 않았다. 나는 머리도 식힐 겸 산책을 하러 밖으로 나섰다. 공원으로 가는 길에 주차장의 푯말과 마주쳤다. 나는 한참 동안 그 문구를 들여다봤다. "자전거를 세워두지 마시오"는 본래의 뜻 외에는 아무런 해석도 가능하지 않았다.

나는 해가 저물 때까지 밖을 떠돌았다. 숙소에 도착해서 방문을 열었을 때 유리는 낯선 중국계 여자와 함께 있었다. 그들은 속옷 차림이었고, 술에 취한 듯 눈이 풀린 채 시시덕거리고 있었다. 방은 옷가지와 소지품으로 어질러져 있었는데, 리볼버와 센시니의 볼링공 따위는 그 사이에 아무렇게나 놓여 있었다. 유리는 시몽을 죽이기 위한 방법을 찾다가 끝내 미친 거 같았다. 나는 유리에게 저 여자는 누구냐고 물었다. 그때야 유리는 비로소 인기척을 느꼈는지 나를 바라봤고, 무슨 상관이냐는 듯 어깨를 으쓱했다. 그들은 다시 미친 듯이 웃기 시작했는데, 나는 화가 난다기보다 황당했다.

그들이 내 소설을 비웃고 있다는 것을 알아챈 건 그들에게 좀 더 가까이 다가갔을 때였다. 여자가 옆에 놓인 종이 뭉텅이를 들추며 이 웃긴 소설을 쓴 사람이 저 사람이냐고 내게 손가락질했던 것이

었다. 유리는 그렇다고 답했다. 여자는 내 소설이 무슨 의미가 있는지 모르겠다고 했다. 유리는 왜 그렇게 생각하냐고 물었다.

"저 사람 살인청부업자라도 되나 보죠?"

그녀가 물었다. 시체 매장에 대해 무엇을 알고나 쓰냐는 말 같았다. 유리는 "아마 시체를 본 적도 없을걸?"이라고 대답했다.

"그렇다면 조이스 캐롤 오츠는 좀비가 돼보고 『좀비』를 쓴 걸까?"

유리가 이어서 말했다. 여자는 조이스 캐롤 오츠가 누구냐고 물었다. 유리는 여자의 질문은 신경도 쓰지 않고 소설을 쓰는 데 경험이 절대적인 건 아니라고 덧붙였다. 그는 이어서 『좀비』와 당시 미국 사회에 대한 장광설을 늘어놓았는데, 더 들어볼 것도 없이 경험이라는 것을 배제하더라도 캐롤 오츠의 작품은 걸작이고 내 작품은 졸작이라는 것이었다.

"이 문장을 읽어보면 내 말을 좀 더 쉽게 이해할 수 있을 거야."

유리가 내 소설 어딘가를 가리키며 말했다.

"자전거를 세워두지 마시오."

여자는 유리가 가리킨 부분을 또박또박 읽었다. 유리는 창밖을 가리켰다. 여자는 창밖을 봤다. 유리와 여자는 동시에 웃음을 터뜨렸다. 나는 말할 수 없이 수치스러운 기분이 들었다.

"저번에 내 소설을 비웃었다고 미안해하지 않았어?"

내가 물었다. 나는 울먹이고 있었다.

"다시 생각해보니 내가 잘못한 건 없더라고. 소설가의 소설을 읽고 평가하는 게 그렇게 큰 잘못이야?"

유리가 대답했다. 유리의 말이 그럴듯하게 들렸기 때문에 나는 더 자존심이 상했다.

"이 여자는 누군데? 또 볼링 선수야? 헬스클럽 트레이너야? 이 여자는 네가 누군지 알기나 해?"

"무슨 소리 하는 거야. 얘는 그냥 이 동네 창녀야. 광장 근처에 가서 10분만 서성대면 너한테도 몰려들걸?"

유리가 혀를 끌끌 찼다. 나를 과대망상증 환자 취급하는 듯했다. 나는 관광객을 유혹하기 위해 젖가슴을 드러낸 채 거리를 배회하는 창녀들을 떠올렸고, 할 말이 없어져서 여기서 당장 떠나라고 말했다. 그들은 그런 내 꼴이 우스웠는지 더 크게 웃었다. 나는 바닥에 널브러져 있던 리볼버를 집어 들어 그들에게 겨누었다.

"너라고 뭐 다른 줄 알아? 센시니의 뒤꽁무니를 뒤쫓는 게 스토커지 킬러야?"

내가 윽박질렀다. 그들은 그제야 웃음을 멈췄다. 유리는 총알이 들어 있다며 방아쇠를 당기지 말라고 했다.

"킬러 주제에 소설에 대해 대체 뭘 알길래 그렇게 지껄이는 거야?"

내가 소릴 질렀다. 유리는 그제서야 상황의 심각성을 깨달았는지 미안하다고 사과하며 내게 다가왔다. 나는 방아쇠에 손을 건 뒤 그에게 눈앞에서 사라지라고 경고했다. 여자는 소리를 지르며 달아났고 유리도 내 눈치를 살피며 빠져나갔다. 나는 총을 창밖으로

던지고 술을 마신 뒤 잠에 들었다.

다음 날 아침, 나는 체크아웃을 하고 호텔을 벗어났다. 주차장을 지나가고 있을 때 '자전거를 세워두지 마시오' 근처에 사람들이 몰려 있는 게 보였다. 나는 그들이 내 소설에서 그 문구를 읽으며 질책하는 독자처럼 느껴져 섬뜩했다. 좀 더 가까이 다가가자 구급차와 경찰들도 보였다. 사람들은 지난 새벽 부랑자가 호텔 앞에서 총을 주워 관광객을 살해했다고 수군거렸다. 나는 깜짝 놀라 그 자리를 서둘러 빠져나갔다. 그때 구조 대원들이 내 곁을 지나갔다. 구조 대원들은 피투성이가 된 소년의 시체를 구급차로 옮기고 있었다. 나는 시선을 피하며 다음과 같이 중얼거렸다.

· 나는 오렌지다

생각보다 『매시노프』는 유용하다. 『매시노프』는 계피가 천연 비아그라라는 것을 증명했고, 눈물이 색을 제외하고는 혈액과 동일한 성분을 갖고 있다는 사실을 발견했으며, 국악을 들으며 자란 아이들이 동성애자가 될 확률이 높다는 것을 설명해주었다. 진실을 보장하지 못한다는 게 흠이었지만 대부분의 독자들은 『매시노프』를 심심풀이로 읽을 뿐이라 별문제가 되지 않았다. 언젠가 『매시노프』는 강력계 형사들에게 시체를 봤을 때 두려움을 떨치기 위해 어떤 생각을 하냐고 물은 적도 있었다. 내가 호텔 주차장에서 시체를 보고 중얼거린 말은 그 대답 중 인상적인 것이었다.

"나는 오렌지다."

나는 시몽의 시체를 보고도 이렇게 중얼거렸다. 전처의 연락을 받고 급하게 도착했을 때 시몽은 마크 에블스에게 살해당한 벌목공들처럼 참혹하게 죽어 있었다. 아무리 『매시노프』라도 시몽의 죽음을 그대로 게재하기는 어려울 거라고 말하는 것 외에는 달리 사건 현장을 표현할 수 있는 방법이 없었다. 전처는 혼이 나간 듯 침대에 주저앉아 있었다. 나는 전처를 진정시킨 뒤 거실로 나갔다. 형사가 내게 다가왔다. 나는 전처의 보호자라고 소개한 뒤 어떻게 된 일이냐고 물었다. 형사는 고개를 갸웃거리며 이상하다고 말했다. 나는 무슨 문제가 있냐고 물었다. 형사는 도난품이 하나도 없다면서 용의자가 단순히 살인을 즐기는 거 같다고 했다. 나는 형사에게 범인이 누구인 거 같냐고 물었다.

"빤하죠 뭐. 이민자들이 미친 척한 거겠죠."

형사가 심드렁하게 답했다. 이 이야기를 마무리하기 전에 어디에 배치해야 할지 몰라 고민하다가 빼먹은 것 두 가지를 말해야겠다. 그렇게 중요한 건 아니다. 시몽의 앞니가 사라졌고, 시몽의 알몸에 루즈로 다음과 같은 문구가 쓰여 있었다는 것이다.

· 누구에게나 다섯 채의 헛간이 있다

한국으로 돌아가는 길이었다. 나는 『토성의 고리』를 마저 읽은 뒤 옆자리에 앉은 전처에게 건넸다. 그녀가 심심하다고 계속 칭얼거렸기 때문이었다. 그녀가 책을 읽는 동안 나는 무료함을 견디지 못해 기내에 비치된 면세품 카탈로그를 펼쳐 들었다. 카탈로그를 보는 내내 전처는 제발트를 내팽개치고 계속 말을 걸었다. 그녀는 한국으로 돌아가 대학원에 진학할 계획이라고 했다. 내가 건성으로 무엇을 공부할 생각이냐고 묻자 그녀는 미술 치료를 공부할 생각이라고 했다. 내가 대화를 이어가지 않자 결혼식 때 바쁜 척하며 코빼기도 안 보이더니 그 잘난 소설은 다 썼냐고 물었다. 나는 잠시 쓰는 걸 멈추고 숨을 고르고 있다고 했다.

"달리 할 일이 없으면 『매시노프』에 복직이라도 하지 그래?"

전처가 비아냥댔다. 나는 그럴 생각은 없다고 말했다. 잠시 후 전처는 잠에 들었다. 나는 다시 카탈로그를 읽기 시작했다. 카탈로그의 마지막 장에 실린 짧은 글이 기억난다. 회계사로 일하던 남자가 갑자기 회사를 그만두고 도시의 공터에 다섯 채의 헛간을 짓는다는 내용의 글이었다. 이 글이 왜 면세품 카탈로그에 왜 실렸는지 의문을 품었던 것도 떠오른다. 이 소설을 구상할 무렵 몇 번이나 카탈로그를 구해보려고 수소문했지만 쉽지 않았다. 카탈로그를 찾으려는 이유는 소설을 구상하다가 회계사가 한 말이 문득 떠올랐기 때문이었는데, 본격적으로 소설을 쓰기 전에 내 기억이 맞는지 확인해보고 싶었던 것이다. 결국 확인하지 못한 채 마감에 쫓겨 서둘러 '유리'라는 제목을 붙인 채 소설을 쓰기 시작했지만 말이다.

"저는 킬러입니다."

내 기억이 맞다면 회계사는 경찰에게 연행되는 동안 끊임없이 이렇게 중얼거렸다. 나는 그 글을 읽을 당시 유리가 옆에 앉아 있는 듯한 기시감을 느꼈던 거 같다. 그것밖에는 옆에서 자고 있는 전처를 물끄러미 바라본 게 설명되지 않는다. 다만 뒤에서 이상한 소리가 들렸던 건 분명하다. 나는 뒤를 돌아봤다. 중절모를 쓴 백인이 노트북을 앞에 둔 채 타자를 치고 있었다. 나는 한동안 그를 바라봤다. 그도 인기척을 느꼈는지 노트북에서 눈을 떼고 나를 봤다. 그는 내게 눈인사를 했다. 나도 얼떨결에 인사를 건네고 다시 앞을 봤다.

"누구야?"

잠에서 깬 전처의 목소리가 들렸다. 나는 모르는 사람이라고 답한 뒤 눈을 감았다. 그러자 항공기가 어딘가로 날 실어 나르는 듯한 기분이 느껴졌다. 그곳에서 유리가 나를 기다리고 있을 거라는 생각이 들었다.

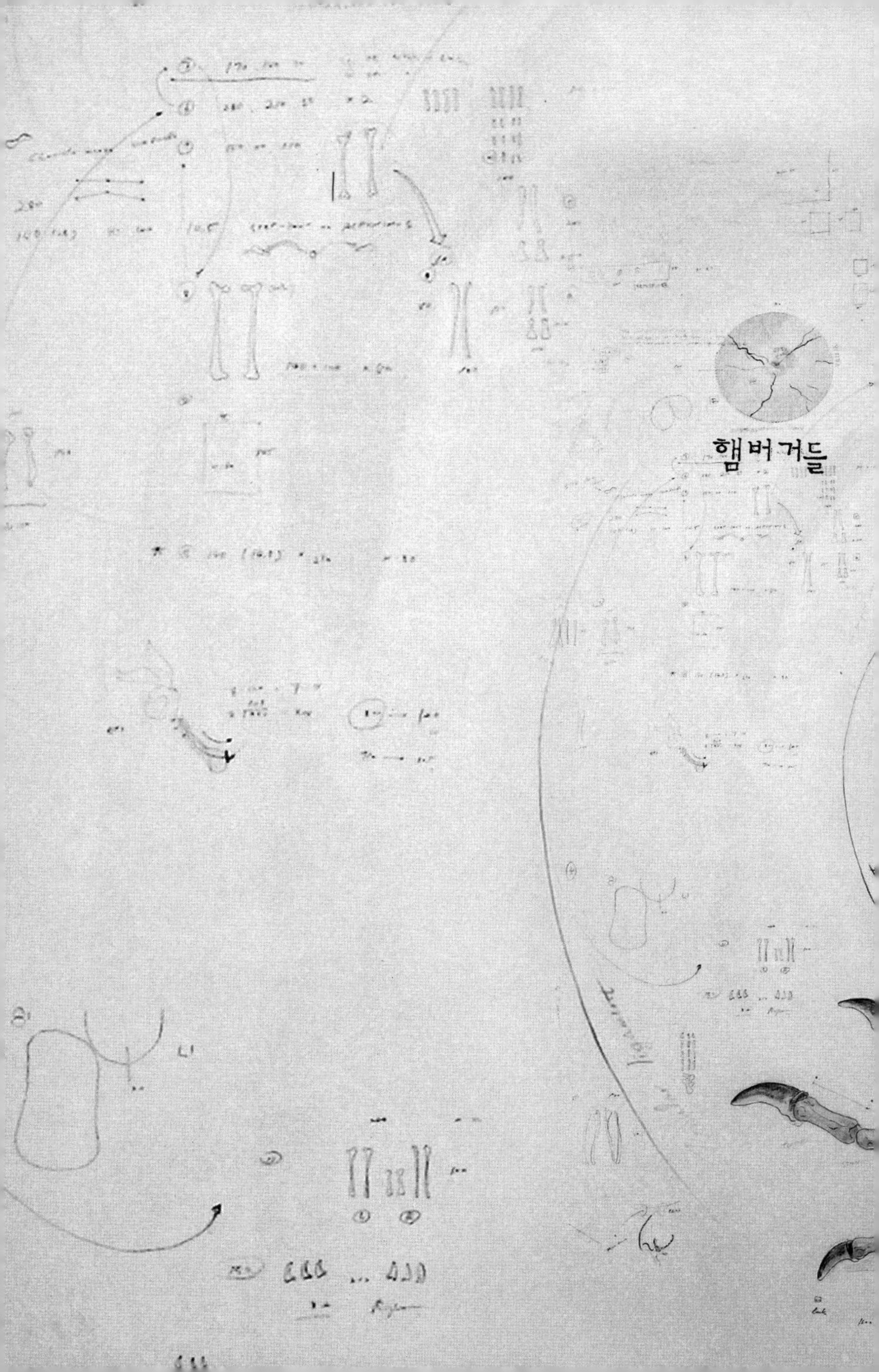

햄버거들

지난해 봄 나는 한상경과 함께 살고 있었다. 한상경은 집 근처 햄버거 가게에서 일하며 시를 쓰는 친구였다. 나 역시 소설을 쓰느라 눈덩이처럼 불어난 빚을 갚기 위해 회사에 다니고 있었다. 회사에 출근해서 보도 기사와 사보 교정을 봐주고 사장의 자서전을 쓰는 게 하루 일과의 전부였다. 사장의 인생은 졸부라는 단어 하나면 설명이 충분했는데, 그는 내게 그 이상을 원하고 있었다. 나는 레이싱걸 출신 정부를 제외하면 그 이상의 것을 발견할 수 없었다. 게다가 나는 팀장이라는 작자에게 맞춤법부터 다시 배우고 있는 처지였다.

우리가 살던 곳은 단대오거리역 인근 빌라였다. 회사가 위치한 선정릉역에서 분당선을 타고 단편소설 하나 읽을 정도의 시간이 되면 집에 도착했다. 그 무렵 뉴스에서는 단대오거리역 부근 도로에서 경찰과 탈주범의 총격전이 벌어졌다는 보도가 흘러나왔다. 나는 뉴스를 보고 나서야 그날 퇴근길에 폭죽 소리 비슷한 것을 들은 적이 있다는 것을 떠올렸는데, '그때 그게 총소리였나 보네'라는 건조한 감상만 들 정도로 말도 안 되는 자서전을 쓰느라 혼이 나간 상태였다.

집에 와도 정신을 차릴 수 없는 건 마찬가지였다. 회사에 다녀오면 한상경은 팔다 남은 햄버거를 먹으며 그날 쓴 시를 읽어주었다. 유명한 시인들과 자신의 시를 번갈아가며 읽어주었는데, 나는 수많은 시들 사이에서 귀신같이 한상경의 시를 골라내 비난했다. 그러면 한상경은 얼굴이 붉어진 채 자신의 작품을 직접 비평했는데, 요약하자면 내 공부가 부족해 걸작을 알아보지 못한다는 것이었다.

언제부턴가 한상경은 잘나가는 동료 작가들과 자신의 처지를 비교하며 한탄하기 시작했다. 나는 넋두리를 듣다못해 한상경을 위로하는 지경에 이르렀다. 단지 그들이 시류를 잘 탔을 뿐이라고, 곧 너의 시대가 올 테니 좀 더 기다려보라고 말이다. 내 말 중 진실은 하나도 없었다. 이 사실을 눈치챈 듯 그의 상태는 더 심각해졌다. 나만 보면 손창섭과 주요섭이 동시에 박태원을 사랑했다느니, 실크로드가 사실 마르코 폴로의 정부들이 사는 곳을 표시해놓은 지도라느니, 단군이 서아프리카에서 건너온 지중해형 민족이라느니, 헛소리를 늘어놓기 시작했던 것이었다. 그게 문학을 대하는 기본자세라고 여기는 듯했다.

그러던 어느 날이었다. 집에 오니 한상경이 책상 앞에 앉아 있었다. 전과 달리 내가 와도 본체만체했다. 책을 읽거나 글을 쓰겠거니 해서 그냥 두었지만 한상경은 다음 날 아침까지 그 자리에 똑같은 자세로 앉아 있었다. 나는 약간 걱정이 돼서 한상경에게 다가갔다. 책상 위에는 스탠드 빛에 반사돼 번들거리는 햄버거가 놓여 있었고, 한상경은 햄버거를 노려보고 있었다. 나는 깜짝 놀라서 대체 뭐 하는 거냐고 물었다.

드디어 찾았어.

한상경이 햄버거에서 눈을 떼지도 않은 채 말했다.

눈앞에 두고 헤맸지 뭐야.

한상경이 덧붙였다. 나는 그게 무슨 말인지 물었다. 한상경은 성가시게 굴지 말라는 듯한 표정으로 나를 보며 햄버거야말로 자신이 그토록 찾아 헤매던 완벽한 문학적 소재라고 했다. 대화는 끝이었다. 내가 햄버거가 왜 완벽한 문학적 소재냐고 묻자, 한상경은 아무 대답 없이 다시 햄버거를 노려보기 시작했으니 말이다.

그날 이후 한상경은 햄버거에 집착하기 시작했다. 햄버거를 천천히 음미하며 노트에 무언가를 적기도 했고, 과학자처럼 햄버거를 분리해 만지작거리기도 했다. 햄버거에 여러 가지 소스와 패티를 넣어 맛보기도 했고, 하루 종일 햄버거에 귀를 대고 있기도 했다. 또 나를 볼 때마다 햄버거의 역사에 대해 설교했는데, 몽골족의 육포부터 맥도날드까지 이야기는 일주일이 지나도 끝날 기미가 보이지 않았다. 악성 치질 환자인 히틀러는 햄버거를 좌약으로 사용했다. 햄버거는 일종의 수소폭탄이다. 햄버거는 인류의 기원이자 진화론의 증거이며 종말의 황무지다. 이렇게 허황되기 그지없는 내용의 문자 메시지들을 시도 때도 없이 보내기도 했다. 한상경의 말에 따르면 진실과 허구, 역사와 전망이 얽힌 햄버거의 세계는 온갖 메타포를 간직한 보물창고였다.

언젠가 한상경은 회사까지 나를 찾아왔다. 중요한 사실을 발견했다는 것이었다. 나는 그를 끌고 카페로 가서 그게 뭐냐고 물어봤다. 그는 가방에서 햄버거들을 꺼내 탁자에 늘어놓기 시작했다. 그 햄버거들에는 각기 다른 패티가 들어 있었다.

침묵은 시가 아닌가? 곰브로비치의 일기는 문학이 아닌가?

내가 넋이 나가서 햄버거들을 멍하니 들여다보고 있을 때 한상경이 물었다. 나는 뜬금없이 그게 무슨 소리냐고 했다.

햄버거도 마찬가지잖아. 치킨을 넣으면 치킨 버거. 치즈를 넣으면 치즈 버거.

한상경이 햄버거를 들고 자리에서 일어나 큰 소리로 외쳤다. 주위에서 사람들이 우리를 보며 웅성거렸다. 문득 너무 창피해서 한상경을 햄버거 속에 숨기고 싶다는 생각이 들었다.

자서전 쓰는 걸 반쯤 포기하고 잘릴 날을 손꼽아 기다리고 있을 무렵이었다. 퇴근했을 때, 한상경은 처음 보는 여자와 뒹굴고 있었다. 나는 그들의 깡마르고 꾀죄죄한 나신에 놀라 눈을 가렸다. 두

더지와 좀비가 짝짓기를 하고 있는 거 같았다. 한편으로는 햄버거와 섹스하는 게 아니라서 다행이라는 생각도 들었다.

나는 그들을 피해 밖으로 나왔다. 저 멀리 가지런히 뚫린 고가도로 위에 정체된 차들이 늘어서 있었다. 불현듯 저 풍경에 비하면 차라리 집 안에서 벌어지고 있는 끔찍한 정사가 활기차 보인다는 생각이 들었다. 저 차들 중 하나에 사장이 타고 있고 그 차 앞에서 총격전이 벌어져 사장이 죽는다면 자서전에 쓸거리가 늘어나 몇 달간은 더 월급을 받을 수 있겠다는 생각도 들었다.

어느덧 자정이 지나 있었다. 다시 집에 들어갔을 때, 그들은 햄버거를 손에 든 채 논쟁을 벌이고 있었다. 낯선 여자는 이 햄버거가 여섯 개의 다리를 지녔기 때문에 곤충이라고 했고, 한상경은 햄버거가 햇빛을 가리기 때문에 커튼이라고 했다. 이야기의 끝에는 한상경이 햄버거를 팔꿈치라고 했는데, 황당한 건 여자가 고개를 끄덕이며 동의했다는 것이다. 처음에는 그들이 무슨 말을 하나 어리둥절했지만 어느 순간 그들이 햄버거를 소재 삼아 즉흥적으로 시를 쓰고 있다는 것을 깨달았다. 나는 그들 옆에 조용히 앉았다. 여자는 내게 눈길도 주지 않았는데, 정사를 들킨 수치심 같은 건 없는 듯했다. 나는 여자에게 인사를 건넸다. 여자는 고개를 끄덕였다. 그게 끝이었다. 나는 여자와 대화를 포기하고 한상경에게 네 옆에 앉은 여자는 누구냐고 물었다.

최승자.

한상경이 대답했다.

누구라고?

최승자. 시인.

한상경이 말했다. 나는 최승자를 바라보았다. 최승자는 태연하게 자신이 전생에 최승자였다고 말했다. 나는 불과 얼마 전에 읽은 최승자의 인터뷰를 떠올렸고, 그들에게 최승자는 아직 죽지 않았다고 말했다. 그들은 내 말을 듣는 둥 마는 둥 하며 다시 햄버거를 들고 시를 짓기 시작했다. 문학은 인간을 불행하게 만든다. 나는 이들을 보며 이 말을 곱씹었다.

그날 밤 나는 그들과 설전을 벌였다. 그들은 문학은 무의미하기 때문에 가치 있는 거라고 했고, 나는 문학은 분명 의미 있는 거라고 했다. 괜한 반발심이 아니었다. 문학은 무의미하기 때문에 가치 있다. 이런 식의 사고에 지친 것이었다. 그러나 돌이켜보면 내가 틀린 거 같았다. 그날의 대화가 문학의 한 종류라면, 확실히 문학은 무의미한 게 맞는 거 같았다.

그 무렵 나는 한계를 초월했다. 일주일 동안 원고지 500매를 쓴 것이다. 사장의 친구가 자서전을 출판해 베스트셀러가 됐기 때문에 사장의 창작욕은 치솟을 대로 치솟아 있었다. 그날도 나는 한계를 테스트하다가 자정이 넘어서야 퇴근했다. 집에 도착했을 때, 한상경은 짐을 싸고 있었다. 내가 뭐 하냐고 묻자 그는 머지않아 햄버거에 중독된 작가 명단을 조사하러 갈 계획이라고 했다. 나는 햄버거는 마약과 달라서 중독되는 게 아니며 설혹 햄버거에 중독된 작가가 있다고 해도 그 명단이 대체 무슨 의미가 있냐고 했다. 한상경은 진지한 표정으로 19세기가 지날 무렵 유럽에서 북미로, 뒤이어 아시아를 비롯한 제3세계로 퍼진 햄버거의 전파 경로가 걸작 출현의 궤적과 유사하다고 설명했다. 내가 고개를 갸웃하자 한상경은 플로베르니 포크너니 보르헤스니 각 대륙의 위대한 작가들과 걸작의 출현을 들먹거리며 나를 설득했는데, 믿지 않기 위해 노력했지만 솔직히 말해 꽤 그럴듯하게 들렸다.

상황이 이런데 어떻게 햄버거와 문학이 관련 없다고 할 수 있지?

한상경이 되물었다. 그리고 햄버거에 중독된 작가들을 찾아 그 목록만 적는다 해도 역사에 길이 남을 작품이 될 거라고 떠벌리기 시작했다.

그럼 『팡세』는 뭐고, 『가르강튀아 팡타그뤼엘』은 뭐지?

내가 한상경의 말을 끊고 햄버거가 없었던 시절의 고전을 언급했다. 한상경은 한숨을 내쉬었다. "사소한 것에 집착하지 마. 중요한 건 흐름이야"라고 말하는 듯했다.

그럼 반대로 햄버거가 넘쳐나는 지금은 문학의 전성기라도 되나?

내가 비아냥댔다. 문학이 영화와 인터넷에 자리를 빼앗긴 건 어떻게 설명할 거냐고 말이다. 그러자 그는 그 이야기를 잘 꺼냈다며 각종 햄버거 프랜차이즈의 등장으로 햄버거의 전통이 끊겨버렸다고, 예전에 비해 걸작의 출현이 드문 건 진정한 햄버거의 토대와 입지가 점차 좁아지고 있기 때문이라고, 패스트푸드 프랜차이즈에서 기계로 찍어내듯 만든 햄버거는 햄버거가 아니라고 말하며 열을 올렸다.

그건 햄버거가 아니라 중국 청두에 있는 폭스콘 공장에서 하루에도 수만 개씩 뽑아내는 휴대폰 부품이나 마찬가지야. 내가 찾는 건 휴대폰 부품이 아니라 진짜 햄버거란 말이야. 생각해봐. 휴대폰 부품 같은 햄버거들을 먹고 자란 작가들이 어떻게 걸작을 써낼 수 있겠어?

한상경이 말을 이었다. 문학과 햄버거를 연결 짓는 논리의 비약에 대해 더 따져 들고 싶었지만 나는 그의 결연하기까지 한 표정을 보고 입을 다물었다. 문득 햄버거 예찬자가 된 이후 한상경의 시가 예전에 비해 눈에 띄게 좋아졌던 게 떠올랐다. 곰곰이 되짚어보니 그때부터 나는 한상경에게 서서히 설득되고 있었던 거 같다. 햄버거에 대해 깊게 생각하기 시작한 것도, 햄버거에 대한 소설을 구상하기 시작한 것도 그 무렵이었으니 말이다.

그래서 제일 처음 누굴 찾아갈 건데?

내가 물었다.

존 버거.

그가 당연하다는 듯 시큰둥하게 답했다. "햄버거를 얼마나 좋아하면 이름이 존 버거겠어"라고 하는 듯한 표정이었다. 나는 그가 농담을 하는 거겠거니 하며 바라봤지만 그는 진지했다. 아무래도 존 버거의 성이 'Burger'가 아니라 'Berger'인지 모르는 거 같았다. 한상경은 조만간 알프스의 농촌 마을에 칩거하고 있는 것으로 알려진 존 버거를 찾아간다면서, 햄버거 중독자 명단이 출판된다면 자신의 이름이 존 버거처럼 널리 알려질 거라며 흥분을 감추지 못했다. 헛웃음이 비집어 나왔다. 대체 누가 문학과 햄버거에 관심을 갖겠는가. 그저 머리와 입에 욱여넣을 뿐이지.

예상대로였다. 몇 주가 흐른 뒤에도 한상경의 삶에는 변화가 없었다. 그의 상태는 날이 갈수록 심각해졌다. 자고 일어나면 그는 내 옆에 누워 흐느끼고 있었다. 나중에는 내게 햄버거에 빗댄 사랑의 시도 지어주었다. 결국 내가 며칠 동안 집에서 나오는 지경에 이르렀다. 그사이 한상경은 존 버거를 만나러 간다는 쪽지를 남기고 떠났는데, 문제는 내 돈을 훔쳐 프랑스행 비행기 표를 끊었다는 것이었다. 그는 가끔 근황을 적어 이메일을 보내왔다.

존 버거의 햄버거 : G, 보는 방법, 아픔의 기록, 백내장, A가 X에게

외계인들도 햄버거에 중독됐다는 사실을 아나?

예전에 한상경이 이렇게 말했을 때도 처음에는 허튼소리라 여기며 무시했다. 한상경은 외계인들이 줄기차게 지구에 UFO를 내려보내는 건 지구 정복을 위해서가 아니라 순전히 햄버거 때문이라고 했다. 외계인들이 가장 많이 출현한 곳은 뉴욕이고, 뉴욕에는 세계에서 가장 많은 4703개의 햄버거 가게가 존재하며, UFO를 봤다고 주장하는 이들의 지척에는 항상 패스트푸드 매장이 있는 게 그 증거라고 말이다.

햄버거를 베어 문 순간이었어요.

인터넷에 떠도는 영상 자료를 보면 이렇게 시작되는 목격담이 속속 뒤따른다고 한다. 한상경은 여기에서 멈추지 않고 9·11 테러 당시 무역센터의 잔해 속에서 발견된 외계인의 시체에는 채 소화도 되지 않은 햄버거들이 가득했다는 사실을 알고 있냐고 속삭였다. 그 외계인의 사진까지 보여줬는데, 짓눌린 시체만 보고는 그게 사람인지 외계인인지 햄버거인지 구분할 수 없었다. 이 이야기를 하며 외계인 사진을 보여주자 최승자는 둘 다 정상이 아니라며 혀를 끌끌 찼다.

언제부턴가 최승자는 정상으로 돌아왔다. 내가 최승자 이야기를 꺼내자 자신이 언제 그랬냐는 듯 기겁을 했으니 말이다. 알고 보니 최승자는 대학에서 강의를 하고 있었다. 한상경이 사라진 후에도 최승자는 우리 집에 들락거리며 나와 꽤 자주 섹스를 했다. 나는 그녀와 사귄다고 생각했는데, 최승자는 그렇게 생각하지 않는 모양이었다. 주말에 영화를 보자고 하면 항상 거절했으니 말이다. 우리 사이는 햄버거와 샌드위치를 정확히 구분하기 힘든 것처럼 애매했다.

언젠가 최승자에게 데이트를 거절당한 뒤, 혼자 시네마테크에서 「엄마와 창녀」라는 네 시간짜리 영화를 본 적이 있었다. 그때 나는 인간이 많이 배워 뇌가 발달할수록 연애의 무용함을 깨닫게 될 확률이 높을지도 모른다고 생각했고, 뒤따라 그 증거가 최승자라고 생각했다. 영화의 내용과는 별 관련이 없는 생각이었는데, 영화가 하도 길어서 공상을 이어가다가 든 생각이었을 것이다.

나는 최승자를 만날수록 외로워졌다. 아직 공간 이동의 비밀을 풀지 못한 2012년이었고, 지구 온난화가 계속됐지만 한국에는 사계절이 뚜렷이 나타났으며, 나는 따듯한 봄이면 정자 소비 외에도 교감이 필요한 인간이었으니 말이다.

우리가 주로 만난 곳은 한상경이 일하던 햄버거 가게였다. 한상경이 떠난 뒤에도 우리는 여기에서 자주 만났다. 최승자는 어땠는지 몰라도 나는 이 장소를 좋아했다. 한산해서도, 허름한 인테리어가 낭만적으로 보여서도, 몇 시간씩 눌러앉아 수다를 떨거나 글을 쓸 때 눈치를 주지 않아서도 아니었다. 소고기와 빵, 그리고 최소한의 소스만으로 구성된 단 한 가지 메뉴밖에 없기 때문이다. 우리는 너무 많은 햄버거들이 범람하는 시대에 살고 있었다. 나는 햄버거들 가운데에서 혼란스러웠던 적이 한두 번이 아니었다. 메뉴판에 걸린 수많은 햄버거들은 햄버거라고 생각할 수 없을 만큼 지나치게 복잡하고 화려했다. 그럴 때면 이 가게의 햄버거가 이 세상에 존재하는 유일한 햄버거라는 생각이 들었다. 먼 미래, 지구가 사막화된 뒤 설치류나 곤충 따위가 든 보리빵을 우걱우걱 씹어 먹는 한상경의 모습도 떠올랐다.

인류의 미래는 햄버거다.

한상경이 두고 간 노트에서 이런 문장을 발견했기 때문이리라.

우리는 햄버거를 앞에 둔 채 주로 이태준에 대한 이야기를 나눴다. 당시 최승자가 쓰고 있는 논문 주제가 '이태준의 자전소설에 나타난 시간적 특성'이었기 때문이다. 나는 최승자와 대화를 나누기 위해 이태준의 모든 작품을 읽어봤지만 「토끼 이야기」 「장마」 같은 몇몇 소설만 기억에 남을 뿐 별 감흥은 없었다. 지금 생각해 보면 아주 따분한 시간이었던 거 같다. 언제부턴가 그녀의 이야기를 흘려들으며 머릿속으로 햄버거가 나오는 소설을 구상했으니 말이다.

한편으로는 이태준에게 비현실적인 질투심을 느끼기도 했다. 여러 차례 나도 소설가라는 걸 강조했지만 그녀는 죽은 작가만 작가 취급을 했다.

네 소설엔 네 이야기뿐이라 재미가 없어. 너를 만나는 것도 이렇게 지루한데 말이야.

그녀가 말했다.

예전 작품엔 총도 나오고 괴물도 나왔잖아. 그때가 훨씬 재미있었어. 그때 널 만났어야 했는데.

그녀가 윈체스터 소총과 대화를 나누는 소년과 차고에서 괴물을 기르는 노인이 나오는 소설을 차례로 언급했다. 나는 이제 총과 괴물에는 전혀 관심이 없다고 말했다. 그녀는 그러면 무엇에 관심이 있냐고 물었다. 솔직히 말하자면, 내가 관심이 있는 건 오로지 무라카미 하루키처럼 책을 많이 팔아서 일을 하지 않고도 돈을 펑펑 쓰는 것이었다. 그 돈으로 앤 해서웨이 같은 외국 배우들과 사귀면서 여생을 보내는 것이었다. 나는 이걸 최승자에게 말하는 게 왠지 창피했다.

네가 이태준이라도 돼? 왜 자꾸 아무도 궁금해하지 않는 네 이야기를 쓰려고 하는데?

대답을 주저하는 내가 답답했는지 그녀가 쏘아붙였다. 나는 짜증이 동해 죽은 사람은 과대평가받기 마련이라며 당시 이태준과 사귀던 여자도 분명 지루해했을 거라고 말했다. 그녀는 이태준과 너를 비교하는 게 가당키나 하냐며 나를 노려보았다. 그리고 갑자기 말을 돌려 학교 선배 이야기를 하기 시작했다. 그는 나와 달리 자신이 잘할 수 있는 분야의 연구에만 전념해 분명히 훌륭한 연구자가 될 거라 믿는다는 이야기였다. 그 뒤 그의 논문을 빠짐없이 읽어봤지만 어떻게 그를 훌륭한 연구자라 칭할 수 있는지 문학에 회의가 들 지경이었다. 부러운 게 있다면 그녀가 그와 섹스를 할 때 더 헌신적일 거 같다는 것뿐이었다. 나는 그럴 때마다 최승자가 오르가슴을 느끼며 "지젝! 들뢰즈!" 하고 신음을 내지르는 걸 상상했다. 정말이지 끔찍해서 질투가 싹 가셨다.

그날도 나는 이태준 이야기를 흘려들으며 소설을 구상하고 있었다. 「더 웬즈데이」라는 단편소설로 볼링장에 딸린 햄버거 가게에서 일하는 포르노 작가 이야기였다. 나는 어느 순간 잠이 들고 말았다. 시간이 흘러 눈을 뜨니 그녀가 이태준의 『돌다리』를 읽고 있는 게 보였다. 무슨 심리였는지는 모르겠지만 나는 실눈을 뜬 채 그녀를 지켜봤다. 놀라운 광경을 목격한 건 그때였다. 최승자는 손을 휘저어 내가 자는 걸 확인하더니 책장을 찢어 햄버거 빵 사이에 넣었다. 그리고 펠라치오를 처음 시도하는 여학생처럼 조심스럽게 햄버거를 베어 물었다.

아까 네가 먹은 게 뭐였지?

햄버거 가게를 벗어나며 그녀에게 물었다. 궁금증을 참지 못해서였다.

햄버거잖아?

최승자는 이렇게 되물으며 오히려 나를 이상한 눈으로 바라봤다. 내가 그녀의 기행을 목격한 걸 짐작조차 못하는 모양이었다. 나는 더 이상 그녀를 추궁하지 않았다. 그녀의 말은 틀린 게 아니었기 때문이다. 한상경의 말마따나 그녀가 먹은 게 햄버거가 아니라고 할 사람이 누가 있겠는가.

프란츠 카프카, 머저리이자 햄버거광

한상경이 존 버거 다음으로 찾아간 건 프란츠 카프카이다. 한상경은 카프카가 『성』을 쓸 무렵 하루에 대여섯 개의 햄버거를 먹었다고 메일에 썼다. 한상경은 카프카의 생가가 있는 프라하 마이셀로바 거리에 묵고 있었다. 진종일 '나는 카프카다'라고 중얼거리며 카프카의 흔적을 찾아 거리를 헤맸고 카페에 앉아 카프카의 저서를 읽거나 사창가에서 카프카의 연인 밀레나 예젠스카를 닮은 창녀와 사랑을 나눴다. 밤에는 침대에 누워 카프카에게 텔레파시를 보냈다. 카프카가 주로 먹은 햄버거는 겨자 소스와 소 안심으로 구성된 단순한 형태의 햄버거이다. 이게 텔레파시의 결과이다. 나는 섹스를 마친 뒤 한상경의 말을 최승자에게 전했다.

어젯밤 카프가가 내게도 텔레파시를 보냈어. 이 머저리 둘을 좀 죽여달라고.

최승자가 주섬주섬 옷을 입으며 말했다. 나는 잠자코 담배를 피워 문 채 랭보야말로 햄버거 중독자가 아닐까 생각했다.

나는 짐승이다, 흑인이다. 그러나 구원받을 수 있다.

이런 문장은 무언가에 중독되지 않으면 쓸 수 없다는 게 내 판단이다. 한상경이 보내온 명단에는 반갑게도 랭보도 있었다.

존 버거, 아르튀르 랭보, 조르주 페렉, 보리스 사빈코프, 블라디미르 나보코프, 프란츠 카프카, 실비아 플라스, 브루노 슐츠, 필립 K. 딕, 호르헤 루이스 보르헤스, 윌리엄 포크너, 루이스 곤도니엘르, 이상, 허먼 멜빌, 헌터 톰슨, 로베르토 볼라뇨, 알랭 로브그리예, 엔리케 빌라-마타스, 다자이 오사무, 헤르만 브로흐, 돈 드릴로, 조르주 바타유, 사데크 헤다야트, 찰스 부코스키, 모리스 블랑쇼, W. G. 제발트……

나는 햄버거 중독자를 하나 더 알고 있었다. 바로 나였다. 「더 웬즈데이」를 쓰고 나서부터 햄버거가 등장하는 악몽에 시달렸던 것이다. 악몽은 매일 밤 반복됐다. 햄버거가 다가온다. 3미터는 족히 될 것 같은 거대한 햄버거다. 어느새 햄버거는 입을 벌린 채 코앞까지 와 있다. 나는 햄버거의 입속을 한참 동안 들여다본다. 햄버거의 입속은 화성인의 토사물처럼 상상도 할 수 없을 만큼 끔찍하다.

나도 널 먹어도 돼?

햄버거가 묻는다. 나는 공포에 질려 고개를 젓는다. 햄버거가 낄낄대며 나를 삼킨다. 화성인의 토사물이 나를 뒤덮는다. 그 순간 「더 웬즈데이」의 한 구절이 머리에 맴돈다. 누가 요새 소설로 욕정을 풀겠는가.

그 무렵 나는 자서전을 완성한 뒤 직장을 그만뒀다. 그리고 최승자와도 이별했다. 최승자와 헤어지던 날도 우리는 단골 햄버거 가게에서 만났었다. 얼음이 금세 녹아 콜라가 싱거워졌으니 한여름이었던 걸로 기억한다. 그녀에게 마지막으로 들은 말은 한상경의 소식이었다. 최승자는 얼마 전 한상경에게 연락이 왔었다며 그가 고향인 홍성에 내려가 부친의 찜질방에서 일하고 있다고 했다. 나는 비슷한 시기에 프라하에서 브루노 슐츠의 햄버거를 찾아 바르샤바로 이동할 거라는 한상경의 메일을 받은 터라 의아했다.

그럼 햄버거는?

그때 나는 나도 모르게 의문에 휩싸인 한상경의 행방이 아니라 햄버거에 대해 물었던 거 같다. 최승자는 어깨를 으쓱한 뒤 한상경이 카프카가 나오는 단편을 써서 보냈는데, 카프카가 소설을 쓰다 지치면 여자들과 주야장천 정사를 벌이는 내용이 전부인 저질 포르노였다고 투덜거렸다.

그해 가을 한상경이 일하던 햄버거 가게는 철거됐다. 햄버거 가게 부지에는 8차선 도로가 들어섰고, 햄버거 속처럼 난잡한 빛깔의 차들이 오갔다. 들리는 소문에 의하면 최승자는 불미스러운 사건에 연루돼 강단에서 쫓겨난 뒤 심각한 정신착란에 시달리다가 병원에 입원했다고 한다. 나는 가끔 최승자에게 전화를 걸었다. 그때마다 최승자의 보호자라는 사람이 대신 받았다. 보호자는 중후한 목소리를 지닌 남자였는데, 최승자의 가족인지 애인인지는 알 수 없었다. 그는 최승자에게 내 이야기를 많이 들었다면서 그녀가 많이 건강해졌으니 걱정하지 말라고 했다. 정신병까지는 몰라도 입원했다는 소문은 사실인 것 같았다. 몇 번은 최승자와 직접 통화한 적도 있는데, 그 자세한 이야기는 다음 소설에 쓰도록 하겠다.

최승자의 건강이 좋지 않다고 메일을 보내자 한상경은 빠르게 회신했다. 최승자 얘기는 하나도 없이 런던에서 존 파울즈를 찾아 헤매고 있다는 내용이었다. 나는 찜질방 카운터에 웅크리고 앉아 『프랑스 중위의 여자』를 읽으며 햄버거를 먹고 있는 한상경을 상상했다. 설혹 한상경이 나를 속이고 있다 하더라도, 그가 왜 거짓말을 하는지는 대강 짐작할 수 있었다. 글이 잘 써지지 않아 허전한 거겠지.

머지않아 한상경은 실토하고 말았다. 거짓말이 더 이상 떠오르지 않거나 꾸며내기에 지친 거 같았다. 그러나 한상경의 말은 최승자의 말과 조금 달랐다. 한상경은 홍성에 내려간 건 맞지만 터미널 근처에 작은 햄버거 가게를 열었다고 했다. 남미 대륙에 가기 전 잠시 숨을 고르고 여행 경비도 벌 계획이라는 것이었다. 수집한 자료를 정리하고 차분히 햄버거에 대해 더 연구할 생각이라고도 했다. 메일의 말미엔 햄버거 가게가 터미널 맞은편에 있어 찾기 쉬우니 언제든지 놀러 오라고 했다. 나는 그 뒤에도 몇 차례 햄버거 장사는 잘되고 있냐고 물었지만 무슨 일인지 한상경은 한동안 감감무소식이었다. 아무래도 상관없었다. 솔직히 말해서 당시 나는 한상경을 소설 읽듯 받아들이고 있었다. 한상경이 카프카 생가에 있든 홍성에 있든 전혀 신경이 쓰이지 않았으니 말이다.

나는 돈이 떨어질 때까지 집에 틀어박혀 소설을 쓰기 시작했다. 햄버거로 자위를 하는 외로운 학예사 이야기였는데, 이 소설, 아니 빌어먹을 햄버거는 결국 나를 궁지로 몰아넣었다. 더 이상 청탁을 못 받은 채 일자리를 구하러 마산까지 쫓겨 내려갔으니 말이다. 머릿속에 햄버거만 가득한 소설가가 서울에서 할 수 있는 일은 더 이상 없었다.

정지돈의 말에 의하면 학예사가 나오는 소설을 쓰고 난 뒤 나는 햄버거 이야기를 아무에게나 떠벌리고 다녔다고 한다. 돌이켜보면 조금 외로웠던 거 같다. 심지어 마산으로 내려가고 있을 때 고속버스 옆자리에 앉은 여자에게도 그랬다. 우리가 어떻게 말을 트게 됐는지 정확히 기억나지는 않는다. 어느 순간 내가 그녀에게 지금 우리가 먹는 햄버거는 햄버거가 아니라고 했던 건 또렷이 기억난다. 여자는 내가 무슨 말을 하는지 잘 모르겠다고 했다. 나는 빠르고 간편하게 위를 채우던 햄버거는 멸종한 지 오래라고, 프랜차이즈화되어 어딜 가든지 같은 맛을 내거나 레스토랑에서 과도하게 고급화되는 등 햄버거는 더 이상 햄버거로만 버틸 수 없다고 그녀를 설득하려 들었다.

근데 햄버거는 그냥 햄버거잖아요?

그녀는 이렇게 되묻곤 내가 햄버거에 과도한 의미 부여를 하는 것 같다고 했다. 내가 반박할 말을 떠올리고 있는 사이 그녀는 더 이상 대화를 나누고 싶지 않은지 창밖으로 고개를 돌려버렸다. 창가에 앉은 그녀 옆으로 달아나는 고속도로가 보였다. 문득 우리가 탄 버스가 고속도로가 있기 때문에 어쩔 수 없이 달리는 것처럼 느껴졌다. 나는 한참 동안 그녀를 따라 창밖을 멍하니 내다보고 있었다.

창밖에서 햄버거라도 찾아요?

잠시 침묵이 이어진 뒤 그녀가 물었다.

엉뚱하긴 하지만 소설을 쓰신다면 그런 생각을 할 수도 있을 거 같아요.

그녀가 희미하게 웃으며 말을 이었다.

그렇지만 여전히 당신의 말에는 동의할 수 없어요. 사회가 발전하고 생활양식이 바뀌면서 햄버거의 모습도 바뀌는 건 당연한 거 아닌가요?

그녀가 덧붙였다. 나는 딱히 할 말이 없었다. 나와 사고방식이 완전히 다른 것이다. 나는 허무해졌고, 우리 사이에는 다시 침묵이 감돌았다. 나는 어색함을 떨치기 위해 그녀에게 마산엔 무슨 일로 가고 있냐고 물었다. 그녀는 마산이 고향이고, 주말에 있을 친구의 결혼식에 가기 위해 마산으로 가고 있다고 했다. 나는 별생각 없이 고향에 가서 좋겠다고 말했다.

이제 고향인지 아닌지 모르겠어요.

그녀가 대답했다. 나는 이유를 물었다. 그녀는 몇 해 전 마산과 창원이 통합한 걸 알고 있냐고 물었다. 나는 뉴스에서 몇 번 봤다고 했다. 그녀는 통합이 된 뒤 창원시 마산 합포구로 행정구역이 바뀌었고, 그 때문인지 마산이 전혀 다른 도시처럼 느껴진다고 했다. 아니, 순식간에 고향이 사라진 것 같아 기분이 이상하다고 했다. 게다가 요새는 다시 마산과 창원을 분리한다는 움직임도 있어 헷갈린다고 했다.

그럼 다시 고향을 찾는 거네요?

내가 물었다. 그녀는 표정을 찌푸리며 그건 그리 간단한 게 아닌 거 같다고 답했다. 마산이 다시 분리된다 하더라도 왠지 예전의 그 마산이 아니라고 느껴질 거 같다는 얘기였다. 내가 "그럴 수도 있겠군요"라며 말하며 고개를 주억거리자 그녀는 내게 고향이 있냐고 물었다. 나는 수도권을 떠돌며 평생을 살았기 때문에 딱히 고향이라 부를 만한 곳이 없다고 했다. 그녀는 그럴 줄 알았다고 했다. 나는 고향은 없지만 당신의 말이 무엇을 뜻하는지는 이해할 수 있을 거 같다고 했다. 그러자 그녀는 고향도 없다면서 이해는 무슨 이해냐고 신경질을 냈다. 화까지 낼 필요는 없지 않냐고 하자 그녀는 아예 눈을 감아버렸다. 나는 갑자기 화가 났다. 자신은 이해를 바라면서 정작 타인을 이해하려고 노력하지 않는 그녀의 태도 때문이었던 거 같다.

당신도 실없는 소리를 한 건 마찬가지야. 마산이 없긴 왜 없어?

그럼 우리가 타고 있는 마산행 버스는 대체 어디로 가는 거지?

내가 말했다. 나도 모르게 목소리가 커지고 있었다. 그녀는 눈을 뜨고 나를 노려봤다. 그녀의 눈에 눈물이 살짝 고여 있었다. 나는 마음이 약해져서 미안하다고 했다.

뭐가 그리 꼬여 있는 거죠?

그녀의 목소리가 높아졌다.

햄버거, 그깟 불량식품이 뭐가 그리 좋다고.

마산에 도착할 때까지 화를 삭이려는지 눈을 감고 있던 그녀가 버스에서 내리면서 던진 말이 기억이 남는다.

마산에 도착했을 때는 자정이 넘어서였다. 마산은 내 생각보다 훨씬 더 큰 도시였고, 늦은 시간인데도 꽤 많은 사람과 차가 다니고 있었다. 지방도시의 낭만을 기대했던 나는 약간 실망하고 말았다. 나는 고향이 사라졌다던 그녀의 말에 어느 정도 동의할 수 있었다.

존 파울즈의 햄버거 패티 : 옥스퍼드, 엘리자베스, 실존주의, 그리스 스페차이 섬

모텔 구조가 독특했다. 모텔에 들어서자 긴 통로가 나왔고, 통로를 따라가다 보면 길이 또 두 갈래로 나뉘었다. 각각의 출입구가 있었는데, 나는 그 앞에 선 채 어디로 갈지 고민했다. 왼쪽 문 뒤에서는 소란스러운 음악이 흘러나왔는데, 그래서 어느 한 곳을 선택

하기 더 어려웠다.

혼자 오셨나요?

그때 직원으로 보이는 남자가 왼쪽 문에서 나오며 물었다. 그는 술병을 두 손 가득 들고 있었는데, 팔에 힘줄이 돋아 있어서 더욱 힘겨워 보였다. 나는 혼자라고 대답한 뒤 여기가 모텔이 맞냐고 물었다. 그는 고개를 끄덕였다. 나는 음악이 너무 크게 들려서 잘못 들어온 줄 알았다고 했다. 그는 모텔과 노래방을 함께 운영하고 있다며 이렇게 하지 않으면 점점 인구가 줄어들고 있는 이 지역에서는 돈을 벌기 힘들다고 했다. 나는 그래서 매출이 좀 늘었냐고 물었고, 그는 일은 두 배로 힘들어졌지만 자신이 사장에게 받는 돈은 똑같다고 답했다. 나는 당연한 질문을 한 게 머쓱해져서 잠깐 눈만 붙이고 갈 것이니 싼 방을 달라고 했다. 그는 주방에 딸린 자그마한 방으로 나를 이끌었다. 살림살이도 있었고 누군가 살고 있는 흔적도 있었다. 보아하니 자신의 잠자리를 내주고 돈을 챙기는 듯했다. 그는 내게 출출하지 않냐고 물은 뒤 라면을 끓여줄 수도 있고 술과 간단한 안주도 준비할 수 있다고 했다. 나는 괜찮다고 했다.

여자라도 불러줄까요?

그가 물었다. 나는 진짜 괜찮으니 나가서 일을 보라고 했다. 그는 불편한 게 있으면 무엇이든지 말하라고 한 뒤 어깨를 축 늘어뜨리고 방에서 나갔다. 그는 너무 여러 가지 일을 해서 그런지 지쳐 보였다.

동이 트기 전 인기척이 느껴져 일어나 보니 직원이 바닥에 웅크린 채 잠들어 있었다. 나는 다시 잠이 들었고, 햄버거와 나란히 누워 자는 꿈을 꾸었다.

면접에 대한 이야기는 짧게 하겠다. 지방 방송국 PD 자리였고, 면접관들은 이 지역의 발전 방안에 대해 물었다. 내가 이 도시에 대해 무슨 말을 했는지는 기억나지 않는다. 다만 어느 순간 햄버거에 대해 장광설을 늘어놓았고 면접관들의 표정이 굳어졌다는 것만 기억날 뿐이다. 나는 그날 면접을 마친 뒤 충동적으로 홍성행 버스를 탔다. 햄버거에 대해 얘기를 나눌 사람은 한상경밖에 없다는 생각이 들었던 것이었다.

홍성에 도착한 건 늦은 밤이었다. 터미널 인근에는 재래시장과 멀티플렉스가 동시에 들어서 있었고, 이 때문인지 홍성은 농촌과 도시의 경계에 위치해 있는 듯한 기이한 분위기를 풍겼다. 한참을 헤맸지만 한상경의 햄버거 가게는 찾을 수 없었다.

근처에 햄버거 파는 데 있나요?

나는 편의점에서 담배를 사며 점원에게 물었다. 점원은 창밖을 가리켰다. 점원의 손이 가리키는 곳에는 패스트푸드 점포들이 늘어서 있었다. 나는 다른 곳은 없냐고 물었다. 점원은 곰곰이 생각하더니 그러고 보니 몇 개월 전까지만 해도 멀티플렉스 자리에 작은 햄버거 가게가 있었는데 쥐도 새도 모르게 없어졌다고 했다. 나는 거기에서 햄버거를 사 먹은 적이 있냐고 물었다. 점원은 예전에 한번 가봤다고 했다. 나는 어땠냐고 물었다. 그는 꼬치꼬치 캐묻는 나를 미심쩍은 눈으로 바라보더니 뭐가 어땠냐는 건지 모르겠다고 했다. 나는 햄버거 가게 주인이 아는 사람일지도 모른다고 하면서 기억나는 걸 말해달라고 했다. 점원은 그때서야 햄버거를 만드는 데 시간은 오래 걸렸지만 소 등심으로 만든 패티도 두꺼웠고 햄버거 자체도 꽤 맛있었던 걸로 기억한다고 했다. 나는 주인이 어떤 사람인지 아냐고 물었다. 점원은 기억을 되새기는 듯 미간을 모았다.

비쩍 마른 남자였나요?

내가 물었다. 점원은 머리를 긁적이며 그 말을 듣고 보니 마른 남자인 거 같다고 했다.

더 이상은 잘 모르겠네요.

그가 말했다. 나는 괜한 질문을 해서 미안하다고 했고, 담뱃값을 계산한 뒤 편의점을 벗어났다. 그때였다. 점원이 기억이 나는 게 있다며 나를 불러 세웠다. 손님이 온 것도 모른 채 햄버거를 골똘히 들여다보며 노트에 무언가를 적고 있던 게 인상 깊었다는 것이었다.

나는 첫차 표를 샀다. 그리고 허기도 채우고 차 시간도 기다릴 겸 맥도날드에 들어섰다. 맥도날드 안에는 드문드문 사람이 앉아 있었다. 그들은 대부분 조용히 휴대폰을 보면서 햄버거를 먹거나 차 시간을 기다리고 있었다. 음식을 파는 곳이라기보다 난민수용소 같았다. 나는 그들을 지나쳐 계산대 전면의 거대한 메뉴판에 다다랐다. 메뉴판에는 다양한 햄버거들이 즐비했다. 이 세계가 멸망하려면 한참이나 남았구나. 나는 메뉴판을 훑어보며 나도 모르게 내뱉었다.

그동안 한상경에게 연락이 없었던 건 아니다. 해가 지나기 전, 한상경은 메일을 보내 생각보다 장사가 잘됐지만 명단을 마저 작성하기 위해 가게를 처분했다고 했다. 왜 놀러 오지 않았냐고 물으며 햄버거를 둘러싼 새로운 사실을 발견했다고도 했다. 한상경은 바로 뒤이어서 새로운 사실에 대해 말해주었다. 선호하는 패티에 따라 문학의 계보가 갈린다는 것이었다. 리얼리즘은 양송이버섯, 모더니즘은 양고기, 다다이즘은 치즈와 칠면조. 이런 식으로 말이다. 한상경은 메일의 말미에 얼마 뒤 계획대로 남미로 향할 거라며 좌표를 하나 남겼다.

31° 46′ 33.01″ N, 35° 11′ 48.58″ E

좌표는 남아메리카도 홍성도 아니었다. 알아보니 이스라엘 국립도서관의 좌표였다. 좌표를 남긴 이유를 짐작할 수 없었다. 나는 답장을 하지 않았다.

그 뒤 나는 일자리 구하기를 포기한 채 이 소설을 쓰기 시작했다. 이 소설을 쓰면서 햄버거의 악령에서 벗어나고 있다는 느낌이 든 게 소득이라면 소득이었다. 소설이 잘 써지지 않을 때 햄버거를 먹는 버릇이 생긴 것만 빼고 말이다.

최승자가 나를 찾아온 건 올해 가을이었다. 나는 맥도날드에서 사 온 햄버거를 먹으며 이 소설을 퇴고하고 있었다. 그녀는 나를 보자마자 아직도 햄버거를 먹고 있냐고, 그것도 웬일로 그토록 증오하던 맥도날드 햄버거냐고 말했다. 나는 우리가 자주 가던 햄버거 가게는 작년에 없어졌다고 했다. 그녀는 섭섭하다고 했다. 나는 나도 처음엔 그랬는데 이제는 그 가게가 있었는지도 모르겠다고 말한 뒤 갑자기 무슨 일로 찾아왔냐고 물었다. 그녀는 질문엔 대답도 하지 않고 여긴 변한 게 없다고 중얼거리며 집을 둘러봤다. 그녀는 조금 초췌했지만 건강해 보였다. 떨어져 있었던 시간 때문인지 어딘지 모르게 낯설어 보이기도 했다. 나는 최승자에게 몸은 괜찮냐고 물었다. 최승자는 많이 나아졌다고 했다. 나는 다행이라고 한 뒤 보호자는 잘 있냐고 물었다. 그녀는 무슨 보호자를 말하는 거냐고 되물었다.

전화를 받던 남자 말이야.

내가 말했다.

누구?

최승자가 되물었다. 헤어진 애인이거나 다른 이유로 숨기고 싶어 하는 거 같아 나는 더 이상 캐묻지 않았다. 최승자는 말을 돌려 이제 논문을 다시 쓰기 시작할 거라고 했다. 나는 다행인지 아닌지 잘 모르겠다고 말했다. 그녀는 자신도 잘 모르겠다고 했다. 그뒤 내가 쓰고 있는 소설 이야기가 나왔다. 그녀는 이번에는 어떤 이야기냐고 물었다.

그냥 내 이야기야.

그럴 줄 알았어.

최승자가 이렇게 말하면서 그래도 어떤 소설일지 궁금하다고 했다. 나는 너는 내 소설을 싫어하지 않았냐고 물었다. 최승자는 병상에서 다시 내 소설을 읽었는데, 예전보다 훨씬 좋았다고 말했다. 나는 다시 읽으면 또 생각이 바뀔 거라고 말했다. 최승자는 알 수 없는 표정으로 고개를 끄덕이더니 가방에서 책 한 권을 꺼내 내밀었다. 나는 그 책을 받아 들었다. 책은 보통 책보다 작아서 손에 쏙 들어왔고, 촉감도 식빵처럼 부드러웠다. 직접 제본을 뜬 듯 시커먼 표지에는 아무것도 쓰여 있지 않았다. 나는 이게 뭐냐고 물었다. 최승자는 한상경이 이 책을 자신에게 보냈다고 하면서 왜 네가 아니라 내게 이 책을 보냈는지 의문이라고 했다. 그리고 이걸 어떻게 해야 할지 몰라 고민하다가 왠지 네게 전해야 할 거 같아서 가져왔다고 말했다. 조금 읽어봤는데 햄버거라는 단어로 도배가 돼 있는 건 그렇다 치더라도 글 자체가 형편없는 수준이라고도 했다. 나는 책을 매만지며 한상경에게 다른 말은 없었냐고 물었다. 최승자는 고개를 가로저으며 한상경답게 책만 덜렁 보냈을 뿐이라고 했다. 그때 밖에서 무언가가 펑 하고 터지는 듯한 소리가 들렸다. 예전처럼 총격전이 일어난 거 같기도 했고 누군가 폭죽을 터뜨린 거 같기도 했다.

무슨 소리야?

최승자가 깜짝 놀라며 물었다. 나는 밖에서 무슨 일이 일어나건 우리에겐 아무 일도 일어나지 않을 테니 걱정하지 말라고 말했다. 최승자는 생각에 잠긴 채 고개를 주억거렸다. 나는 책장을 넘겼다. 첫 장에는 지면을 꽉 채운 커다란 햄버거가 그려져 있었다. 햄버거는 직접 그린 듯 조악했다. 문득 햄버거 안에 한상경이 숨어 있을지도 모른다는 생각이 머릿속에 스쳐 지나갔다. 나는 햄버거를 들여다보기 시작했다.

볼티모어의 벌목공들

11월 21일 20시.

볼티모어에 온 지 석 달이 다 돼간다. 볼티모어는 칠레의 해안 도시 디차토에서 남극 방향으로 290킬로미터 떨어져 있는 낫 모양의 자그마한 섬이다. 볼티모어의 면적은 2.43제곱킬로미터이고 해안선 길이는 21킬로미터이며 최고점은 푸에스티오 산(384미터)이다. 1년 내내 낮은 먹구름이 몰려다니며 음산한 분위기를 풍기는 볼티모어는 프리부츠 나무로 뒤덮여 있다.

칠레 원주민 마푸체 족의 말로 볼티모어는 '영원히 잠든 곳'이다. 볼티모어에는 두 개의 거대한 자연이 잠들어 있다. 바로 남극해와 프리부츠 숲이다. 바다와 숲이 부딪히는 소리가 진종일 볼티모어에 울려 퍼진다. 마푸체 족은 그 소리를 잠든 아기가 쌔근거리는 것에 비유하면서 볼티모어의 잠을 깨우면 재앙이 닥친다고 굳게 믿었다.

1981년 12월, 미국과 구소련의 연구원들은 경쟁이라도 하듯 앞다퉈 볼티모어에 여장을 풀었다. 명목은 남극 연구를 위한 전초기지였지만 그들 중 일부는 연구원으로 위장한 특수 요원이었다. 볼티모어 근해에 다량의 석유가 매장돼 있다는 정보가 그들을 불러들인 것이었다. 석유를 선점하기 위한 다툼은 끊이지 않았다. 하루에도 몇 번씩 고요한 섬에 총성이 오갔다. 전직 스페츠나츠 요원의 회고에 따르면 프리부츠 숲은 땅에 묻힌 연구원들의 시체를 거름 삼아 더욱 풍성해졌다고 한다. 수천 년 동안 볼티모어에 둥지를 틀고 있는 프리부츠에게는 우스운 소리일지도 모르지만 말이다. 미국과 구소련의 난투극이 볼티모어의 잠을 방해하자 큰 해일이 몰려와 그들을 모두 프리부츠 숲에 묻어버렸다는 후일담도 전해 내려온다.

냉전시대의 막이 내리고 자본주의의 해일이 세계를 휩쓸고 나서부터 볼티모어는 지도에서 사라져버렸다. 석유는커녕 그 흔한 타이타늄조차 없다는 게 밝혀진 이후 미국마저 볼티모어를 떠난 것이었다. 숲과 해안 곳곳에서 발견되는 탄피나 불발 지뢰, 연구원들이 머물렀던 가옥만이 간간이 그 시절을 떠올리게 한다. 나는 지금 그 가옥을 보수한 곳에 머물고 있다.

머리 위 차양이 바람결에 휘날리는 소리가 들린다. 나는 프리부츠 나무로 만든 딱딱한 침대 위에 누워 잠을 청한다. 거센 바람이 창문 틈을 비집고 들어온다. 담요를 목까지 끌어 올리고 주위를 살핀다. 프리부츠들이 바람에 쓸리는 소리. 거실로 통하는 여닫이문. 10여 발의 총탄 자국이 나 있는 벽면. 벽면에 거미처럼 달라붙어 있는 회중시계. 차갑게 식은 구리 난로. 나는 볼티모어에 있다.

11월 24일 7시.

눈을 뜨니 간밤에 보던 스웨덴의 식물학자 W. S. 아이작의 논문집 『지의류地衣類와 선善의 형태』(1976)가 탁자에 널브러져 있다. 나도 지의류를 연구하는 식물학자다. 지의류는 다른 식물이 도저히 살 수 없는 극지나 높은 산에 주로 서식한다. 나무껍질이나 바위를 들여다보면 고름 덩어리처럼 도드라져 보이는 지의류 군집을 발견할 수 있다. 가지 끝에 달린 접시 모양의 나자기裸子器로 이슬을 받는 꼬마요정컵지의, 시체를 연상시키는 죽은 목재에 서식하며 붉은 자실체가 가지 끝에 얹혀 있는 영국병정지의, 툰드라 지대의 현무암 바위에 붙어사는 강아지풀 모양의 만도로스. 지의류의 종류는 남극해의 청어 떼만큼이나 많다.

아이작의 논문을 따르면 지의류는 인류에게 아낌없이 베푼다. 지낭균류의 일종인 지의류는 태생부터 남다르다. 균류와 조류의 공생관계로 탄생한 지의류는 인류에게 좋은 본보기가 된다. 또 지의류는 자연재해가 발생했을 때 재건을 돕는다. 황량한 토지나 암석을 점유하여 선태식물이 자라기 위한 기반을 닦는 것이다. 질소가 풍부한 토양을 구분하고 대기오염 정도를 측정하는 데 사용되기도 한다. 중국에서는 차와 약재, 서양에서는 항생제와 향수의 원료로 쓰인다. 지의류의 대표적인 선행으로는 흔히 '환희에 찬 꿈'을 꼽는다. '환희에 찬 꿈'은 고착지의류이다. 바위 표면에 돌기가 돋듯 솟아오른 고착지의류는 돌꽃이라고 불리는 만큼 각양각색의 화려한 외양으로 호사가들에게 각광받는 수집 품목이다. 1960년 대지진으로 조각난 북유럽의 에산드리노 공화국을 돕기 위해 프랑스의 한 부호가 직경 2미터의 석회암에 자리 잡은 희귀 지의류 브리예 레브Briller Rve를 경매에 부친 적이 있었다. 브리예 레브를 시작으로 세계 각지에서 에산 드리노 공화국을 돕기 위해 사람들이 몰려들었다. 'Briller Rve'는 불어로 '밝은 꿈'이라는 뜻이다. 에산드리노 공화국이 국력을 회복한 후 붙여진 이름으로 '환희에 찬 꿈' 정도로 의역할 수 있다. 자기병 속의 발광 물질은 '환희에 찬 꿈'을 밤에도 하얗게 빛나게 만들었다. 베트남전 당시엔 텔레비전이나 라디오를 틀 때마다 '환희에 찬 꿈'을 전면에 내세워 기부를 독려하는 반전 공익광고가 나오기도 했다.

아이작은 인류가 공생하기 위해서는 지의류처럼 살아야 한다고 주장했다. 그렇게만 하면 태초의 평화로운 시절로 돌아가게 될 것이라나. 아이작으로부터 시작된 논의는 1980년대 유럽에서 유행하다가 91년 동양으로 건너왔다. 특히 아이작은 동양에서 인기가 많았다. 불교와 접목시킬 수 있는 여지가 많았기 때문이다. 히라키타의 『고착지의와 발보리심發菩提心 : 그 기원을 찾아서』와 쯔원의 『선불가진수어록仙佛家眞修語錄의 길목에 지의류가 있다』가 그 예이다.

나는 아이작과 생각이 다르다. 각국의 학자들이 아무리 아이작을 설파해도 세계가 엉망이 되는 건 막을 수 없었다. 논문이 발표된 이래 100여 건의 크고 작은 전쟁이 벌어졌고 1500여 종의 동식물이 멸종됐다.

나는 '지의류의 보호 본능에 대한 적격 판단'이라는 제목의 논문을 준비 중이다. 「지의류의 보호 본능에 대한 적격 판단」은 「지의류의 활동 영역과 성악설의 본령」을 구체화한 논문이다.

5년 전, 나는 「지의류의 활동 영역과 성악설의 본령」을 발표했다. 「지의류의 활동 영역과 성악설의 본령」은 지의류의 분포와 인류의 악행을 연결시킨 논문이다. 악행의 증거는 충분했으므로 물샐틈없는 논문이었다고 자부한다. 그러나 아이작을 찬양하는 고고한 식물학계는 재판관처럼 내 논문을 '풋내기 학자의 치기'라고 정의했다. 동료들은 등을 돌렸고 지원도 서서히 끊겨버렸다. 오명을 벗기 위해서라도 어떻게 해서든지 새 논문을 완성해야 한다.

선善이란 없다. 「지의류의 보호 본능에 대한 적격 판단」의 주제다. 하물며 나는 지의류의 선 따위는 더더욱 믿지 않는다. 아이작이 주목하는 선천적 공생 관계도 허점투성이다. 조류는 균류에게 광합성을 제공하는 대가로 보호받는 것이다. 나치 독일이 구소련을 묶어두기 위해 몰로토프-리벤트로프 조약을 맺은 것처럼 철저한 이해관계로 얽혀 있다. 나치가 독일 공산당을 강제로 해산시키고 마르크스 서적을 불태운 것과 구소련이 자본주의 파시즘을 증오해온 것을 똑똑히 지켜본 이들은 양국의 불가침 조약에 경악했다. 얼마 지나지 않아 이 조약은 나치가 구소련을 침공하면서 깨지고 만다.

'환희에 찬 꿈'에 관련된 비화도 있다. 알고 보니 '환희에 찬 꿈'을 앞세운 반전 공익광고의 광고주는 미국의 무기 업체였다. 재건과 지원을 위해 각국에서 모여든 기부금 대부분은 무기가 돼 베트남에 투입됐다. '환희에 찬 꿈'은 개꿈이었다.

11월 26일 8시.

나는 침대에서 일어난다. 회중시계가 여덟 시에 가까워지고 있다. 소녀가 올 시각이다. 볼티모어의 주인을 자처하는 노인은 소녀를 보내 매일 아침 나를 자신의 식탁에 초대한다. 소녀는 느릅나무 껍질처럼 윤이 나는 까무잡잡한 피부를 지녔다. 열다섯 정도로 보이지만 알로민 나무 열매처럼 제법 풍만한 젖가슴도 달고 있다. 나는 소녀를 노인의 성 노리개 정도로 여겨왔다. 언젠가 지나가는 말로 노인에게 소녀의 출신에 대해 물은 적이 있었다.

"그 계집애는 밀갈토 족이다. 동물이야."

노인은 혀를 차며 답했다. 밀갈토는 칠레 북부 아타카마 사막을 떠도는 유목 민족이다. 밀갈토는 18세기 남아메리카를 점령한 스페인인들이 지어준 이름으로 '정오의 햇빛을 보지 못하는 자'라는 뜻이다. 태양의 신을 섬기는 밀갈토는 난생처음 보는 하얀 사람들이 주는 이름을 신의 뜻으로 받아들였고 정복자의 노예로 전락해 버렸다. 밀갈토는 지금도 여전히 남미 전역에서 천대받고 있다. 히

스패닉계 백인인 노인이 소녀를 업신여기는 이유도 다름없었다.

문이 열리더니 예상대로 소녀가 들어온다. 소녀를 따라 방을 나설 무렵 창밖에서 시끄러운 소리가 들려오기 시작한다. 벌목공들이다.

11월 30일 4시.

코뮤니즘Communism의 이상은 지의류 군집의 분아粉芽를 이용한 실재적 형성 과정과 유사하다. 코뮤니즘은 실패를 거듭하면서 쇠퇴해버렸지만 지의류는 아니었고 앞으로도 아닐 것이다. 코뮤니즘은 환상이었지만 지의류는 완벽한 현실이다.

—W. S. 아이작, 『지의류地衣類와 선善의 형태』 中

12월 2일 23시.

프리부츠는 참나무의 일종이다. 다 자란 프리부츠는 아파트 10층만큼 높다. 가장자리가 톱니처럼 갈라진 잎사귀는 검은빛이 은은하게 감도는 녹색이다. 강도가 높고 어떤 기후 조건에서도 버틸 수 있는 반영구적인 재목이기도 하다. 프리부츠는 인간의 번식력과 맞먹는 능력을 갖고 있는 종으로도 알려져 있다. 'Avarus subst'는 프리부츠의 학명이다. '탐욕스러운 늙은이' 혹은 '색정광'이란 뜻인데, '저열한 사기꾼'이나 '밀고자'라는 의미도 있다. 원산지인 폴란드에서는 '인간의 욕심과 비견할 게 있다면 오직 프리부츠뿐'이라는 속담이 있을 정도였다. 1960년대 폴란드 오시비엥침의 프리부츠 숲은 '올빼미의 무덤'이라고 불렸다. 올빼미는 당시 폴란드 레지스탕스의 별칭이었다. 그들은 민주주의에 투신한 동료들의 배신으로 프리부츠 숲에 묻혔다. 스산한 별칭 때문인지 사람들은 프리부츠 숲을 금기시했다.

—지그문트 헨슬로우, 「숲의 레지스탕스 프리부츠」,
『인류사와 숲의 연대기』 中

12월 3일 10시.

부둣가에는 이끼가 달라붙은 목재와 부패한 어패류가 너저분하게 널려 있다. 노인은 레밍턴으로 땅을 디딘 채 바다를 내다보고 있다. 그는 일흔 살쯤 돼 보인다. 구부정하지만 굵은 골격과 190을 상회하는 키 때문에 나는 노인에게 항상 주눅이 들어 있다.

"해가 지면 비바람이 몰아치겠어."

노인이 이렇게 말하며 레밍턴으로 하늘을 가리킨다. 나는 총구가 가리키는 방향을 본다. 광활한 바다 위에는 볼티모어 특유의 먹구름이 떠 있다. 노인의 예측은 틀린 적이 없으므로 나는 고개를 천천히 주억거린다.

"자네 모국은 어디 있는가?"

노인이 무언가를 더 선명히 보려는 듯 눈을 가늘게 뜨며 묻는다. 그의 시선이 향한 곳에 바다를 향해 곤두박질치는 바닷새 한 마리가 보인다.

"먼 곳입니다. 여기에서는 안 보입니다."

나는 대답한다. 노인은 짐짓 고개를 끄덕이더니 숲을 향해 걸음을 옮긴다. 나는 뒤를 따른다. 숲에 진입하자 허공이 보이지 않을 만큼 빽빽한 프리부츠들이 솟아 있다. 줄기마다 벌목을 예고하는 빗금이 새겨져 있다. 사방에 쓰러져 누운 프리부츠 장벽은 성인 남자보다 크다. 그 장벽에서 어린 프리부츠들이 자라나고 있다. 사이사이에는 프리부츠에게 양분을 빼앗겨 깡마른 잎갈나무가 몽비앙 덩굴에 휩싸인 채 듬성듬성 서 있다. 어디선가 소름 끼치는 소리도 들려온다. 프리부츠를 자르고 있는 벌목공들이 저 멀리 희미하게 보인다.

볼티모어를 헐값에 손에 넣은 노인은 재빨리 프리부츠를 거둬내 이곳을 관광지로 만들고 싶어 했다. 노인은 벌목공들을 고용했다. 50명이 넘던 벌목공들은 프리부츠에 깔려 죽거나 행방불명돼 지금은 여섯 명만 남아 있다. 벌목공들은 요새 노인에게 불만을 표하는 모양이었다. 인력 보충, 임금 인상, 창녀 제공. 이 세 가지가 벌목공들의 요구 사항이었다. 여기까지가 내가 노인에게 귀에 박히게 들은 것이다.

"오갈 데 없는 것들을 거둬줬더니 배은망덕하군. 이제 배가 불러서 그래. 절을 해도 수천 번은 해야지."

노인은 프리부츠 사이에서 몸을 놀리고 있는 벌목공들을 보며 혀를 차기 시작한다. 나는 노인의 말을 새겨듣는 척하며 주변을 살핀다. 내게 프리부츠 숲은 보물창고이다. 여기에는 도감에서만 봤던 값비싼 지의류들이 수두룩하다. 저기 프리부츠 밑동을 뒤덮은 이끼 틈에 을라鼈蘿 군집이 보인다. 을라는 무성한 이끼 사이에 그 푸른빛이 감도는 모습을 꽉꽉 감추고 있다. 학계에서 을라는 청연화青煙花라고 불릴 만큼 진귀했다. 을라는 나무의 양분을 빨아 먹는 지의류이다. 을라를 품은 프리부츠는 다른 프리부츠보다 삐쩍 말라 있다.「지의류의 보호 본능에 대한 적격 판단」의 좋은 예가 될 것이다. 나는 노인에게 을라의 가치에 대해 설명한다.

"저 지저분한 이끼가 그렇게 값진 건가?"

노인이 묻는다. 나는 이끼가 아니라 아주 진귀한 식물이라고 말한다. 노인이 흥미를 보이더니 을라를 향해 다가간다. 볼티모어에서 내가 하는 일은 이렇게 돈이 될 만한 지의류를 선별해주는 것이다. 나는「지의류의 활동 영역과 성악 속의 본령」을 발표한 뒤 산티아고대학 연구원으로 쫓기듯 유학 와 있었고, 노인은 어디선가 지의류에 대한 이야기를 듣고는 나를 고용했다.

나는 노인이 을라를 보는 사이 근처에 있는 화강암 바위를 살핀다. 맨폴필드를 찾는 것이다. 맨폴필드는 극지방의 화강암 바위에 서식하는 희귀 지의류이다. 볼티모어는 화강암 지층으로 이루어진 섬이고, 맨폴필드가 서식할 가능성이 농후하다. 학계에서는 맨폴필드를 손에 넣을 수만 있다면 목숨이라도 내놓겠다는 말이 떠돌고 있었다. 나도 도감에 실린 사진으로만 봤다. 멀리서는 용암이 바위를 뒤덮고 있는 것처럼 보였고, 가까이에서 보면 무수한 별 모양의 입자가 그 용암을 이루고 있었다. 맨폴필드는 기온에 따라 색이 변했고, 그 색에 따라 가격이 매겨졌다. 남극 퀸모드랜드에서 발견된 제라늄 빛깔의 맨폴필드는 폭스바겐 200대 정도의 값에 거래됐다. 맨폴필드를 떠올린 이후 볼티모어의 다양한 지의류들이 흔하디흔한 솔이끼와 다를 바 없이 여겨졌다.

하도 희귀한 터라 맨폴필드의 실존 여부에 대한 이야기도 많다. 그중 하나가 1985년 영국의 식물학자 레이먼드의 일화이다. 레이먼드는 아일랜드 에리걸 산에서 맨폴필드 군집을 채집하여 주목받았고 일약 식물학계의 스타로 떠올랐다. 그러나 레이먼드가 맨폴필드라고 주장한 건 사실 시라수크였다. 시라수크는 맨폴필드의 사촌 격인 고착지의로 얼핏 보면 맨폴필드와 유사했지만 가근기관의 균사 형태가 단조로워 연구 가치가 없다. 레이먼드가 왜 시라수크를 맨폴필드로 위장했는지 정확한 이유는 밝혀지지 않았다. 내가 아는 건 그 뒤 레이먼드가 런던의 한 호텔 방에서 자살했다는 것뿐이다. 그의 유서는 맨폴필드에 대한 이야기로 가득했다. 나는 맨폴필드다. 이게 유서의 마지막 문장이었다. 불현듯 맨폴필드가 황금의 도시 엘도라도처럼 인간의 욕망이 투영된 허상일지도 모른다는 생각이 스쳐 지나간다.

내가 맨폴필드를 찾고 있는 사이 노인은 을라는 거들떠도 보지 않고 삐쩍 마른 프리부츠를 쓰다듬고 있다. 나는 영문을 몰라 고개를 갸우뚱한다. 노인이 내게 다가와 이 프리부츠가 다른 프리부츠에 비해 가느다란 이유에 대해 묻는다. 나는 을라의 양분 갈취에 대해 설명한다.

"그럼 쥐새끼처럼 번식하는 프리부츠를 멸종시키려면 베는 것보다 저 이끼를 재배하는 게 더 수월하지 않겠어?"

노인이 숲 어딘가로 시선을 돌리며 묻는다. 나는 노인의 눈이 고정된 곳을 바라본다. 대여섯 명의 벌목공들이 프리부츠를 베고 있다. 톱날은 끊임없이 프리부츠의 두툼한 몸통을 파고든다. 순간 긴 함성이 들린다. 벌목공들이 작업을 멈추고 숲 깊숙이 달음질친다. 거대한 프리부츠 한 그루가 해안가 방향으로 쓰러지면서 옆의 나무들도 연달아 고꾸라진다. 굉음과 함께 먼지가 자욱이 피어오른다. 나는 귀를 막고 고개를 숙인다. 오래지 않아 소리가 잦아들고 나는 고개를 든다. 노인은 그 자리에 미동도 없이 선 채 질문에 어서 답하라는 듯 나를 응시한다. 나는 지의류의 인공 배양 기술은 아직 개발되지 않았다고 답한다. 노인은 인상을 쓰더니 깊은 숲을 향해 걷기 시작한다. 나도 노인을 따라 걷는다. 사방이 프리부츠뿐이라 좀처럼 방향을 가늠할 수 없다. 노인을 따라 앞으로 나갈 뿐이다. 그때 어디선가 부스럭대는 소리가 들린다. 수군대는 말소리도 들린다. 나는 섬뜩해져 그 자리에 멈춘다.

"모른 척하고 그냥 앞으로 가."

노인이 덤덤하게 말한다. 열 발자국 정도 움직였을 때 저 앞 몽비앙 덩굴 사이에서 대여섯 명의 메스티소가 튀어나온다. 벌목공들이다. 노인과 벌목공들은 언성을 높여가며 설전을 벌이기 시작한다. 노인이 벌목공들에게 레밍턴을 겨눈다. 그러자 벌목공들이 생소한 언어를 뱉어낸다.

"구에로."

그중에 '구에로'라는 말이 선명하게 들린다. 처음 접하는 외국어가 그렇듯 '구에로'라는 단어는 텅 빈 것처럼 느껴진다. 다만 거센 억양으로 보아 위협의 뜻이 담긴 게 확실하다. 한 벌목공이 '구에로'라는 단어를 계속해서 내뱉으며 자신의 목을 긋는 시늉을 한다. 나는 '구에로'가 '죽음'과 비슷한 뜻이라는 걸 직감한다.

12월 3일 22시.

노인의 말대로 폭우가 퍼붓기 시작한다. 침대에 누워 눈을 감고 잠을 청한다. 구에로. 구에로. 프리부츠들이 비를 맞고 자라는 소리가 들리는 것 같다.

12월 5일 2시.

암흑 속에서 랜턴 불빛이 일렁인다. 나는 맨폴필드를 찾아 랜턴 불빛을 따라간다. 주머니칼로 맨폴필드 군집을 도려내 침대 밑에 숨겨둔다 해도 나자기에 저장된 수분 덕분에 이 섬에 머물기로 약속한 나머지 석 달은 버틸 수 있을 것이다. 그러나 아무리 랜턴으로 숲을 헤집어도 며칠 전에 봐두었던 화강암 바위를 찾을 수 없다. 어딜 가든지 같은 어둠이고 같은 프리부츠뿐이다. 언제부턴가는 내가 있는 곳이 어디인지도 알 수 없다. 서둘러 방향을 틀어보지만 이번엔 발이 움직이지 않는다. 깜짝 놀라서 랜턴으로 발밑을 비춘다. 프리부츠 뿌리가 발을 꽉 감싸 쥐고 있다.

"구에로."

그때 누군가의 목소리가 들린다. 벌목공인지도 모른다. 뒤를 돌아본다. 어둠 속에서 무언가 휙 하고 지나가는 것 같다. 나는 겁에 질려 숙소 방향으로 달린다. 발을 디딜 때마다 프리부츠 뿌리들이 발에 감겨든다.

12월 7일 10시.

거실. 나는 난로 옆에 놓인 의자에 앉아 있다. 노인은 내 곁에서 가죽띠로 면도날을 벼르는 중이다. 쉴 틈 없이 움직이는 그의 오른손 끝은 마모된 것처럼 문드러져 있다. 노인은 젊은 시절 이발사였다고 한다. 노인은 일주일에 한 번 덥수룩하게 자라 있는 내 수염을 면도해준다. 일주일에 한 번 목재를 싣기 위해 배가 들어오는 시간에 나도 이 배편으로 볼티모어에 들어왔다. 나는 볼티모어에 온 이래 그 배를 단 한 번도 보지 못했다.

창 너머로 묵직하고 흐린 하늘이 보인다. 톱날이 끈질기게 프리부츠를 파고드는 소리가 들린다. 프리부츠는 곧 총에 맞은 것처럼 단말마를 내뱉으며 쓰러질 것이다.

"사람도 빨아 먹을 수 있나?"

노인이 면도날에 시선을 못 박은 채 묻는다.

"벌목공들도?"

노인이 연이어 묻는다. 나는 영문을 몰라 무슨 말이냐고 되묻는다. 노인은 을라가 사람에게 해를 입힐 수도 있냐고 물으며 면도날을 햇빛에 비춰본다. 무심해 보이지만 대답을 기다리고 있을 것이다.

노인과 설전을 벌이던 벌목공들이 머릿속에 스쳐 지나간다. 나는 쉽게 말해 을라가 필요로 하는 양분이 사람에게는 없다고 대답한다.

"벌목공들에겐 아마 총을 쏘는 편이 빠를 겁니다."

나는 벽에 기대서 있는 레밍턴을 흘끗 보며 대답한다.

"도대체 쓸모가 없군."

노인이 뇌까린다. 그때 소녀가 김이 모락모락 나는 수건을 들고 주방에서 나온다. 자리에서 일어난 노인은 내 턱과 인중에 하얀 거품을 묻히기 시작한다. 수염이 깎여나가는 동안 소녀는 호기심 어린 눈으로 나를 본다. 나는 소녀가 조금만 더 크면 아주 예쁠 거라고 생각한다. 나는 눈을 감는다. 노인은 다시 벌목공들의 험담을 하기 시작한다. 나는 인질이 된 것처럼 꼼짝 않고 그의 이야기를 들어준다.

"구에로."

별안간 노인의 입에서 나온 낯익은 단어가 귀에 들어온다.

12월 7일 11시.

나는 어느 순간 선잠에서 깨어난다. 그사이 면도는 끝나 있다. 꿈결에 맨폴필드로 가득한 숲을 거닐었던 것 같다. 뜨거운 수건이 얼굴에 닿아 있는 게 느껴진다. 수증기 사이로 내 얼굴을 매만지는 소녀가 어렴풋이 보인다.

12월 16일 11시.

맨폴필드 발견하지 못함. 벌목공 하나가 프리부츠에 깔려 죽음.

12월 17일 9시.

청어조림 조리법은 간단하다. 우선 내장을 빼낸 청어를 바닷물 속에 반나절 동안 담가놓는다. 그다음에는 사흘 동안 햇빛에 건조시킨다. 마지막으로 일미아드 열매를 빻아 만든 매콤한 향신료를 첨가해 조린다. 처음엔 특유의 비린내와 투박한 모양에 비위가 상했지만 이제는 적응이 돼 문제없다. 한 가지 문제는 아침을 먹는 내내 노인의 입이 쉬지 않는다는 것이다. 지금도 노인은 자신이 건설할 볼티모어의 미래에 대해 끊임없이 지껄이는 중이다. 나는 노인의 말을 한 귀로 흘리며 청어조림을 떠먹는다. 어느 순간 오늘따라 볼티모어가 조용하다는 걸 감지한다. 볼티모어의 일부가 된 벌목 소리가 들리지 않는 것이다.

12월 17일 10시.

노인은 재미있는 구경거리를 보여준다며 나를 부둣가로 데려간다. 부둣가에 가까워지자 장송곡처럼 처연한 노래가 들리기 시작한다. 나는 앞서 나가는 노인에게 무슨 소리냐고 묻는다. 자리에 멈춰 선 노인이 대답 대신 레밍턴으로 나뭇가지를 헤친다. 그 사이로 부둣가가 내다보인다. 거기에는 벌목공들이 모여 있다. 노인은 고갯짓으로 그들을 가리킨다. 벌목공들은 노래를 부르며 프리부츠

통나무로 뗏목을 엮고 있다. 나는 노인의 눈치를 살핀다. 노인은 여유롭게 그들을 감상하고 있다. 오래지 않아 뗏목이 완성된다. 벌목공들은 어제 죽은 벌목공의 시체를 숲 속에서 가지고 나와 프리부츠 잎사귀로 동여매고 뗏목 위에 얹는다.

"저 우스꽝스러운 게 바로 저들의 장례식이야."

노인이 낄낄댄다. 벌목공들은 바다에 뗏목을 띄운다. 노인은 총을 장전한 뒤 애도하듯 허공을 향해 발포한다. 총성에 놀란 큰부리새 몇 마리가 숲을 벗어나 우중충한 하늘로 날아오른다.

12월 26일 3시.

유리창이 깨지는 소리와 함께 유리 파편들이 날아든다. 나는 머리를 감싸 안는다. 따끔한 것들이 목덜미에 닿는다. 눈을 떠보니 주먹만 한 돌들이 침대 위에 널려 있다. 노인의 고함과 소녀의 비명이 들린다. 나무를 벌목하는 듯한 기괴한 소리도 가까이에서 들려오고 있다. 나는 고개를 쭉 빼고 창밖을 내다본다. 벌목공들이 험상궂은 표정으로 서 있다. 그들의 손에 윙윙거리며 돌아가는 전기톱이 들려 있다. 그때 총성이 들린다. 잠시 사위가 고요해진다. 벌목공 하나가 쓰러진 채 부들부들 떨고 있다. 노인이 총을 겨눈 채 벌목공들에게 다가간다. 나머지 벌목공들은 숲으로 뒷걸음친다.

12월 29일 8시.

잠에서 깨어난다. 누군가 나를 흔들어 깨운 것 같았지만 눈을 뜨니 곁에 아무도 없다. 소녀일 거라고 짐작할 뿐이다. 볼티모어는 고요하기 그지없다. 2주가 지났지만 벌목 소리는 여전히 들리지 않는다.

나는 침대에서 일어나 식당에 들어선다. 노인은 술을 마시고 있다. 나는 노인을 일별하곤 자리에 앉는다.

"프리부츠든, 벌목공들이든, 둘 중 하나만이라도 없으면 속 편히 죽을 수 있겠어."

노인이 술 냄새를 풍기면서 지껄인다.

"자네도 볼티모어에서 무언가 가져갈 생각은 아니겠지?"

노인이 말한다. 맨폴필드를 손에 넣는 순간 나는 프리부츠의 양분이 될지도 모른다.

1월 15일 자정.

사구타 나무의 나이테를 따라 도는 사슴벌레처럼 회중시계의 초침이 느릿하게 움직인다. 창밖에서 바람이 볼티모어를 훑는 소리가 들린다. 나는 「지의류의 보호 본능에 대한 적격 판단」을 구상 중이다. 나는 지의류의 두 가지 특성에 주목했다.

· 지의류가 극지에 주로 서식하는 건 경쟁 대상인 관속식물들이 거의 없기 때문이다.

· 지의류 중 일부는 무기물과 양분뿐만 아니라 독성 물질도 구별하지 않고 흡수한다.

여기에 그럴듯한 의미를 덧씌우면 지의류의 악행에 대한 논문을 효과적으로 뒷받침할 수 있을 거라는 생각이 든다. 이제 맨폴필드만 발견하면 금상첨화다. 문득 관자놀이에 차디찬 레밍턴의 총구가 닿은 느낌이 든다.

1월 17일 2시.

발소리가 삐걱거리며 마룻바닥을 울린다. 속닥대는 말소리도 들린다. 나는 눈을 뜬다. 사위가 먹지처럼 새까맣다. 문밖의 목소리가 점점 커지고 있다. 나는 노인을 위협하는 벌목공을 상상하며 자리에서 벌떡 일어난다. 거실로 나가자 노인과 벌목공 하나가 이야기를 나누고 있는 게 보인다. 땅딸한 몸에 입술이 뒤틀린 언청이 벌목공이다. 예상과는 달리 그들은 싸우고 있는 것 같지 않다. 인기척을 느꼈는지 그들이 이야기를 멈춘다. 언청이가 나를 노려보곤 소녀의 방으로 들어선다. 곧 소녀의 비명이 들린다.

"깼어?"

한껏 몸을 젖혀 의자에 앉은 노인이 태연자약하게 말한다. 노인의 다리 사이에는 레밍턴이 끼워져 있다. 나는 비명이 이어지는 방을 가리킨다. 노인은 레밍턴을 짚고 일어나 허리를 곧게 편다. 다시 한 번 자지러지는 비명이 터져 나온다. 그 비명은 내 손을 문고리에 얹어놓는다.

"놔둬."

노인의 날 선 목소리가 나를 제지한다. 소녀가 노인의 소유물이라는 게 머릿속에 스쳐 지나간다. 노인이 순순히 소녀를 내줄 리 없다. 밤중에 들이닥친 침입자를 묵인한 이유가 있을 것이다.

"짐승들의 일이야."

노인이 내게 총을 겨눈다. 레밍턴의 깊숙한 총구가 보인다.

"자네도 짐승이 돼볼 텐가?"

노인이 묻는다. 나는 문고리에서 손을 떼고 뒤로 물러난다. 대치 상태가 지속되는 동안 비명은 잦아든다. 얼마 지나지 않아 언청이가 방에서 나온다. 문틈으로 담요에 몸을 묻은 소녀가 보인다. 언청이는 나를 거칠게 밀치더니 볼티모어의 어둠 속으로 사라진다.

1월 20일 3시.

언청이가 소녀의 방으로 들어가는 소리가 들린다. 나는 슬며시 침대에서 일어나 가옥 밖으로 나온다. 숨을 죽이고 외벽에 붙어선 채 소녀의 방에 뚫린 창을 넘어다본다. 촛불을 밝혀놓은 소녀의 방 안은 몽환적이다. 나체가 된 소녀는 낡은 탁자의 모서리를 잡고 있다. 언청이가 그 뒤에서 허리를 움직인다. 소녀의 풍만한 젖가슴이 출렁거린다. 언청이는 잘 보이지 않지만 소녀의 얼굴은 기이하게 또렷하다. 어느 순간 소녀와 눈이 마주친다. 소녀의 눈에는 초점이 없다. 나는 벽에 기대 주저앉는다. 바람이 휘몰아친다. 프리부츠 숲이 바람을 타고 이리저리 흔들린다. 볼티모어의 밤은 소란스럽다.

1월 24일 2시.

맨폴필드. 내 머릿속엔 이 지의류뿐이다. 나는 숲 동편의 기이하게 생긴 바위와 프리부츠 줄기들이 쌍떡잎식물의 그물맥처럼 엉켜 있는 곳을 살피고 있다. 그러나 랜턴이 비추는 건 바위에 들러붙은 말라무트 군집뿐이다. 랜턴 불빛 안에 누군가의 발이 들어온 건 정신없이 숲을 헤집고 있을 때였다. 랜턴을 위로 올리자 누군가가 보인다. 자세히 살펴보니 온몸에 피가 흥건한 언청이다. 그의 발치에 한 벌목공의 시체가 보인다. 언청이의 손에는 피에 젖은 단도가 들려 있다. 노인과 언청이가 소녀를 두고 어떤 거래를 했는지 어렴풋이 짐작이 간다. 나는 뒤로 서서히 물러난다.

"구에로."

그가 나지막하게 중얼거리곤 평소와는 달리 힘없이 내 곁을 지나쳐 간다.

1월 27일 15시.

남은 벌목공 : 3. 언제부턴가 다시 조그맣게 벌목 소리가 들린다.

1월 28일 1시.

1951년 윈스턴 처칠은 벌목에 대해 다음과 같이 말했다. "아름다운 나무들을 베어 시답잖은 소리만 지껄이는 신문을 찍어내는 것이 바로 문명이다." 아이러니하게도 그해 영국 신문에 가장 많이 언급된 명사는 바로 처칠이었다.

—조셉 후커, 『벌목의 역사와 자연의 증언』 中

1월 29일 19시.

노인은 초저녁부터 술에 취해 잠들어 있다. 나는 노인 몰래 가옥을 빠져나온다. 어디선가 끊임없이 나무를 베는 소리가 들린다. 태양이 먹구름 틈으로 뉘엿뉘엿 지고 있다.

화강암 언덕에 오르니 볼티모어의 전경이 내려다보인다. 노인의 계획대로라면 푸에스티오 산과 숲의 동편 일부는 각각 골프장과 생태공원이 될 것이다. 호텔이 들어설 섬의 서편, 부둣가에서부터 숙소 방향으로 펼쳐진 숲에는 아직도 프리부츠들이 빽빽하다. 벌목된 곳은 실상 전체 숲의 10퍼센트에도 못 미친다. 나는 오른쪽으로 열 발자국 정도 떨어진 바위를 살펴보려고 자리를 옮긴다. 세균성구멍병에 걸린 오얏나무 잎처럼 갖가지 크기의 구멍이 뚫린 화강암 바위는 맨폴필드는커녕 이끼조차 없이 반들반들하다. 그때 딱 하고 나뭇가지 같은 게 부러지는 소리가 들린다. 칼을 든 언청이일지도 모른다는 생각에 온몸에 소름이 돋는다. 누군가 내 어깨를 두드린다. 돌아선다. 소녀다. 태양이 뒤에 있어서 소녀의 부푼 실루엣이 위협적으로 보인다. 제단 위에 피가 줄줄 흐르는 양 따위를 올려놓고 머리를 조아리는 밀갈토의 미개한 풍습이 머릿속에 스쳐 지나간다. 나는 나도 모르는 사이 뒷걸음 친다. 소녀가 고개를 흔들지만 나는 계속 뒷걸음질 친다. 소녀가 답답한지 인상을 쓰며 바다를 가리킨다. 나는 그제야 정신을 차리고 바다를 바라본다. 해가 담긴 바다가 피로 물든 것처럼 붉다. 소녀가 바다에 뛰어드는 시늉을 한다.

"밖에 내보내달라고?"

나는 목소리를 가다듬고 묻는다. 소녀는 고개를 끄덕이고는 자신의 음부를 손으로 가리킨다.

"탈출을 도와주면 자주겠다고?"

내가 다시 묻는다. 소녀는 울 듯한 표정으로 계속해서 자신의 음부를 가리킨다. 나는 고개를 내젓는다. 볼티모어에서 버젓이 나갈 수 있는 건 프리부츠 목재뿐이다. 별안간 소녀가 내 손을 잡아끌고 언덕 밑의 해안으로 내려간다.

해는 삽시간에 사라지고 곧 땅거미가 몰려온다. 저 멀리 앞서 나간 소녀가 해안가 쪽을 가리키고 있다. 그 방향에 대여섯 사람이 탈 만한 목조 난파선이 어슴푸레하게 보인다. 꽤 오랫동안 방치돼 있던 모양인데도 상태가 좋아 뱃머리만 손본다면 본토까지 갈 수 있을지도 모른다. 유유히 볼티모어를 벗어나는 목조선이 머릿속에 그려진다. 목조선에는 나와 소녀가 타고 있다. 나는 내 손에 들려 있는 맨폴필드를 상상한다. 문득 볼티모어에 익숙한 소녀라면 맨폴필드에 대해 알고 있을지도 모른다는 생각이 든다. 나는 소녀에게 맨폴필드에 대해 묻는다. 그러나 소녀는 고개를 갸웃거린다. 나는 허공에 별 모양을 그린 뒤 해안가의 화강암 바위를 가리킨다.

"케사르?"

소녀는 이렇게 물으며 허공에 별 모양을 그린다. 그리고 해안가를 가리킨다. 케사르는 아마 지의류를 일컫는 토속어일 것이다. 나는 고개를 끄덕인다. 소녀가 흰 이를 드러내며 웃는다.

1월 30일 4시.

수미부와 늑골이 파손됐지만 조타기는 쓸 만하다. 내가 선체 구석구석을 살피는 사이 소녀는 옆에서 멀뚱거리며 서 있다. 불현듯 소녀가 진짜 맨폴필드를 아는 건가 불안해진다. 나는 허리를 펴고 소녀를 본다. 소녀도 나를 물끄러미 바라본다.

"케사르?"

소녀에게 묻는다. 소녀는 허공에 별 모양을 그리며 걱정하지 말라는 듯 웃음 짓는다. 나는 허공에 그린 별처럼 맨폴필드가 곧 사라질 것 같아 불안하다. 거센 파도가 저 멀리서부터 발밑까지 밀려온다.

2월 3일 9시.

노인은 창가에 걸터앉아 밖을 내다보고 있다. 인사를 건넸지만 노인은 본척만척한다. 나는 식당으로 들어간다.

"무슨 꿍꿍이지?"

노인의 목소리가 나를 멈춰 세운다.

2월 5일 15시.

요새 언청이가 보이지 않는다. 벌목공들이 몇 명 남았는지 알 수도 없다. 아주 조그맣게 들리는 벌목 소리로 그들의 생존을 확인할 뿐이다.

2월 9일 5시.

새벽녘의 청회색 빛깔이 볼티모어를 뒤덮고 있다. 비가 부슬부슬 내린다. 선체는 비에 젖어 까맣다. 나는 선미의 파식한 부분에 미리 잘라 온 프리부츠 통나무를 덧대어 못을 박아 넣는다. 소녀는 옆에서 선체에 달라붙은 이끼를 제거하고 있다. 비에 흠뻑 젖은 옷 위로 소녀의 굴곡진 몸매가 적나라하게 드러난다. 소녀의 표정은 프리부츠 숲 속처럼 그늘져 있다. 나는 보다 못해 언청이가 아직도 괴롭히느냐고 묻는다. 내 말을 알아들었는지 모르겠지만 소녀는 곧 울 것 같은 표정을 짓는다.

해가 떠오른다. 비가 그친다. 볼티모어는 제 색을 되찾는 중이다. 날이 밝자 어디에선가 노인이 우리를 지켜보고 있는 것처럼 느껴진다. 조급해진 나는 소녀에게 맨폴필드에 대해 묻는다.

"케사르?"

소녀는 심드렁한 표정으로 주머니를 뒤적이더니 무언가를 꺼내 내게 건넨다. 까끌까끌한 촉감이 손아귀에 가득하다. 고약한 냄새가 올라온다. 손을 펼치자 불가사리가 보인다. 부둣가에 널려 있던 썩은 불가사리다. 나는 한참 불가사리를 본다. 소녀는 내 반응이 이상하다는 듯 어깨를 으쓱한다. 그리고 노인이 깰 시간이라며 서둘러 발걸음을 돌린다.

2월 9일 7시.

동이 터올 무렵 숙소에 다다른다. 차갑게 식은 난로 곁에 노인이 앉아 있다. 손에는 술잔이 들려 있고 발치에는 레밍턴이 기대서 있다. 햇빛이 노인과 레밍턴 사이에 비스듬히 걸쳐 있다.

"어디 갔다 왔나?"

노인이 눈을 게슴츠레하게 뜨고 묻는다.

"산책 좀 하고 왔습니다."

나는 잠시 머리를 굴리다가 대답한다. 소녀의 방문은 굳게 닫혀 있다.

2월 11일 3시.

맨폴필드는 기근이 오면 곤충을 잡아먹기 위해 독성을 활용하는 파리지옥이나 사라세니아와는 달리 흡수한 독성 물질을 모아둔다. 맨폴필드의 독성은 섬유 공장의 매연과 유사한 성분을 지녔다. 산업혁명 이전에 채집된 맨폴필드에는 독성이 없었다.

—레네 아들러, 『태생의 죄악, 그리고 죽음으로부터의 해방』 中

2월 12일 8시.

며칠째 소녀가 보이지 않는다. 오늘도. 작지만 집요한 벌목 소리가 나를 깨운다.

2월 12일 9시.

거실로 나가자 노인은 레밍턴을 손질하고 있다. 간단한 손놀림에 레밍턴은 뼈대를 드러낸다. 겉가죽과는 달리 레밍턴의 속은 허하다. 소녀는 여전히 보이지 않는다. 나는 노인에게 인사를 건네고 식당으로 발을 옮긴다.

"자네 수염이 많이 자랐군."

노인이 나를 멈춰 세운다. 나는 수염이 수북한 턱을 더듬는다. 노인은 레밍턴의 뼈대를 헝겊으로 문지르며 고갯짓으로 의자를 가리킨다. 바닥에 길게 드리워진 레밍턴의 그림자가 노인의 손이 움직일 때마다 덩달아 꿈틀댄다. 나는 의자에 앉는다. 다른 방법은 없다.

"배는 쓸 만한가?"

노인이 빈정댄다. 노인의 손가락이 방아쇠에 닿기라도 한 듯 가슴이 철렁한다. 나는 노인의 해코지로 피투성이가 된 소녀를 상상한다.

"그렇게 조그만 배로는 힘들지 않겠어?"

노인이 분해했던 부품을 하나씩 끼워 맞추며 말한다. 나는 어떻게 대꾸해야 할지 몰라 노인을 바라본다. 입꼬리를 올린 표정이 웃는 건지 찡그린 건지 헷갈린다. 그사이 레밍턴은 점차 위용을 되찾고 있다.

"돌아가고 싶으면 내게 말을 하지 왜 힘들게 그래? 누가 자네를 가두기라도 했어?"

노인은 자리에서 일어나 재조립된 레밍턴을 이리저리 훑어본다.

"아무리 일찍 일어나도 해는 뜨지 않는다. 우리 속담 중에 이런 게 있어."

노인이 자신의 말에 장단이라도 맞추듯 개머리판으로 바닥을 쿵쿵 찧는다. 속담의 뜻을 생각하는 동안 노인은 소녀의 방을 향해 그들의 언어로 외친다. 소녀가 겁에 질린 듯 주춤거리며 나온다. 소녀는 프리부츠에 뭉개진 것처럼 피투성이다.

"모든 일에는 다 때가 있다는 뜻이지."

노인이 말을 잇는다. 소녀는 넋이 나간 표정이다.

"아니, 어쩌면 볼티모어처럼 흐린 곳에는 영원히 해가 뜨지 않을지도 모르지."

노인이 히죽댄다. 그사이 소녀가 비명을 지르며 출입문을 향해 달려나간다.

"구에로"

노인이 소녀를 향해 총구를 치켜들며 읊조린다. 나는 그 단어에 포박당한 듯 움직이지 못한다. 노인이 총구를 천천히 움직여 발포한다. 귀를 막을 틈도 없이 사라진 총성의 여운이 이명이 돼 돌아온다. 정신을 차리자 소녀는 벌목된 나무처럼 쓰러져 있다. 소녀의 몸에서 피가 꾸역꾸역 올라온다.

"한몫 챙겨서 고향에라도 돌아가려는지 도둑고양이처럼 내 방을 뒤지고 있더군. 역시 밀갈토는 사람이 아니야. 은혜를 갚을 줄 모른다니까."

노인이 얼굴에 묻은 피를 닦으며 실실댄다. 그리고 내게 천천히 다가온다. 노인은 주머니에서 면도날을 꺼내 내 턱에 댄다. 면도날이 금세라도 목을 파고들 것 같다. 서서히 살갗을 파고들던 면도날이 어느 순간 멈춘다.

"그래, 자네가 원하는 건 어디 있지?"

노인이 내 귓가에 대고 속삭인다. 나는 눈을 감는다. 프리부츠 숲에 갇힌 벌목공들의 외침이 들린다.

열네 살

나는 열네 살이다. 학교는 다니지 않고 도시락을 배달한다. 이름은 몰라도 된다. 부모는 없다. 좋아하는 건 파란색. 싫어하는 건 집게벌레. 파란색 집게벌레는 아직 본 적이 없어서 잘 모르겠다.

나는 영악하다. 돈을 쉽게 버는 법을 알기 때문이다. 방법은 간단하다. 거짓말을 두 번만 하면 된다. 나는 사장 아저씨와 손님에게 각기 다른 가격을 말한다. 단순해서 들통이 날 확률도 높다. 들통이 나면 사과하면 된다. 사과해도 안 되면 도망가면 된다. 달리 방법이 있겠는가. 나는 상상력이 부족하다.

나는 이 방법으로 여러 가지 일을 하며 전국을 떠돌았다. 다행히 이 동네에서는 아직까지 걸린 적이 없다. 이렇게 사는 데 특별한 이유는 없다. 나는 이렇게 태어났고 이렇게 살지 않으면 살아남지 못한다. 누가 가르쳐준 건 아니다. 열네 살을 먹는 동안 저절로 내게 스며든 것이다.

나는 달리는 걸 좋아한다. 한번 달리기 시작하면 지치지 않고 누구보다 빠르게 달린다. 달리다 보면 아무도 나를 어린애 취급하지 않고 부모가 있냐고 묻지 않는다. 학교에 왜 다니지 않냐고 잔소리하지도 않는다. 말 걸 틈도 없이 빠른 속도로 사람들을 지나치기 때문이다.

나는 달리기가 빠른 게 아니다. 바이크를 타고 달린다. 열세 살이 되던 해에 돈을 모아 이 바이크를 샀다. 반지르르한 검은색이고 내 몸집의 서너 배인 이 녀석에 오르면 나도 덩달아 커진 거 같아 자신감이 생긴다. 거짓말이 들통나면 줄행랑치기도 쉽다. 문득 이렇게 빨리 달리다가 시간이 다른 사람들의 배로 흘러 서른도 되기 전에 죽을지도 모르겠다는 생각이 든다.

바이크의 이름은 암소이다. 다른 이유는 없다. 바이크는 암소가 우유를 흘리는 것처럼 기름을 사방에 튀기면서 도로 위를 달린다. 그래서 암소다.

나는 어딜 가든지 암소와 함께이다. 사람들은 젖을 빨아 먹는 송아지처럼 암소가 배달한 도시락을 넙죽넙죽 받아먹는다. 쉬는 날에는 암소를 타고 동네를 여기저기 헤집는다. 어디로 가고 있는지 몰라 두려울 때도 있지만 궁금증이 동해 암소를 멈출 수 없다. 외로울 때면 암소에게 가끔 말도 건다. 하늘은 왜 파랗지? 꽃은 왜 피지? 외계인은 진짜 있는 거야? 사람들은 왜 다르게 생겼지? 암소는 대답이 없다. 무생물이 말할 수 없다는 건 나도 이미 안다. 알면 알수록 외로워진다는 것도 이제 안다.

아직 아무에게도 말하지 않은 건데, 나는 사실 지난해 부산 홍등가에서 여자와 잤다. 나와 잔 누나는 내가 그 어떤 어른보다 섹스를 잘한다고 했다. 그때 꼭 어른이 될 필요는 없겠다고 생각했던 게 기억난다.

이 외에는 딱히 할 말이 없기 때문에 나에 대한 이야기는 여기에서 끝이다.

도시락 배달을 하면서 생긴 버릇이 하나 있다. 세상 모든 걸 도시락에 비유하는 것이다. 달리 의미가 있는 건 아니고 그냥 심심풀이다. 나는 도시락에 붙은 밥 알갱이다. 도시락에 묻은 여자의 긴 머리카락이고, 상한 반찬과 쉰밥이다. 보잘것없는 사람이라는 뜻이다.

나는 도시락을 포장할 때마다 반찬과 밥 몇 숟가락을 빼돌린다. 그럼 도시락 하나가 더 나온다. 매일 그걸 사장 아저씨 몰래 숨겨 나와서 저녁으로 먹는다. 오늘도 여덟 개를 주문받은 뒤 아홉 개를 포장한다. 그중 하나를 배낭에 몰래 넣는다. 배달할 곳의 주소를 확인한 뒤 도시락이 흩어지지 않게 암소 위에 고정시킨다. 이제 시동만 걸면 모든 준비는 끝이다. 여름 하늘은 더없이 짙은 파란색이고, 여름이 지나면 저 하늘이 사라질 것을 알기 때문에 약간 슬펐다.

여덟 개 맞는 거지?

사장 아저씨가 미심쩍은 표정으로 묻는다. 나는 아저씨의 눈앞에 도시락 개수를 확인시켜준다. 그래도 아저씨는 의심 섞인 눈초리를 지우지 않는다. 내가 돈과 도시락을 빼돌리는 걸 이미 눈치챘는지도 모른다. 아니면, 상가 공중화장실에서 자위를 하고 정액이 말라붙은 손으로 도시락을 포장했다는 걸 알고 있을지도 모른다. 나는 서둘러 암소에 올라탄다. 이제 나는 아저씨가 보이지 않는 곳까지 재빨리 달아날 수 있다.

여기는 경기도 남부에 위치한 조그만 도시다. 암소를 타고 달리다 보면 동네를 가로질러 흐르는 개천과 좌우로 펼쳐진 논밭이 보인다. 묘지들이 듬성듬성 솟아 있는 나지막한 산과 국도변에 늘어선 낡은 모텔들도 보인다. 암소를 타고 빙빙 돌며 아무리 훑어봐도 김치와 멸치만 든 도시락처럼 밋밋하고 재미없는 동네다.

사장 아저씨 말로는 이 동네는 터가 좋지 않다고 한다. 좀도둑과 사기꾼이 들끓어서 자신이 이 모양 이 꼴로 사는 거라나. 옆집 아저씨도, 앞집 아줌마도 똑같이 말한다. 좀도둑과 사기꾼만 아니었으면 자신은 진작 이곳에서 벗어나 부자가 됐을 거라고 말이다. 나는 여기 오기 전에도 다른 동네 사람들에게 비슷한 말을 들었기 때문에 이어지는 아저씨의 말이 무엇일지 짐작하고 있다. 아니나 다를까 아저씨는 이 동네를 벗어나기 위해서는 노력해야 한다고 했다. 나는 구체적으로 무슨 노력을 해야 하느냐고 물었다. 아저씨는 마땅한 답이 떠오르지 않는 듯 머뭇거렸다.

그럼 아저씨는요?

내가 다시 한 번 물었다. 아저씨는 내 머리를 쥐어박은 뒤 얼른 도시락이나 배달하라고 타박했다.

사장 아저씨는 저 멀리 야산 근처에 보이는 이상한 건물을 탓하기도 했다. 저 요물처럼 생긴 게 이 동네의 기를 빼앗는다나. 나는 그 건물을 보기 전까지는 모든 건물이 네모나게 생긴 줄 알았다. 그러나 그 건물은 지붕이 둥글고 팔각형 모양의 기둥들이 여러 개 서 있다. 누군가는 원자력 발전소라고 했고, 누군가는 이슬람 사원이라고 했으며, 또 누군가는 폐쇄된 정신병원이라고 했다. 사장 아저씨는 그 건물에 머리는 뱀이고 몸은 얼룩말인 동물이 산다고 했다. 그 동물들이 짝짓기를 할 때면 비바람이 분다나 뭐라나. 아저씨는 내가 그 말을 믿는 줄 알고 낄낄댄다. 고개를 끄덕거려줄 뿐인데 말이다. 허무맹랑한 소리에 속을 나이는 이제 지났다.

아저씨에게 뱀과 얼룩말 얘기를 듣고 나서부터 나는 그 건물을 동물원이라고 불렀다. 저 멋있는 동물원을 왜 그렇게 싫어하지? 나는 암소에게 물었다. 틈날 때마다 암소와 동물원 가는 길을 찾았지만 좀처럼 보이지 않았다. 울창한 풀숲에 가로막혀 헤매기도 했고 출구를 찾지 못해 소리 내 운 적도 있었다. 길이 질퍽하고 돌이 많아 더 이상 암소를 타고 들어갈 수도 없었다. 내 또래 아이들도 동물원에 먼저 가는 것으로 내기를 하며 놀았다. 길을 뚫어 너만 다닐 수 있다면 걔들보다 더 빨리 동물원에 갈 수 있을 텐데. 나는 암소에게 중얼거렸다.

저걸 지은 사람들은 어떻게 저기까지 갔는데요?

이렇게 물으면 사장 아저씨는 멍청한 표정을 지으며 고개를 갸우뚱했다. 하긴 이 동네에서 평생 살고 있는 작자가 뭔들 알겠는가.

나는 이곳에 사는 사람들이 풍수지리나 동물원을 탓하는 건 단지 심심하기 때문이라는 것을 안다. 여기에는 지하철도 없고, 고속도로도 없고, 놀이동산도 없다. 아파트도 없고, 수족관도 없고, 하다못해 공원도 없다. 돈을 빼돌리는 걸 걸리면 다음에는 좀 더 재미있는 곳으로 떠나야겠다. 암소를 타면 어디든지 금방 갈 수 있으니까.

동네가 조금씩 재미있어지기 시작한 건 얼마 전부터다. 볼링장이 들어서 있는 낡은 건물이 철거되고 그 자리에 거대한 백화점이 지어지기 시작한 것이다. 사장 아저씨는 선거철이라 그런다며 진작 해줬으면 자신이 이 후미진 곳에서 도시락이나 팔고 있진 않았을 거라고 투덜거렸다. 다른 어른들은 백화점이 들어서면 땅값이 올라 돈방석에 앉을 거라고 들떠 있었다. 나도 신이 났다. 돈방석에 앉은 어른들은 도시락값 따위에는 신경도 쓰지 않을 것이다. 그러면 암소에게 기름도 더 많이 줄 수 있고 더 많은 곳을 돌아다닐 수도 있다.

재미있는 게 또 하나 있다. 백화점 때문에 다른 도시에서 인부들도 흘러들고 외국인 노동자들도 흘러든다. 남자들이 옆에 끼고 다니는 예쁘고 날씬한 누나들도 흘러든다. 사장 아저씨는 동네에 외지인들이 흘러드는 건 좋은 징조가 아니라고 혀를 끌끌 찼지만 나는 낯선 사람들을 만나는 게 좋았다. 새로운 메뉴의 도시락을 먹는 기분이랄까. 언젠가 질려버리겠지만 말이다.

다른 데서 흘러든 남자들은 백화점이 들어설 장소에 놓인 건물만 부수는 게 아니다. 성질이 나면 도시락도 부수고 차도 부순다. 여자를 부수고 아이들을 부수고 힘이 없는 동네 남자들을 부순다. 입속에 동전을 한가득 넣고 죽은 사람, 멕시코제 총인지 베트남제 총인지로 벌집이 된 사람, 몸이 열여섯 동강이 난 사람을 봤다는 말도 떠돌았다. 동네 사람들은 틈날 때마다 그들에 대해 험담을 했다. 내가 본 건 기껏해야 다리를 절거나 누나들에게 술주정을 부리는 남자들뿐이었는데 말이다. 나는 동네 사람들이 호들갑을 떠는 걸 이해할 수 없었다. 외계인이라도 나타났으면 또 모를까.

내가 사는 곳은 뒷산 중턱에 있는 야영장이다. 산책로를 따라 야산을 오르다가 자그마한 도랑을 건너 적막한 숲 속으로 들어서면 대여섯 개의 막사가 있는 야영장의 모습이 드러난다. 야영장에서는 온 동네가 내려다보였다. 하루가 다르게 높아지고 있는 백화점의 뼈대도 보였고, 동네를 누비는 거대한 기계들도 보였다. 가만히 그 광경을 보고 있으면 머릿속에서 암소에 매달린 도시락이 내는 것처럼 달그락달그락 소리가 나는 것 같아 정신이 없었다.

야영장의 주인은 한상경이다. 자식이 없던 외삼촌이 죽기 전에 야영장을 물려준 것이다. 한상경은 타고나길 야영장 관리인으로 태어난 거 같다. 보잘것없는 야영장을 제 몸처럼 아끼고 질리지도 않는 듯 매일 돌보는 걸 보면 말이다. 나는 한상경에게 빼돌린 도시락을 주고 잠자리를 제공받는다.

한상경은 야영장을 관리하며 소설을 쓴다. 이곳에 오기 전 책을 출간한 적도 있다는데 내 생각에 한상경은 작가로서 재능이 없다. 책과 거리가 먼 내가 읽기에도 그의 소설은 하나같이 허황돼서 남는 게 없었다. 텅 빈 도시락 같달까.

한상경이 요새 쓰고 있는 소설에 대해 들으면 내 말을 쉽게 이해할 수 있을 것이다. 한상경은 틈날 때마다 그 소설에 대해 이야기한다. '홍학이 된 사나이'라는 제목의 소설로 자신이 홍학이라고 믿는 남자와 DB라는 열 살짜리 여자아이, 그리고 그들의 뒤를 쫓는 탐정에 대한 이야기다. 남자는 펜션을 운영한다. 그 펜션은 조금 이상하다. 낮에는 오솔길처럼 좁아지고 밤에는 바다처럼 광활해진다. 홍학과 DB는 어떤 사건을 계기로 펜션에서 같이 살다가 사랑에 빠진다.

그래서 끝은 어떻게 되는데?

내가 묻는다.

새벽 두 시. 펜션. DB가 홍학으로 변한 남자를 곡괭이로 때려죽여. 홍학의 피가 방을 흥건히 적시지. DB는 그 피로 목욕을 하고. DB의 등에는 곧 홍학의 날개가 돋아나기 시작해. 탐정은 그 광경을 목격했지만 추적을 포기하고 말지. 탐정이 보기엔 DB의 살인에는 정당성이 있었거든.

사랑하는 사람을 왜 죽이는데?

이야기를 끝낼 때가 됐으니까.

한상경이 대수롭지 않다는 듯 대답했다.

홍학하고 사람하고 어떻게 사랑을 하는데? 그래, 그건 그렇다 치고 사람이 어떻게 홍학이 되는데?

내 질문은 끝없이 이어졌다. 한상경은 홍학의 붉은색이 인류애의 상징이라는 둥, 인류는 미래에 언어를 잃고 깃털이 돋아 다시 동물로 퇴화할 거라는 둥, 열네 살인 내가 들어도 터무니없는 얘기만 해댔다.

왜 꼬마 이름이 DB지?

왜 하필 홍학이지?

홍학의 피로 목욕을 하면 나도 날개가 생길 수 있어?

살인의 정당성이란 뭐지?

나는 그거 말고도 궁금한 게 많았다. 텔레비전에 나오는 영화라면 아무 생각 없이 봐도 머릿속에 쏙쏙 들어와서 좋을 텐데. 암소도 한상경의 소설이 재미없다고 할 게 분명했다.

한상경의 소설보다 재미있는 건 그와 함께 손님들을 골리는 것이다. 야영장엔 일주일에 세 명꼴로 손님이 왔다. 대부분 사람이나 돈에 쫓기는 사람들이다. 나보다도 꾀죄죄한 행색을 보면 안다.

어디서 왔어요?

내가 물으면 그들은 자신이 살던 곳을 천국처럼 묘사한다. 어떤 사람은 사계절 내내 바닐라처럼 달콤한 바람이 부는 곳에서 왔다고 했고, 어떤 사람은 물구나무를 서면 구름이 발에 닿는 곳에서 왔다고 했다. 나는 그들이 기껏해야 이 동네와 비슷한 곳에 살다가 갈 곳이 없어 여기까지 흘러들어 왔다는 걸 안다. 콩밥만 잔뜩 든 도시락. 나는 짐짓 모르는 척하고 그들에게 그곳에 가고 싶다고 맞장구친다. 그러면 그들의 이야기는 길어지기 마련이다. 그사이 한상경이 막사에 들어가서 그들의 소지품을 훔친다.

한상경은 내가 아는 어른들 중 가장 착하다. 다른 어른들과 다르게 내 질문에 귀찮아하지 않고 대답해준다. 얼마 전에는 동물원으로 가는 길도 알려주었다. 알고 보니 동물원은 야영장 뒤편에 나 있는 오솔길을 따라가면 쉽게 갈 수 있었다. 내가 이 길을 대체 어떻게 알았냐고 묻자 한상경은 영문을 모르겠다는 표정을 지었다. 나는 여기가 비밀에 둘러싸인 원자력 발전소나 이슬람 사원이 아니냐고 물었다.

무슨 소리야? 여긴 외삼촌이 짓다 만 펜션인데.

한상경이 시큰둥하게 말했다. 한상경은 야영장 부근이 모두 외삼촌 땅이라고 했다. 한상경의 외삼촌은 이곳이 관광지로 개발될 거라는 소문을 듣고 빚을 내 펜션을 짓기 시작했다. 그러던 중 규제에 걸리는 바람에 빚만 잔뜩 진 채 펜션을 포기한 것이었다. 그는 그곳이 바로 「홍학이 된 사나이」의 배경이 되는 곳이라며 신이 나서 구경을 시켜주겠다고 나섰다.

동물원으로 가는 길은 한적했다. 길도 편해서 암소도 충분히 다닐 수 있을 거 같았다. 아무리 둘러봐도 너무 평범해서 특별히 묘사할 게 없었다. 나는 그토록 가고 싶어 하던 곳에 이처럼 쉽게 갈 수 있다는 것 때문에 약간 허무해졌다. 동물원이 기껏해야 한상경이 쓴 소설의 배경이라는 것도.

동물원은 볼품없었다. 멀리서 보이던 둥근 지붕과 화려한 기둥들은 가까이서 보니 조악하기 짝이 없었다. 더군다나 그 용도를 알 수 없는 모양과 장식물들 때문에 동물원은 뭐라고 불러도 상관없을 만큼 애매해 보였다. 왜 좀처럼 보기 힘든 이슬람 사원이나 원자력 발전소라는 헛소문이 퍼졌는지 대충 이해가 갔다.

동물원은 4층이었고 스물네 개의 방이 있었다. 침대 하나, 옷장 하나, 텔레비전 하나, 욕실 하나. 이게 끝이었다. 다른 방들도 똑같았다. 머리는 뱀이고 몸은 얼룩말인 동물이 사는 데다가 그 동물들이 짝짓기를 할 때마다 비바람이 불기에는 너무 현실적인 공간이었다. 현실은 나보다 더 상상력이 부족한 거 같았다. 내 마음도 모르고 한상경은 소설의 영감을 얻기 위해 여기에서 몇 날 며칠 밤을 지새운 적도 있다고 떠벌렸다. 무슨 소릴 하는 거야. 여긴 그냥 짓다 만 건물일 뿐인데. 나는 갑자기 짜증이 치솟아서 암소에게 화풀이를 했다.

그날 이후 나는 동물원에 자주 드나들었다. 내 마음대로 방을 옮겨 다니고 어지르며 놀아도 아무도 뭐라고 하지 않았다. 동물원에 머무는 시간은 점차 늘어났고, 며칠씩 자고 오기도 했다. 그곳에 익숙해지자 언제부턴가는 머릿속에 저절로 한상경의 소설이 떠오르기 시작했다. DB와 남자가 사는 공간 속에 내가 있다고 생각하자 야릇한 느낌이 들었다. 그 이후 신기하게도 침대에 혼자 누워 있으면 별의별 생각이 다 들었다. 암소에게 말을 걸지 않아도 머릿속에서 여러 가지 질문과 대답이 오갔다. 자고 일어나면 아침이 되는 것도, 배가 부르고 고픈 것도, 자위를 하면 정액이 나오는 것도 모두 신기하게 느껴졌다. 내가 잠든 사이 누가 옆에 누웠다 사라진 거 같기도 했다. 무언가 전과 다르게 몸이 작동하는 거 같았다. 모든 게 동물원 탓으로 느껴졌다. 동물원이 나를 흡수해 완전히 다른 생명체로 만들어버린 거 같았다. 도시락 속에서 온갖 반찬들이 뒤섞이는 기분이랄까. 한상경이 왜 낮에는 오솔길처럼 좁아지고 밤에는 바다처럼 광활해진다고 표현했는지 짐작할 수 있었다. 그 무렵 한상경은 내게 부쩍 키가 자랐다고 말했다.

언제부턴가 야영장에도 사람이 들끓기 시작했다. 인부들이 야영장으로 누나들을 불러들인 것이다. 한상경이 특별히 한 건 없었다. 돈을 받고 공간을 제공해준 것뿐이었다.

예쁘고 날씬한 누나들은 인기가 많다. 나이 먹은 남자들도, 젊은 남자들도 누나들을 좋아한다. 동네 사람들도, 새로 온 사람들도, 우리나라 사람들도, 외국인들도 누나들을 좋아한다. 시내에서도, 야영장에서도 누나들은 남자들에게 둘러싸여 있다. 아무에게도 말하지 않았지만 나도 누나들이 좋다.

누나들은 남자들을 좋아하지 않았다. 지긋지긋하다고 말했다. 남자들은 나한테도 지긋지긋하게 굴었다. 야영장에 온 남자들은 나를 얕잡아 보고 괴롭혔다. 자신이 강하다는 걸 누나들에게 보여주기 위해서였다.

넌 왜 여기 있지?

왜 이렇게 키가 작지?

너도 여자랑 자고 싶지?

내가 일부러 심드렁한 표정을 짓고 있으면 그들은 이런 질문들을 하며 시비를 걸었다. 그중에서도 제일 귀찮은 놈은 유리인지 뭔지 하는 외국인이었다. 유리는 사장 아저씨와 엇비슷한 나이였고, 거구의 백인이었다. 그의 거대한 몸집을 보고 있으면 무지막지하게 눌러 채운 도시락이 떠올라 숨이 막힐 지경이었다.

알렉세이 유리비치. 편하게 유리라고 불러.

그가 서툰 한국어로 자신을 소개한 뒤 손을 내밀었다. 내가 무시하자 거대한 손이 내 손을 억지로 꽉 쥐었다. 나는 위압감에 고개를 끄덕일 수밖에 없었다. 햄버거 속의 눌린 패티가 된 기분이었다.

이제 너를 소개해야지.

그가 말했다. 나는 아예 고개를 돌려버렸다. 그가 내 멱살을 움켜잡았다. 옆에서 누나가 그의 팔짱을 끼며 어린애한테 그러지 말고 어서 들어가자고 했다. 누나가 보는 앞에서 질 수 없다는 생각이 들었다. 나는 그의 눈을 똑바로 바라보면서 용건이 뭐냐고 물었다. 그가 멱살을 풀고 낄낄댔다. 나는 있는 힘을 다해 그를 노려봤다. 유리는 내 어깨를 툭툭 치며 너를 보면 나약했던 내 어린 시절이 생각난다고 했다. 자신이 러시아에서 왔으며 젊은 시절에는 잘 나가는 아이스하키 선수였다는 말도 했다. 빌어먹을 자본주의 때문에 이렇게 됐다고 열을 올리기도 했다. 푸틴이니, 크림 반도니 한참 동안 알아듣지 못할 이야기도 떠들어댔다.

지금은 여기까지 흘러들어 저 자본주의의 쓰레기를 만들고 있을 뿐이야.

그가 백화점을 가리키며 말했다. 내게 어떤 반응을 바라는 걸까. 나는 암소에게 도움을 요청했다. 다행히 유리는 다음에 또 이야기하자며 누나와 함께 막사로 들어갔다. 막사 안에서 누나의 비명이 들렸다. 나중에 누나에게 넌지시 물어보니 그가 너무 크고 무거워서 그렇다고 대답했다. 누나는 유리 때문에 많이 놀랐냐며 백화점을 짓는 일이 너무 힘들어서 괜히 짜증을 부리는 거라고 오히려 나를 위로해주었다. 그날 목욕을 하다가 보잘것없이 작은 내 성기를 내려다봤다. 누나의 몸에 들어가고 있는 유리의 거대한 성기가 머릿속에 둥둥 떠다녔다.

유리는 올 때마다 나를 귀찮게 했다. 자신의 인생에 대한 모든 것을 이야기할 요량인지 꼭 말을 붙였다. 대학에 재학 중이던 스물두 살 때 하키 퍽에 정강이를 맞은 이후 인생이 꼬였다느니, 전공을 바꿔 철학을 공부해보려고 했지만 철학은 이미 죽은 학문이 된 지 오래였다느니 하는 슬픈 이야기들 말이다. 그 뒤에는 어김없이 자본주의 운운하는 이야기들이 이어졌다. 대체 왜 내게 자기 이야기를 하는지, 왜 내게 동질감을 느꼈는지 이해할 수 없었다. 나쁜

만 아니라 다른 남자들과 누나들도 유리를 상대하길 꺼렸다. 한상경도 그가 나타나면 책 한 권을 들고 어디론가 사라졌다. 나 역시 그가 오면 암소와 함께 황급히 동물원으로 도망쳤다.

그러던 어느 날이었다. 이른 저녁, 유리가 술에 취해 야영장에 올라왔다. 한상경은 유리를 보곤 또 슬쩍 사라졌다. 유리는 누나 두 명을 양쪽에 낀 채 난동을 부렸다. 울부짖는 누나들을 넘어뜨리고 걷어차기도 했다. 유리는 말릴 틈도 없이 누나들을 질질 끌고 막사로 들어갔다. 개구리가 든 도시락. 불량식품으로 가득 찬 도시락. 누나들이 훌쩍이며 막사에서 나올 때까지 나는 그 자리에 선 채 자책만 하고 있었다. 밤이 깊어지도록 유리는 술에 취해 막사에서 자고 있었다. 한상경이 나타난 건 그때였다. 한상경의 손에는 석유통이 들려 있었다. 한상경은 유리가 잠들어 있는 막사 주변에 석유를 뿌리기 시작했고 주저 없이 불을 지폈다. 불이 활활 타올랐다. 얼마 지나지 않아 유리가 알몸으로 막사에서 뛰쳐나왔다. 한주먹거리도 안 되는 게. 내가 할 수 있는 건 암소에게 속삭이는 것뿐이었다. 그 뒤로 유리는 한동안 야영장에 올라오지 않았다.

나는 누나들을 괴롭히는 남자들과 다르다. 친절하고 상냥하다. 항상 누나들을 배려하기 위해 노력한다. 누나들도 이런 나를 좋아한다. 과자를 사 먹으라고 용돈도 주고 머리도 쓰다듬어준다. 누나들은 엄마가 되길 원하지만 무슨 이유에선지 엄마가 되는 걸 포기하거나 엄마가 될 수 없는 사람들 같다. 나도 누나들이 내 엄마가 되는 걸 원하지 않는다. 나는 누나들과 동물원의 푹신푹신한 침대 위에서 알몸으로 뒹굴고 싶다.

네 이름은 뭐니?

누나들은 내가 야영장에서 어슬렁거리고 있으면 이렇게 물었다. 귀엽다며 볼을 잡아당기기도 했다. 나는 암소의 뒷좌석을 손으로 두드리며 원하는 곳이면 어디든지 데려갈 수 있다고 말했다. 누나들은 배시시 웃기만 할 뿐 암소에 올라타지 않았다. 나는 암소만 있으면 못 가는 데가 없다고 말했다. 그들은 내 머리를 쓰다듬고는 나를 스쳐 지나갔다.

누나들 중에서도 나는 제이니가 좋다. 제이니는 내 이상형이다. 가슴이 크고 다리가 예쁘다. 고향에 있는 동생이 생각난다며 나에게 다정하게 대해준다. 내 꿈은 제이니와 한번 자보는 것이다. 땅콩 잼으로 만든 도시락. 새콤달콤한 사탕이 가득 든 도시락. 알록달록한 꽃들로 장식한 도시락. 아니야, 아무리 생각해도 도시락처럼 값싼 건 제이니와 어울리지 않아. 나는 암소에게 중얼거렸다.

한상경은 제이니를 좋아하는 남자들에게 돈을 받았다. 가끔씩 내게 그 돈을 용돈으로 주기도 했다. 이 돈이 한상경이 주는 건지, 제이니가 주는 건지, 제이니를 좋아하는 남자들이 주는 건지 헷갈릴 때가 많았다. 언젠가 나도 그 돈을 모아 한상경에게 주고 제이니와 잘 것이다.

제이니는 한상경을 좋아한다. 한상경도 제이니를 좋아하는 눈치다. 둘이 매일 밤 같은 막사에서 자기 때문이다. 그 정도는 나도 안다. 내가 이야기해주었기 때문에 암소도 알고 있다.

밤이 되면 제이니는 지친 표정으로 한상경의 막사에 들어갔다. 나도 야영장을 돌아다니다가 은근슬쩍 그 막사로 기어들었다. 막사 안에는 책이 아무렇게나 널브러져 있었고, 한상경은 책 사이에 파묻혀 글을 쓰고 있었다. 제이니는 누워서 그 모습을 물끄러미 바라보고 있었다. 나는 제이니 곁으로 파고들었다. 제이니는 팔베개를 해주며 나를 부드럽게 어루만져주었다. 제이니의 살결에서 딸기 아이스크림 냄새가 났다.

바로 지금이 종말 전야라면 뭘 할 거야?

매일 밤 잠이 들 무렵 제이니는 이런 질문들을 한상경에게 던졌다. 전쟁이 벌어진다면? 우주에서 거대한 암석이 떨어진다면? 비행기가 이곳에 추락한다면? 영화에서 본 괴물이 이곳을 부순다면?

글쎄, 지금처럼 글을 쓰고 있겠지.

어디에서?

아마 여기에서.

그럼 나는?

그때도 너는 내 곁에 누워 있고, 이렇게 이상한 질문을 하겠지. 잠시 후에 나는 네 옆에 누울 거고, 함께 잠이 들 거야.

그제야 제이니는 질문을 멈추고 평온한 표정으로 눈을 감았다. 언젠가 제이니에게 그런 질문을 하는 이유를 물어본 적이 있었다. 제이니는 정확한 이유는 잘 모르겠지만 한상경에게 어떤 상황에서도 자기 곁에 있을 거라는 답을 들어야만 안심하고 잠들 수 있다고 했다. 나는 왠지 공감이 됐다. 한상경이 사라지면 제이니는 외로워질 것이고, 암소가 사라진다면 난 심심해질 것이다. 제이니가 사라진다면 난 죽어버릴 것이다.

대체 저 사람이 어디가 좋아? 소설을 쓴답시고 이 산골에 틀어박혀 매일 엉뚱한 생각만 하는데.

두 사람의 대화가 끝난 뒤 나는 제이니의 귀에 대고 조그맣게 말했다. 제이니는 한상경과 있으면 이 지긋지긋한 세상과 동떨어진 느낌을 받아서 좋다고 했다.

왜 소설을 쓰는 거지? 영화가 훨씬 재밌는데.

괜히 질투가 나서 투덜거렸다. 제이니는 그런 내가 귀여운지 볼을 잡아당겼다. 저 보잘것없는 놈을 왜 좋아하는 거지. 나도 소설이나 써볼까. 머릿속에 떠오르는 생각을 그냥 끄적이면 되는 거잖아. 암소에게 속삭였다.

나는 그들이 잠들기를 기다렸다가 제이니의 옷 속에 손을 넣고 말랑말랑한 가슴을 만졌다.

제이니, 나랑 같이 여기를 떠날래?

제이니의 입술을 매만지며 속삭이기도 했다. 알래스카도, 아르헨티나도, 탄자니아도 갈 수 있다고 했다. 제이니는 곤히 잠들어 있었다. 나는 제이니 옆에 누워 눈을 감고 머릿속으로 소설을 쓰기 시작했다. 암소와 함께 세상에서 가장 넓은 사막을 횡단하는 남자의 이야기였다. 그 남자는 겁쟁이도 아니고 고아도 아니고 외톨이도 아니다. 단지 사랑에 빠져 무모한 모험을 시작했을 뿐이다.

그건 그렇고 나는 특별한 능력을 하나 갖게 됐다. 선천적인 것도 아니고 후천적인 것도 아니다. 내가 원한 것도 아니다.

그날 나는 공사장 부근에 생긴 유료 주차장 관리실로 도시락 배달을 가고 있었다. 풀숲 한가운데서 머리를 맞댄 채 수군거리고 있는 내 또래 아이들이 보였다. 아이들 머리 위로 동물원이 보였다. 동물원으로 가는 길을 찾고 있는 거 같았다. 나는 동물원으로 가는 길도 알고 있었고, 동물원이 이슬람 사원이나 원자력 발전소가 아니라 짓다 만 펜션에 불과하다는 것도 알고 있었고, 동물원에 누워 있으면 도시락 속에서 반찬이 뒤섞이는 기분이 든다는 것도 알고 있었다. 쟤들이 나를 따돌리는 건 내가 똑똑하기 때문이야. 나는 암소에게 이렇게 중얼거리며 아이들을 놀리기 위해 풀숲으로 다가가고 있었다. 그때 아이들이 소리를 지르면서 내가 있는 곳으로 달려왔다. 나는 깜짝 놀라 그 자리에 멈춰 섰다. 아이들은 나를 지나쳐 시내 방향으로 사라졌다.

아이들이 있던 곳에는 시체 하나가 누워 있었다. 다가가 보니 벌거벗은 여자였다. 옷가지는 풀숲에 흩어져 있었다. 자세히 살펴보니 내 머리를 자주 쓰다듬어주던 누나였다. 나는 주위를 살핀 뒤 DB를 쫓는 형사가 하던 대로 그 누나의 가슴도 만져보고 숨소리도 들어봤다. 금방 숨을 거뒀는지 살결은 아직 따뜻했지만 심장도 뛰지 않았고 숨도 쉬지 않았다. 아무리 누나의 몸을 만져도 반응이 없어서 금세 재미가 없어졌다. 그제야 누나의 몸 여기저기 나 있는 상처와 핏방울과 목이 졸린 자국이 눈에 들어왔다. 사장 아저씨의 돈을 빼돌리거나 야영장에 온 사람들의 소지품을 훔칠 때보다 더 떨렸다. 예쁘고 착한 누나들도 이렇게 끔찍하게 죽는다는 게 무서웠다. 불현듯 한상경의 소설이 현실을 있는 그대로 담아내는 도시락 같다는 생각이 들었다.

유리와 마주친 건 누나에게 옷을 덮어준 뒤 옆에 앉아 숨을 돌리고 있을 때였다. 유리는 맞은편 풀숲에서 걸어 나오고 있었다. 일이 고단했는지 지쳐 보였고 넋이 나간 표정이었다. 옷에는 여기저기 피가 튀어 있었다. 그는 평소와 달리 나를 보고 깜짝 놀라며 어딘가로 황급히 사라졌다.

저기 시체가 있어요.

나는 돌아가는 길에 경찰에게 말했다. 그 뒤 나는 경찰에게 이리저리 끌려다녔다. 나는 경찰에게서 벗어날 방법을 궁리하다가 사건 현장에서 알렉세이 유리비치와 마주쳤다고 말했다.

문제는 그 뒤였다. 경찰들은 무슨 일이 벌어질 때마다 나를 찾았다. 나는 칭찬받는 게 좋았다. 난생처음 칭찬을 받아봤기 때문이다. 그래서 시체가 있을 만한 후미진 곳을 찾아다녔다. 동네 구석구석을 잘 아는 암소의 도움을 받아 강둑과 논밭은 물론, 기사식당 지붕과 공중화장실까지 샅샅이 뒤졌지만 시체는커녕 병든 강아지나 본드 부는 애들조차 보이지 않았다.

어이, 오늘은 또 어디서 무슨 일이 벌어질 거 같아?

한동안 경찰들은 내 뒷덜미를 잡아채며 묻곤 했다. 잘 모른다고 하자 그들은 나를 쫓아다니며 괴롭혔다. 나는 칭찬은 곧 질책으로 바뀐다는 사실을 깨달았다. 칭찬을 받기 위해서 누나들을 때리거나 죽일 수는 없는 노릇이었다. 시간이 조금 흐르자 경찰도 나를 골리는 게 지겨워졌는지 더는 귀찮게 하지 않았다. 그리고 곧 특별한 능력을 빼앗아 가버렸다.

며칠 동안 나는 자유를 누렸다. 나는 신이 나서 암소를 몰고 여기저기 쏘다녔다. 돈을 모아 제이니에게 머리핀을 사줬더니 뽀뽀도 해줬다. 무려 10층이 넘는 백화점도 거의 다 지어져서 우람한 몸집을 뽐내고 있었다. 동네 여기저기에 도시에서 온 멋진 사람들이 드나들었다. 세상에서 가장 맛있는 도시락을 먹는 기분이었다.

그 무렵이었다. 생전 처음 듣는 곳에서 주문이 왔다. 가정집도 아니었고 공사장도 아니었다. 아저씨가 종이에 적어준 데로 가보니 다 부서져가는 오두막이 나왔다. 상한 도시락을 받아 든 것처럼 불길한 예감이 들었다.

예감은 정확했다. 문을 두드리자 그 안에서 유리가 나온 것이다. 유리는 다짜고짜 내게 총을 겨눴다.

콜트 45. 1970년산 반자동 권총. 모스크바 아르바트 거리에서 목돈을 주고 구했어. 나보다 10년은 더 살았지. 너한테는 할아버지뻘일 거야.

유리가 말했다. 영화에서나 봤던 총이 눈앞에 보이자 겁에 질려 목소리가 나오지 않았다.

구경이나 해볼래?

그가 선뜻 총을 건넸다. 내가 주저하자 그는 내 손에 총을 쥐여 주었다. 나는 얼떨결에 총을 받아 들었다. 콜트인지 뭔지 하는 총은 낡았지만 꽤나 묵직했다. 그는 내 손을 끌어당겨 총구를 자신의 이마 한가운데 얹어놓았다.

한번 당겨봐.

그가 말했다. 유리의 목소리에는 요구를 거부하지 못하게 만드는 힘이 서려 있었다. 나는 방아쇠에 손가락을 넣었다. 유리는 방아쇠를 당겨보라고 재촉했다. 나는 눈을 꽉 감고 방아쇠를 당겼다. 그러나 총성이 아니라 웃음소리가 들렸다. 나는 살며시 눈을 떴다. 유리는 죽지 않고 내 앞에 서 있었다. 그의 이마에는 동그란 총구 자국이 남아 있었다. 그가 탄창을 빼놨다며 낄낄댔다.

네 엄마는 어디 있지?

유리가 총을 도로 빼앗은 뒤 웃음기를 거두고 물었다. 나는 대답하지 않았다. 유리가 내 뺨을 때렸다. 눈물이 저절로 흘러내렸다. 유리가 같은 질문을 반복했다. 나는 고개를 내저으며 대답하지 않았다. 유리가 내 뺨을 또 때렸다. 나는 엄마가 창녀이며 당신 같은 외국인과 놀아나다가 거대한 성기를 견디다 못해 죽었다고 악을 썼다.

그 짐승 같은 놈은 불을 무서워했지.

내가 쏘아붙였다. 그는 미간을 찌푸렸다. 나는 대체 내게 왜 그러냐고 물었다. 그는 러시아나 여기나 역시 아이들은 좋게 말하면 기어오른다면서 너 때문에 경찰에 쫓기는 신세가 됐다고 했다. 나는 아무 말도 하지 못했다. 유리는 욕설을 내뱉으며 나를 벽으로 몰아세웠다. 어느 순간 등이 벽에 닿았다. 더 이상 물러설 때가 없었다. 유리는 너 때문에 이제 여기에서마저 쫓겨나게 생겼다며 험상궂은 얼굴을 드밀었다.

그날 밤 유리는 나를 데리고 야산으로 올라갔다. 나는 땅에 반쯤 묻혔다.

너에게 가장 소중한 건 뭐야?

유리가 가까이 다가오며 물었다. 몸부림을 쳤지만 땅속에 있는 몸은 움직이지 않았다. 곧 유리의 푸른 눈이 내 눈에 드리워졌다.

이 고물 오토바이?

유리가 바닥에 나뒹굴고 있는 암소를 발로 툭툭 찼다. 그리고 품에서 총을 꺼내 암소를 긁기 시작했다. 암소와 총이 맞닿으며 소름 돋는 소리가 났다. 암소가 고통스럽게 울부짖는 거 같아 나는 눈을 질끈 감고 고개를 저었다.

그럼 뭐지?

그가 히죽대며 되물었다. 나는 머리를 굴렸다. 그가 암소를 발로 밀어 쓰러뜨렸다. 온몸이 떨렸다.

내가 무서워서 말 못하는 거지? 오줌이라도 쌌어?

유리가 히죽거렸다. 나는 약이 올랐다.

다시 물을게. 너에게 가장 소중한 건 뭐야?

제이니.

내가 조그맣게 중얼거렸다.

누구?

제이니.

나는 눈을 꼭 감고 큰 목소리로 대답했다. 유리는 제이니가 누구냐고 물었다. 나는 눈을 감은 채 내가 사랑하는 사람이며 이 동네에서 제일 예쁜 여자라고 했다. 유리는 한동안 아무 말도 하지 않았다. 얼마 뒤 그가 내 쪽으로 다가오는 소리가 들렸다. 나는 슬며시 눈을 떴다. 그가 씩 웃으며 탄창에 총알을 넣기 시작했다.

소중한 건 없어지기 마련이야.

유리가 이렇게 말한 뒤 탄창을 집어 넣고 총을 장전했다. 그리고 한 번만 더 까불면 제이니가 죽을지도 모른다고 덧붙였다.

걱정 마. 당장은 슬퍼도 시간이 흐르면 잊어버리기 마련이지. 하키 스틱 대신 이 고물 총이 내 손에 들려 있어도 아무렇지 않은 것처럼 말이야.

유리가 차디찬 총을 내 뺨에 들이대며 속삭였다. 나는 동이 트고 나서야 땅속에서 벗어나 마을로 내려왔다. 그리고 경찰에게 유리의 집을 찾았다고 말했다. 그 뒤 유리는 자취를 완전히 감춰버렸다.

한동안 장마가 계속됐다. 비가 그친 뒤엔 선선한 바람이 불어왔다. 어느새 여름 하늘은 사라지고 없었다. 생각보다 슬프지 않았다. 계절이 바뀌고 있었다.

유리가 돌아올까봐 그렇게까지 두려워할 필요는 없었다. 사실 암소만 있으면 이 동네를 벗어나는 건 너무 쉬웠다. 예전처럼 다른 곳으로 도망가면 그만이었다. 몇 번 시도한 적도 있었다. 그러나 떠나지 못했다. 멀리까지 나갔다가 다시 되돌아오기를 반복했다. 제이니가 마음에 계속 걸렸다. 무책임하게 제이니를 두고 갈 수는 없었다. 같이 떠나자고 해봤지만 제이니는 예전처럼 내 머리를 쓰다듬을 뿐 말이 없었다. 유리가 찾아오면 어떻게 하지. 제이니가 죽으면 어떻게 하지. 나는 너무 겁이 나서 이 사실을 아무에게도 말하지 못한 채 진종일 암소에게 넋두리만 하고 있었다.

불안해서 잠이 오지 않는 날에는 한상경의 책을 빌려 읽었다. 읽다 보니 재미있었다. 소설에 빠져든 시간에는 유리를 잊을 수 있었다. 평생 읽을 책을 다 읽은 것 같았다. 그렇다고 한상경처럼 직접 소설을 쓰고 싶다는 생각은 들지 않았다. 딱히 얻은 것도 없었다. 배운 거라곤 여자의 젖가슴을 유방이라고 한다는 것뿐이었다.

그로부터 열흘 후였다. 유리가 야영장에 찾아왔다. 유리는 낡은 배낭을 메고 있었다. 옷이 흙투성이인 걸 보니 어딘가를 떠돌다 온 모양이었다. 유리는 내게 오랜만이라며 손을 들어 인사를 건넸다. 나는 가슴이 덜컹했다. 도시락을 엎어서 반찬이 다 쏟아진 기분이었다. 유리는 한상경에게 여자를 불러달라고 했다. 한상경이 원하는 여자가 있냐고 물었다.

제이니.

유리가 단호하게 말했다. 내가 고개를 저었지만 한상경은 잠시 뜸을 들였다. 유리는 허리춤에서 총을 꺼내 한상경에게 보여줬다. 그리고 하늘을 향해 방아쇠를 당겼다. 건물을 부수는 것처럼 큰 소리가 들렸다. 나는 비명을 지르며 귀를 막았다. 한상경은 체념한 표정으로 어딘가로 전화해 제이니를 불렀다.

얼마 지나지 않아 제이니가 올라왔다. 유리는 제이니와 어깨동무를 했다. 제이니는 유리의 무게에 짓눌려 고통스러운 표정을 지었다. 유리는 거친 손으로 제이니의 유방을 만졌다.

왜 또 불을 지펴보시지? 불타오르는 막사에서 우리 둘이 즐겨볼 테니까.

유리가 나를 보고 씩 웃더니 막사 안으로 들어갔다. 제이니의 비명이 들렸다.

왜 제이니를 줬어?

내 질문에 한상경은 아무 대답도 하지 않았다. 그는 소설에서만 거침없이 사람을 난도질할 뿐 현실에서는 애인도 간수하지 못하는 겁쟁이에 불과했다. 먹다 버린 도시락. 화가 나서 던져버린 도시락. 물에 젖은 도시락. 나는 암소에게 한상경의 험담을 했다.

다음 날도, 그다음 날도 유리는 제이니를 찾았다. 제이니의 비명도 날이 갈수록 커졌다. 어느 날은 유리가 막사에서 나간 뒤 제이니가 울부짖었다. 유리가 성기에 이상한 걸 집어넣었다는 것이었다. 제이니는 손에 든 것을 한상경에게 던졌다. 한상경의 발치에 대여섯 개의 동전이 떨어졌다. 내 발밑으로도 몇 개 굴러왔다. 러시아 동전이었다. 모두 내 탓이야. 제이니를 사랑한다고 했기 때문이야. 그날 밤 나는 마음이 진정될 때까지 암소와 함께 동네를 맴돌았다. 야영장으로 돌아왔을 때, 한상경은 모든 막사에 구멍을 뚫고 있었다.

다음 날도 유리는 야영장에 올라와서 제이니와 막사에 들어갔다. 어김없이 제이니가 울기 시작했다. 한상경은 막사에 뚫어놓은 구멍으로 다가갔다. 내게도 손짓했다. 나는 한상경을 따라갔다. 나도 간신히 들어갈 만한 크기의 구경이었다. 구멍을 통해 안을 들여다보니 유리가 제이니 위에 올라가 있었다. 제이니는 육중한 유리의 몸을 견디기 힘든지 낑낑대고 있었다. 한상경은 내게 총이 어디 있는지 확인해보라고 속삭였다. 나는 막사 안을 살폈다. 총은 바닥에 나뒹굴고 있었다. 한상경은 내게 고갯짓했다. 나는 구멍으로 몸을 구겨 넣어서 총을 향해 기어갔다. 유리는 제이니에게 정신이 팔려 있어서 나를 보지 못했다. 나는 총을 손에 넣었다. 그리고 재빠르게 구멍을 빠져나와 한상경에게 총을 건넸다. 한상경은 잠시 숨을 고르며 기회를 노렸다. 그때 유리가 제이니에게서 떨어져 나왔다. 유리는 흩어진 옷가지에서 동전을 꺼내 제이니의 몸에 넣으려고 했다. 제이니는 비명을 지르며 유리를 뿌리쳤다. 유리가 불같이 화를 내며 제이니의 목을 조르기 시작했다. 제이니는 고통스러운 신음을 내질렀다. 그때 총성이 울렸다. 나는 총성이 사라질 때까지 고개를 땅에 박고 있었다. 고개를 들자 한상경이 총을 든 채 부르르 떨고 있었다. 그가 DB처럼 유리의 피로 목욕이라도 할까봐 두려웠다.

정신을 차리고 보니 동물원이었다. 나는 침대에 누워 있었다. 제이니는 내 옆에 누워 있었다. 제이니와 단둘이 자고 싶다는 소원은 이루어졌지만 제이니는 정상이 아니었다. 내 손엔 한상경이 건넨 총이 꼭 쥐여 있었다. 한상경이 실신한 제이니와 그 자리에 주저앉은 나를 이곳까지 데려다주고 유리의 시체를 처리하기 위해 다시 야영장으로 간 게 기억났다. 내가 무섭다고 울자 유리의 총을 손에 쥐여줬던 것도.

나는 머리맡에 총을 두고 제이니를 살폈다. 같이 자지 않아도 되니 깨어나기만 해달라고 중얼거렸다. 제이니의 온몸을 주물렀다. 그러나 제이니는 깨어나지 않았다. 나는 그녀의 코에 귀를 붙이고 작은 숨소리를 듣고서야 눈을 감을 수 있었다. 그날 나는 수만 개의 도시락들에게 쫓기는 악몽을 꿨다. 도시락은 뚜껑을 벌리고 있었고, 나는 수도 없이 잡아먹혔다.

잠에서 깬 건 새벽녘이었다. 제이니는 옆에 없었다. 나는 벌떡 일어나 제이니를 찾아 두리번거렸다.

이제 일어났어?

그때 제이니의 목소리가 들렸다. 제이니는 침대 맞은편 소파에 웅크리고 앉아 있었다. 그녀의 얼굴은 창백했고 입술은 매말라 있었다. 손에는 총이 들려 있었다. 나는 그녀에게 언제 일어났냐고 물었다. 그녀는 방금 일어났다고 했다. 이곳이 어디인지 몰라 두려웠는데 너를 보고 조금 안심했다고도 했다. 나는 기분이 약간 좋아졌다.

다친 데는 없어?

내가 물었다. 제이니는 고개를 끄덕거리며 총으로 손바닥을 툭툭 두드렸다.

잠시 뒤면 우리 둘 다 처참하게 죽게 될 운명이야. 아무도 이 공간에 들어오지 못하고 너와 나 단둘이 그 시간을 기다려야 해. 그리고 우리에겐 이 총이 있지. 근데 총알은 딱 하나밖에 없어. 너라면 어떻게 할 거야?

갑작스러운 질문이 나를 혼란스럽게 만들었다. 마지막으로 제이니와 섹스를 하고 싶다고 할까. 아니, 총 이야기를 한 걸 보면 다른 대답을 원하는 걸까. 제이니가 고통스럽지 않도록 먼저 죽여줘야 할까. 아니, 도저히 제이니를 죽일 수 없을 거 같아. 제이니를 죽인 뒤 벌벌 떨며 고통스러운 죽음을 기다리는 열네 살짜리 애송이가 머릿속에 그려졌다. 나는 머리를 뒤흔들었다. 내가 먼저 죽으면 어떨까.

어떻게 할 거야?

제이니가 채근했다. 한상경이라면 제이니의 질문에 뭐라고 대답했을까. 나는 암소에게 중얼거렸다.

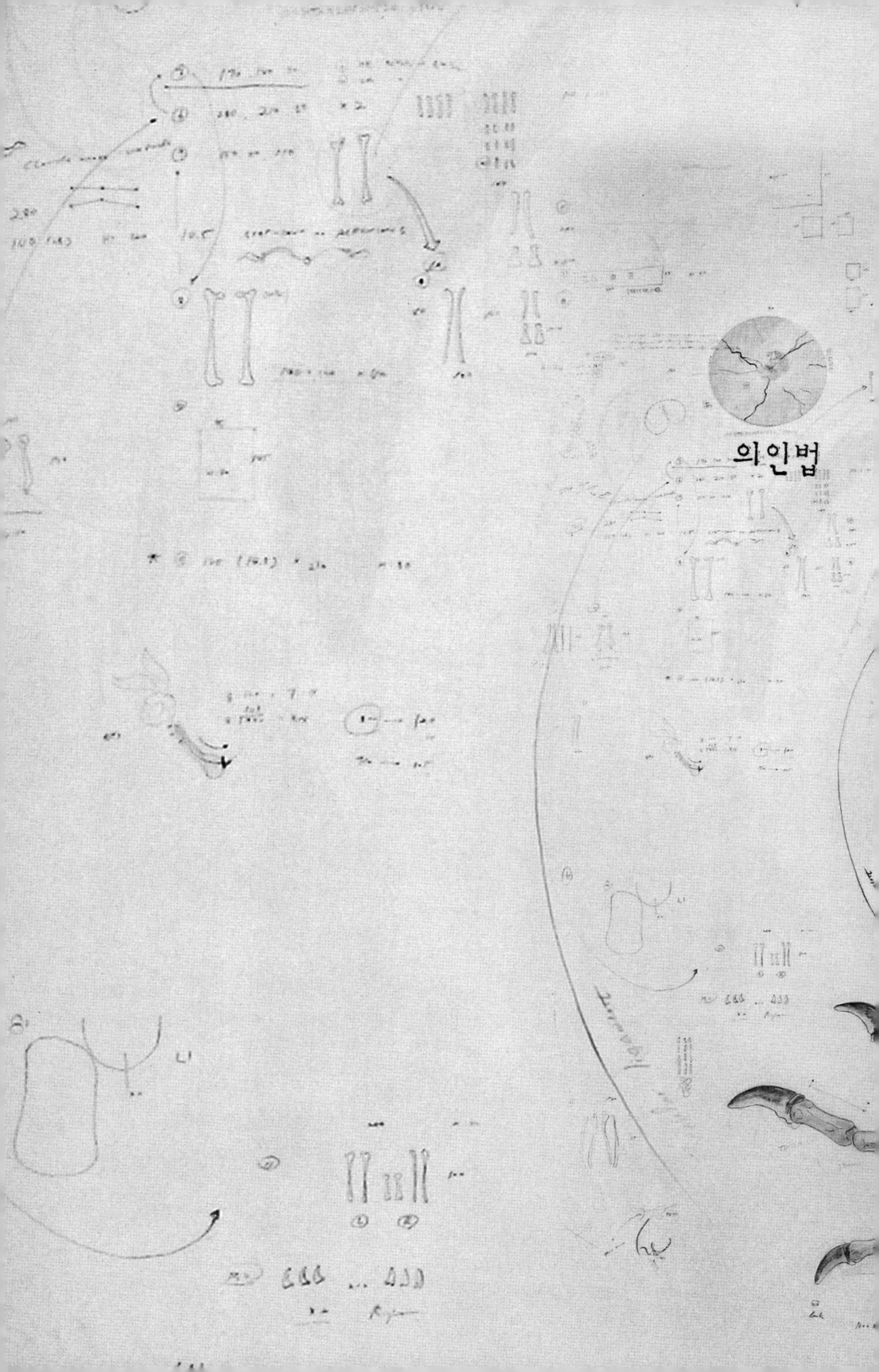

의인법

1994년 3월, 소설가 찰스 부코스키가 죽었다. 나는 당시 열 살이었고, 아는 소설이라곤 『삼국지』와 『셜록 홈즈』뿐이었다. 하물며 나중에 소설을 쓰게 될 거라는 사실은 짐작하지도 못했다. 왜 대학생 때 소설가가 되고 싶어졌는지, 왜 지금 찰스 부코스키의 죽음 따위를 소설의 서두에 언급하게 됐는지 잘 모르겠다. 내가 이 세상에 태어나 여태까지 살아온 것처럼 말이다.

애쓰지 마라.

잘 알려진 대로 부코스키의 묘비에는 짧은 문장 하나가 적혀 있다. 맞는 말이다. 독일 안더나흐에서 태어나 부모를 따라 미국으로 이주한 것도, 평생을 노동자로 창고와 공장을 전전하다가 우연히 취직한 우체국에서 12년 동안 일한 것도, 한 출판사에서 전업작가

제의를 받고 몇몇 작품을 쓴 뒤 백혈병에 걸려 죽은 것도, 어쩌면 소설을 쓴 것도 그의 의지가 아니다. 자신의 작품이 걸작으로 추앙받으며 지금까지 읽히고 있는 것도 마찬가지로 그의 의지가 아니다. 그의 묘비에 적혀 있는 대로 애써서 될 일은 하나도 없다.

병신들, 내 책을 읽으며 시간 낭비를 하느니 호모하고 빠구리를 뜨는 게 훨씬 나을걸.

부코스키는 저승에서 추종자들을 비웃고 있을지도 모른다.

글이 쓰기 싫어진 건 지난해부터였다. 지난해 나는 서른이 됐다. 처음에는 소설이 쓰기 싫어진 게 감소하고 있는 남성호르몬과 연관이 있는 줄 알았다. 1년 전에 찍은 사진을 보기 전까지는 말이다. 예전에도 지금도 나는 60킬로그램이 채 나가지 않는 나약한 남자였다.

곰곰이 따져보니 이 무기력함은 지난해 여름부터 내 몸속으로 흘러들었다. 「홍학이 된 사나이」라는 단편을 쓴 뒤였다. 몇몇 단편을 더 발표했고 책으로 출간도 됐지만 좀처럼 나와는 상관없는 일로만 느껴졌다. 사람이 홍학이 된다는 게 말이 되나. 간단히 말하면 뭐 이런 심정이랄까.

내가 무기력해진 근본적인 이유는 직장 탓도, 금연 탓도, 정권 탓도 아니었다. 은행 빚도 파산 직전의 부모님 때문도 아니었다. 무시했던 소설들이 인정받는 것도, 얕잡아 마지않던 작가들이 승승장구하는 것도 아니었다.

그럼 뭐가 문제인데?

그런데 아무도 이렇게 묻지 않았다. 아무에게도 털어놓지 않았기 때문이다. 나는 고백에 익숙한 사람이 아니었다. 하는 수 없이 혼자 생각했다. 결론은 쉽게 나오지 않았다. 확신을 갖고 할 수 있는 건 오직 소설을 쓰지 않는 것뿐이었다.

생각을 거듭하다가 내 소설이 궁극적으로는 한 가지 방향으로 향하고 있다는 것도 깨달았다. 말이 나온 김에 내 머릿속에 대해 간단히 설명하겠다. 내 머릿속은 단순하다.

사냥꾼-벗긴다-사랑을 나눈다

대나무-벗긴다-비빈다

키워드는 섹스이다.

건물-벗긴다-삽입한다

나는 이렇게 초현실적 소설도 상상한다. 간혹 내가 어린 시절 발정 난 암캐에게 따먹힌 적이 있고 그로 인해 트라우마라도 생겼나 의심해본다.

그래, 어쩌면 내 의지와 상관없이 무의식이 지시하는 방향을 향해 써지는 소설들이 꼴 보기 싫었던 걸지도 모른다. 「유리」도 그런 소설 중 하나였다.

「유리」는 선량한 강간범이 쓴 소설이다

동료 소설가 중 하나가 「유리」를 본 뒤 트위터에 이런 문장을 남겼다. 나는 암캐의 노리개뿐만 아니라 강간범까지 돼버렸다.

나는 강간범이 아니야. 소설을 제대로 읽었다면 내가 물구나무를 선 채 강간을 당하는 사람에 가깝다는 걸 알게 될 거야.

다음에 그를 만났을 때 말해주었다. 그는 고개를 갸우뚱했다.

강간을 당하는 건 그렇다 치더라도…… 물구나무를 서다니…… 그게 대체 무슨 말인데?

그가 되물었다. 나는 말을 한 번에 알아듣지 못하는 그가 답답했고, 그의 얼굴에 주먹을 꽂는 상상을 했다. 그는 피투성이가 된 채 물구나무를 서느라 낑낑거리고 있었다. 상상은 그것으로 끝이었다. 사실 나도 내 말이 무슨 뜻인지 잘 이해되지 않았기 때문이었다. 내 소설은 항상 이런 식이었다. 그러고 보니 독자들이 내 소설에 시큰둥한 반응을 보이는 것도 어느 정도 이해할 수 있었다.

우리가 만난 곳은 상수동의 어느 카페였다. 3월이었나 4월이었나 어쨌든 로베르토 볼라뇨의 『2666』이 출간될 무렵의 봄날이었고, 우리가 모여 있는 테라스는 너무 따뜻했다. 후장사실주의라는 모임이었다. 『야만스러운 탐정들』에 나오는 내장사실주의를 패러디한 것이었다. 볼라뇨 전집 편집자, 소설가 셋, 펜싱 선수처럼 생긴 소설가 지망생이 모인 자리였다. 애 딸린 서평가도 있었지만 뭐가 그리 바쁜지 오지 않았다. 나로서는 그나마 다행이었다.

우리가 모인 건 한상경을 송별해주기 위해서였다. 한상경은 그 자리에서 원양어선을 타고 5년 동안 전 세계를 떠돌기로 결심했다고 했다. 열흘 뒤 인천에서 출발하는 배를 탈 거라는 것이었다. 우리는 왜 갑자기 그런 결정을 내렸냐고 물었다. 한상경은 소설을 계속 쓰기 위해서라고 말했다. 볼라뇨가 그랬듯이 말이다. 나는 볼라뇨에 흥미를 잃은 지 오래였기 때문에 그의 말이 따분했다. 그리고 그에게 빌려준 책들을 영원히 돌려받지 못할까봐 약간 겁이 났다.

나는 안다. 소설은 인정받지 못했고 빚은 늘어만 갔기 때문에 이제 갈 곳이라곤 거장의 길이 아니면 죽음의 망망대해밖에 없다는 것을. 내가 볼 때 한상경은 거장의 길을 걸어갈 재목이 아니었다.

이 나라에는 더 이상 문학이라 부를 만한 게 없단 말이야.

그는 자신이 떠나야겠다고 결심한 결정적인 이유에 대해 설명하고 있었다. 역사에 길이 남을 소설을 쓰기 위해 견문을 넓힌다는 것이었다. 나는 그가 내 소설과 이 자리에 모인 사람들이 쓴 글들을 문학으로 여기지 않는다는 것을 깨달았다. 한상경은 배를 타고 남미를 거쳐 아프리카와 유럽을 차례로 순항할 계획이라고 말했다. 흑인과 백인과 인디언 처녀와 성관계를 맺으며 문학적 재능을 타국에 뿌리고 온다나. 그의 혼혈 자녀들이 천재적인 작가가 돼 전 세계에 자신을 근간으로 한 명작들을 쏟아낼 거라나. 나는 불현듯 강제로 세상에 태어날 한상경의 자녀들이 가여워졌다. 만약 태어난다면 작가가 아니라 야구 선수나 정치인이 됐으면 좋겠다는 생각도 했다. 생각을 많이 할 필요가 없는 직업들 말이다. 나는 곧이어 한상경의 터무니없는 이야기에 동화된 것에 고개를 저었다. 그의 소설도 항상 이런 식이었다.

나는 한상경과 대충 인사를 나눈 뒤 탈출에 성공했다. 그날 이후 다시는 그들을 보지 않았다.

작가에게 가장 나쁜 일은 다른 작가와 알고 지내는 것이고, 그보다 나쁜 일은 다른 작가 여러 명과 알고 지내는 것이다. 같은 똥 덩어리에 몰려드는 파리 떼처럼.

찰스 부코스키가 『여자들』에 이런 구절을 쓴 이유를 조금은 알 거 같았다.

당시 나는 국문학과 대학원을 졸업한 뒤 생계를 해결하기 위해 자그마한 홍보대행사에 다니고 있었다. 소설을 쓴다니까 문화적 소양이 풍부하고 창의력이 우수할 것 같다는 이유로 고용된 것이었다. 그러나 김동인과 김유정은 기업의 홍보에 아무런 영향도 끼치지 못했다.

나는 햄버거 프랜차이즈 회사의 홍보를 맡고 있었다. 하는 일이라고는 포털 사이트에 하루 종일 그 회사의 뉴스를 검색하는 것뿐이었다. 나는 하루에 두 번 뉴스를 모아 팀장에게 보고했다. 팀장은 그 뉴스를 정리해 햄버거 회사에 보고했다. 그걸로 끝이었다. 팀장은 좋은 뉴스면 좋아했고, 나쁜 뉴스면 한숨을 쉬었다. 나도 어느 순간부터 좋은 뉴스면 기분이 좋아졌고, 나쁜 뉴스면 우울해졌다. 어쩔 때는 팀장과 내가 그 뉴스 때문에 존재하는 거 같았다.

직장에 다니는 동안 나는 무언가를 검색하는 꿈을 자주 꾸었다. 하루는 꿈속에서 내 이름을 검색한 적도 있었다. 거대한 토끼와 내가 섹스를 하는 동영상이 흘러나왔다. 토끼가 날카로운 발톱을 세운 채 짚 더미에 누워 있는 내게 달려들었다. 나는 나체였고, 열에 들뜬 표정이었다. 끔찍한 건 토끼가 길쭉한 성기를 달고 있는 수놈이었다는 것이다.

일을 하고 남는 시간에는 몰래 책을 읽거나 빈 종이에 글을 썼다.

나는 열네 살이다. 학교는 다니지 않고 자그마한 동네에서 도시락을 배달한다. 이름은 몰라도 된다. 부모는 없다. 좋아하는 건 파란색. 싫어하는 건 집게벌레. 파란색 집게벌레는 아직 본 적이 없어서 잘 모르겠다.

지난해 봄 발표한 「열네 살」이라는 소설의 첫 대목이다. 이 소설도 회사에서 몰래 쓴 것이었다.

소설이 쓰기 싫어지고 난 뒤로는 떠오르는 생각을 방치하기가 겁나 낙서처럼 적어둘 뿐이었다. 예전과 달리 그 생각의 파편들은 더 이상 이어지지 않았다. 이어지게 할 방도가 생각나지 않았다. 아래는 당시 남긴 메모 중 하나다. 이걸 보면 내가 무슨 말을 하는지 알 것이다.

피아니스트

45

보라색

수영장은 없다

직장을 다니기 시작한 뒤 피부병도 생겼다. 양 볼에 붉고 진물이 나는 두드러기가 돋아난 것이었다. 잠을 열 시간 이상 자고 세수도 틈날 때마다 해봤지만 사라지지 않았다. 돌이켜보면 월급값을 해야 한다는 강박관념과 규칙적인 생활 때문이었던 거 같다.

나는 사람들을 피해 다녔다. 그들이 내 피부 따위에 신경도 쓰지 않는다는 걸 알고 있었지만, 피부병을 들키는 게 왠지 지지부진한 내 인생과 소설에 대해 이야기하는 것 같아 영 내키지 않았다.

그 무렵 내가 연락을 하는 건 한상경이 유일했다. 일정대로라면 한상경은 배를 타고 태평양에 떠 있어야 했지만 무슨 영문인지 일주일에 한 번꼴로 전화를 해댔다.

바닷물을 마시다 보니 흑인이 돼버렸어.

그가 말했다.

고슴도치처럼 생긴 생선을 날로 먹었는데 꼬리가 돋아나기 시작했어.

그가 일주일 뒤에 말했다.

여긴 엘도라도. 황금과 여자가 가득해.

그가 2주일 뒤에 말했다.

다섯 명과 섹스를 했어. 그중 하나는 고양이었고, 넷은 돌고래였어.

그가 3주일 뒤에 말했다.

머리 뚜껑을 열고 화초를 가꾸기 시작했어.

그가 한 달 뒤에 말했다. 그는 매번 얼토당토않은 말을 늘어놓다가 이 경험들을 쓰기만 한다면 걸작이 탄생할 거라는 말을 덧붙이곤 했다. 원양어선은 무슨…… 글이 잘 안 써져서 몸부림치다가 지쳐 전화했겠지. 나는 그가 떠나지 않았다는 것을 직감했지만 무슨 사정이 있겠거니 하며 굳이 캐묻진 않았다. 설혹 그의 이야기들이 사실이라도 상관없었다. 솔직히 말하자면 나는 한상경에게 별로 관심이 없었다.

소설은 잘 쓰고 있어?

한상경은 전화를 끊기 전에 항상 이렇게 물었다. 내가 대답을 하려는 사이 그는 전화를 끊어버렸다.

그사이 피부병은 점차 심각해졌다. 나는 병원에 갔다. 의사는 내 얼굴에 곰팡이가 피었다고 했다.

사람 얼굴에도 곰팡이가 피는 게 가능한가요?

내가 물었다.

그럼요, 사람도 좋은 숙주지요.

의사가 대수롭지 않게 대답했다. 문득 내가 아메바로 변할지도 모른다는 생각이 들었다. 공포가 몰려왔다. 곰팡이와 아메바가 아무 관련이 없다는 사실을 곧바로 깨달았지만 말이다. 요새도 가끔

아메바로 변하는 상상을 하면 소름이 돋는다. 언젠가 한상경이 공포가 없다면 인간은 소설을 쓰지 않았을 거라고 말한 적이 있었다. 듣고 보니 그럴듯한 말이라 아직까지 기억한다. 어쨌든 진료는 5분만에 끝났다.

곰팡이가 피었네요.

진료비를 낼 때 간호사가 까르르 웃으며 말했다. 관점에 따라 예쁘다면 예쁘고 평범하다면 평범하고 못생겼다면 못생긴 여자였다. 나는 그녀가 나를 비웃는 거 같아 약이 올랐다. 그녀는 자신도 곰팡이가 난 적이 있다면서 곰팡이는 생각보다 흔한 피부병이라고 했다. 나는 어디에 곰팡이가 피었었냐고 물었다. 그녀는 부끄러운 듯한 표정으로 말해줄 수 없는 은밀한 부위라고 했다. 나는 어느 순간부터 그녀에게 동질감을 느끼고 있었다. 그 뒤 이 세상 모든 사람들의 몸에 곰팡이가 핀 상상을 했고, 그들이 스스로 아메바라는 망상에 빠져 허우적대는 장면을 떠올렸다. 나도 모르게 웃음이 터져 나왔다. 텔레파시라도 통했는지 내 앞에 있는 아메바도 웃기 시작했다. 그녀의 이름은 미지였다.

한상경을 다시 만난 건 미지와 막 사귀기 시작했을 무렵이었다. 송별회를 한 지 반년이 흐른 뒤였다. 그는 꼭 해야 할 이야기가 있다며 회사 근처의 카페로 잠깐 나오라고 했다. 나는 언제 귀국했냐고 물었지만 이미 전화는 끊어진 뒤였다.

여긴 낙원이야. 100명의 선원들이 번갈아가며 펠라치오를 해주고 있지.

어제까지 저 멀리 남미 대륙이 희미하게 보인다며 이렇게 지껄였던 터였다.

나는 반신반의하며 약속 장소로 향했다. 그러나 한상경은 자리에 없었다. 나는 그럼 그렇지 하는 심정으로 자리를 잡고 앉았다. 창밖으로는 거센 바람이 불고 있었다. 가로수들이 바람결에 이리저리 흔들렸고, 여자들은 옷매무새를 단단히 잡은 채 위태롭게 거리를 걷고 있었다. 그때 젊은 여자의 치마가 뒤집어졌다. 거리를 걷던 남자들의 시선이 모두 그녀에게 쏠렸다. 되는 일은 마음먹지 않은 일밖에 없구나. 그녀의 속옷과 맨다리를 본 남자들이 이렇게 말하는 거 같았다.

한상경이 앞에 앉은 건 그 무렵이었다. 머리는 단정했고 깔끔한 양복 차림이었다. 외항 선원이라기보다 영업 사원 같았다.

설마 벌써 걸작을 완성해 온 건 아니겠지?

내가 비아냥댔다. 한상경은 진지한 표정을 짓더니 대답 대신 바지 주머니를 뒤적거리기 시작했다. 그는 곧 권총 한 자루를 꺼내 들었다. 총신이 매끈했고 골동품처럼 손때가 타 있었다. 한상경은 갑자기 권총을 내게 겨누었다. 나는 비명을 지르며 고개를 숙였다. 한상경이 낄낄대며 웃기 시작했다. 나는 그제야 고개를 들었다.

웬 총이야?

내가 물었다. 한상경은 이건 총이 아니라고 했다.

그럼 뭔데?

내가 황당해하며 물었다.

생식기.

뭐라고?

나는 깜짝 놀라 가랑이를 쓰다듬어봤다. 그대로였다.

아니, 내 성기 말이야.

그가 아무렇지도 않은 표정으로 말했다. 능력도 안 되는데 걸작을 쓰려고 욕심을 부리다가 드디어 미친 거 같았다.

구경이나 해볼래?

한상경이 총을 건넸다. 나는 얼떨결에 총을 받아 들었다. 꽤나 묵직했다. 좀 더 만져보니 물컹물컹한 게 총신 밑에 혈액이라도 흐르는 거 같았다. 발기하듯 점점 커지는 느낌도 들었다. 나는 한상경의 광기가 전염이라도 될까봐 섬뜩해져서 총을 얼른 건네주었다. 그는 총을 조심스럽게 받아 들었다. 나는 이 자리를 얼른 피하고 싶어서 하고 싶은 말이 뭐냐고 물었다. 한상경은 기다렸다는 듯이 흑인으로 변하고 있다느니, 꼬리가 생겼다느니, 돌고래와 성관계를 가졌다느니 예전에 했던 이야기를 반복하기 시작했다. 이야기 끝에는 자신의 경험담을 담아내기에는 소설이 너무 작게만 느껴진다고 투덜거렸다. 나는 그래서 결론이 뭐냐고 물었다. 그는 시나리오를 쓸 생각이라고 했다. 인간이 멸망을 향해 달려갈수록 이미지만 남고 언어는 사라질 거라며 시나리오는 문학이 선택할 수 있는 마지막 양식이라는 것이었다. 나는 문학이야말로 인간의 사유를 담을 수 있는 마지막 저지선이라고 반박했다. 한상경은 그게 네 한계라고 말했다. 한계를 잘 알면서 한계를 극복하려고 하지 않는 것 말이다. 나는 더 이상 할 말이 없어져 자리에서 일어났다. 한상경이 다급하게 나를 붙잡아 다시 앉혔다.

외계인이야.

그가 말했다.

외계인이라니 그게 갑자기 무슨 말이야?

외계인이라고.

그가 내 귀에 입을 붙이고 중얼거렸다. 나는 그의 말을 외계인이 나오는 시나리오를 쓴다는 것으로 해석했다.

외계인은 너무 흔한 소재라 외계인들이 나뒹구는 포르노가 아니라면 보려고도 하지 않을걸?

내가 비아냥댔다.

그게 아니라 칠레에 다다랐을 때 내가 바로 외계인이라는 사실을 깨달았어. 이게 그 증거 중 하나지.

그가 성기를, 아니, 총을 툭툭 치며 말했다. 나는 제임스 조이스가 코카인에 취해 쓴 소설을 읽는다면 이런 느낌일 거라고 생각했다. 내가 할 수 있는 거라곤 한동안 멍하니 앉아 있는 것뿐이었다.

누가 날 쫓고 있어. 외계인을 잡으려는 자들이야.

그가 이렇게 외치며 갑자기 자리에서 일어나 두리번거렸다. 눈을 번뜩이며 여기저기 총을 겨누는 게 무척 흥분한 것처럼 보였다. 나는 주위를 살폈다. 다행이도 카페에는 우리뿐이었다. 놀라운 광경이 눈에 들어온 건 그때였다. 잠깐 사이 한상경의 권총은 눈에 띄게 부풀어 오르고 빳빳해져 있었다. 총구에서는 뿌연 액체가 뚝뚝 떨어지고 있었다. 내가 멀거니 그 광경을 바라보는 동안 한상경은 호들갑을 떨며 카페를 벗어났다. 나는 탁자에 떨어진 뿌연 액체를 만져봤다. 정액처럼 끈적끈적했다.

창밖으로는 바람을 뚫고 어디론가 급히 가고 있는 한상경이 보였다. 한상경은 치마를 가리느라 정신없는 여자들을 지나쳐 사라졌다. 나는 의자에 몸을 파묻었다. 내 성기가 여자들의 알몸을 훑는 바람으로 변했으면 좋겠다는 생각이 스쳐 지나갔다.

외계인은 있다. 일부 사람들은 이렇게 주장한다. 9 · 11 테러가 외계인이 지구에게 보내는 경고라느니, 재스민혁명이 외계인들이 지구를 혼란에 빠뜨리기 위해 벌인 교란작전이라느니 하면서 말이다.

외계인은 없다. 어떤 사람들은 또 이렇게 주장한다. 그들은 테러가 외계인들의 경고라는 건 증권사가 퍼뜨린 헛소문이고, 혁명이 외계인들의 교란이라는 건 신자유주의자들의 잠꼬대라고 말한다.

나는 외계인의 존재가 궁금하지 않다. 어차피 알 길이 없다. 내게 외계인은 생명이 아니라 사물이다. 석가모니나 예수나 무함마드와 마찬가지다. 그들은 돌이고 책이고 컵이다.

외계인의 성기는 몇 개인가?

외계인과 지구인은 교배가 가능한가?

그래도 누군가 칼을 겨누고 묻기라도 한다면 궁금한 걸 두 가지는 꼽을 수 있다.

외계인의 소행이다

북한이 핵 실험을 할 때마다 누군가는 이렇게 말하기도 한다. 한국전쟁을 그들이 일으켰나? 빨갱이를 그들이 만들었나? 그렇게 따지면 끝이 없다.

외계인의 존재 여부를 판단하는 방법은 딱 하나다. 인류를 멸망시켜보는 것이다. 인류가 사라진 뒤에도 누군가 존재한다면 그건 외계인이다. 그러나 우리는 지구에서 사라지므로 그 사실을 영원히 알 수 없다.

글쎄, 어딘가에 있지 않을까?

외계인에 대해 물었을 때, 사람들은 대부분 이렇게 답한다. 그들은 삶을 살아가는 동안 한 번쯤 외계인이나 UFO 비슷한 것을 봤을 것이다. 한 번쯤은 텔레비전에서 흘러나오는 외계인 특집 다큐멘터리와 SF 영화에 넋이 나간 경험이 있을 것이다.

어이, 아가씨, 나랑 한번 할래?

글쎄, 찰스 부코스키 그 인간이 외계인을 만난다면 이렇게 말하지 않을까.

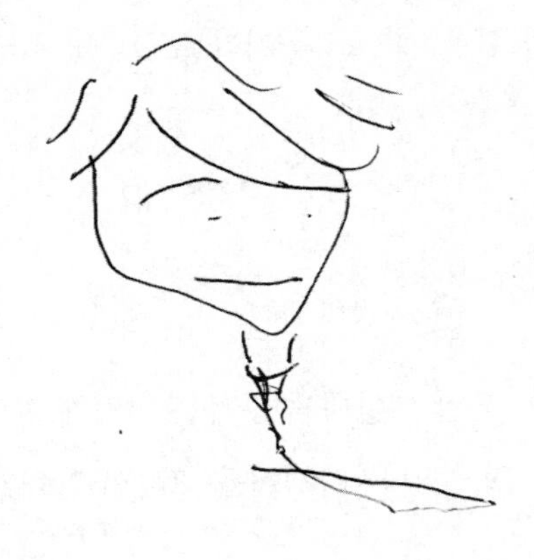

· 이름 : DD

· 생식기 : 5개, 평균 75cm, 발기하면 두 배로 커짐, 다이아몬드보다 단단함, 자유자재로 총으로 변함

· 정액 : 곰팡이와 비슷한 성분, 유사시 총에서 발사됨, 정액 총알을 맞으면 즉시 미라처럼 건조됨

· 복제 능력이 뛰어나 모든 언어 사용 가능

언제부턴가 한상경은 하루에도 몇 번씩 전화를 걸어 외계인 이야기를 해댔다. 언젠가는 외계인과 섹스도 했다고 했다. 총으로 변한 성기를 이용해서 말이다. 상대는 오르가슴을 느끼다가 죽어버렸다. 한상경이 흥분을 참지 못해 방아쇠를 누른 것이다. 나는 그의 헛소리를 참다못해 나는 너와 달리 인간과 성관계를 맺는 평범한 사람이니 제발 가만히 내버려두라고 소리쳤다. 나의 교미 상대는 미지였다. 얼굴에 핀 곰팡이는 사라졌지만 미지와 나는 계속 만났다.

따지자면 미지는 외계인의 존재를 믿는 쪽이었다. 그렇다고 외계인에 대해 큰 흥미를 보이지는 않았다.

당신이 바로 외계인이야!

미지는 섹스를 할 때만 외계인을 찾았다. 내가 소설가라는 사실에도 처음에만 얼마간 관심을 보였을 뿐이었다. 시간이 흘러 서로에게 익숙해지자 미지는 나라는 인간 자체에 별 관심이 없는 것처럼 행동했다. 나는 그녀를 위해 언제든 뛰어갈 준비가 돼 있었지만 그녀는 필요할 때만 나를 찾았다. 되짚어보면 그 무렵 나 역시 그녀가 내게 빨리 질리기를 은근히 바랐던 것 같다.

한상경에게 전염이라도 된 듯 당시 내 머릿속에는 외계인밖에 없었다. 그러나 미지가 외계인 이야기에 지겨워하는 기색을 보인 뒤로는 주로 그녀의 이야기를 듣는 편이었다. 나는 그녀의 모든 이야기를 들었다. 흘려듣거나 다른 생각을 한 적도 있었지만 그래도 이 정도면 그녀를 이해하기 위해 노력했다고 생각한다. 어느 순간부터 그녀는 내가 말이 없는 걸 문제 삼았다.

당신은 왜 다른 이야기는 하지 않지? 당신이 관심 있는 거라곤 외계인하고 그 정신 나간 친구뿐이야. 나는 당신이 살인과 강간을 일삼는 소설을 쓴다는 것밖에 몰라. 한때 얼굴에 더러운 곰팡이가 핀 것하고.

그녀가 다그쳤다. 나는 그 뒤 입을 아예 다물어버렸다. 다음 날도, 그다음 날도, 그녀는 나를 질책했다. 나는 더는 참을 수가 없어서 부모의 섹스 때문에 강제로 이 세상에 태어난 이상 내가 나라는 것도 내 의도가 아니며 때문에 나 역시 나에 대해 확신할 수 있는 게 아무것도 없는데 대체 무슨 이야기를 하라는 거냐고 따졌다. 그녀는 무슨 소리를 하는지 모르겠다며 제발 자신을 재미있게 해달라고 울며불며 소리를 질렀다. 나는 어쩔 줄을 몰라 가만히 있었다. 솔직히 나도 내가 무슨 생각으로 그 말을 했는지 잘 몰랐다. 그녀는 이토록 재미없는 사람은 처음 봤다며 내가 좋은 소설가가 되기는 글렀다고 했다. 나는 달리 할 말이 없어서 충고로 받아들이겠다고 말했다. 미지는 유명한 작가가 되긴 글렀으니 좋은 인간이나 되라고 말했다. 나는 짜증이 나 좋은 인간이 될 바에야 아메바가 되는 편이 나을 거라고 대답했다.

당신이야말로 외계인이 분명해. 도무지 대화가 통하지 않는단 말이야. 아니, 차라리 진짜 외계인하고 사귀는 게 낫겠어. 외계인의 성기는 당신과 비교도 안 되게 단단하고 아무리 섹스를 해도 종이 달라 임신도 되지 않는다며.

그녀가 쏘아붙였다. 나는 그때 정액 총알에 감염돼 미라가 된 미지를 떠올렸던 거 같다.

그녀의 상태는 날이 갈수록 심각해졌다. 언젠가 그녀는 내가 소설에 자신의 이야기를 쓸 게 겁이 난다고 했다. 쓰지 않는다고 했지만 막무가내였다. 신경쇠약증에 걸린 창녀라는 소문이 날 게 분명하다는 것이었다. 나는 그녀에게 시달리다 못해 화가 치솟아서 네가 어린 시절 사촌 동생과 첫 경험을 한 걸 들어도 사람들은 금세 시들해질 거라고 했다.

네가 그때 외계인이라도 잉태했으면 모를까.

나는 분이 풀리지 않아 이렇게 빈정거렸다.

한동안 그녀는 나를 만나주지 않았다. 나는 오히려 평온을 되찾았다. 그로부터 일주일 뒤였다. 그녀가 나를 집으로 불렀다. 현관은 열려 있었고, 그녀의 방은 어두웠다. 나는 그녀의 이름을 불렀다. 그러나 아무도 없는 듯 조용했다. 어둠에 눈이 익숙해지자 침대에 걸터앉아 있는 그녀가 보였다. 나는 다시 그녀를 불렀다. 그제야 그녀는 여기 앉으라고 했다. 나는 그녀의 옆에 앉았다. 잠시 동안 우리는 아무 말도 없었다.

당신은 어디에서 온 거지?

그녀가 물었다. 술 냄새가 났다. 나는 무슨 말이냐고 되물었다. 그때 그녀의 손에 작은 단도가 들려 있는 게 눈에 들어왔다. 그 뒤 우리가 무슨 말을 나눴는지는 기억이 나지 않는다. 연거푸 어디서 온 거냐고 묻는 그녀의 목소리만 또렷이 떠오른다. 정신을 차리고 보니 내 팔목은 피투성이었다.

며칠 뒤 출근하는 길이었다. 회사에 도착해서 지하철에서 내리고 있을 때 미지에게 전화가 왔다. 미지는 태연한 목소리로 그동안 잘 지냈냐고 물었다. 나는 여전하다며 지금도 변함없이 출근하는 길이라고 했다. 그녀 역시 전과 다름없이 출근하는 길이라고 말했다.

그런데 왜 나를 죽이려고 했어?

내가 물었다. 그녀는 무슨 소리냐고 되물었다. 나는 술에 취해 칼로 나를 찌르려고 했던 게 기억나지 않느냐고 물었다. 그녀는 외계인에게 감염돼 머리가 어떻게 된 거 아니냐고 했다. 나는 붕대를 감은 팔목을 보며 화를 삭이다가 그건 그렇고 전화는 왜 했냐고 물었다. 미지는 에스컬레이터를 타고 지하철역 밖으로 나가는 중인데 삶에 하염없이 끌려가는 기분이라 우울하다고 했다. 너라면 그 해결책을 알 것 같아서 연락했다고 덧붙였다. 나는 네가 끌려가는 건 진짜라고, 에스컬레이터가 삶이 아니라 네 몸뚱이를 지상으로 끄집어내는 거라고, 그 유사성을 인지하지 못했기 때문에 단순하게 감정적으로 격양된 거라고 말했다. 미지는 이제 자신이 왜 나를 찌르려고 했는지 기억난다고 했다.

나는 전화를 끊은 뒤 에스컬레이터에 올라탔다. 죽음의 망망대해를 향해 가는 기분이었다.

한상경이 이메일로 시나리오를 보내온 건 팔목의 상처가 완전히 아문 뒤였다.

#52. 선상/밤

컴컴한 밤바다.

으스스한 바람 소리, 파도 소리.

어둠 속에 위태롭게 떠다니는 원양어선.

빈 배인 듯 인기척이 없다.

선상 한구석에 놓여 있는 낡은 신발 두 켤레.

그 옆엔 수십 개의 절단된 다리들이 나뒹군다.

다리의 절단면에서 피가 콸럭콸럭 흘러나와 피 웅덩이를 만들고 있다.

근처에 톱과 망치 같은 공구들이 보인다.

춤을 추듯 꼼지락거리는 발가락들.

배가 갈라진 채 피 속에서 퍼덕거리는 물고기들.

기관실 문을 열고 피 웅덩이를 향해 기어 오는 선원이 보인다.

목이 두껍고 이목구비가 뚜렷한 서양인이다.

고통스러워 보이기도 하고 약에 취한 듯 몽롱해 보이기도 한다.

그는 다리가 없다.

그때 피 웅덩이에서 구체가 떠오른다.

구체를 하얀 연기가 감싸기 시작한다.

구체는 점점 커지고 사람의 형상을 갖추기 시작한다.

남자는 넋을 놓고 그 광경을 바라보다가 겁에 질린 표정으로 몸을 떤다.

연기가 걷히자 누군가가 보인다.

세 살배기 아기의 얼굴을 한 외계인이 모습을 드러낸다.

외계인 : 나는 얼룩말이다, 나는 너의 영혼이고, 나는 모닥불이다.

외계인의 손엔 뿌연 액체가 뚝뚝 떨어지는 권총이 들려 있다.

총에서 흘러나오는 액체가 피 웅덩이 위에 뚝뚝 떨어진다.

총으로 남자를 겨누는 외계인.

남자는 눈물을 흘리며 뭐라 중얼거리지만 목소리는 나오지 않는다.

외계인, 노래를 부르기 시작한다.

(음악)

물과 땅과 슬픔밖에 없는 지구

양이라고 부르는 것이 있다고 해

불이라는 것도

그런데 이젠 다 사라지고 없다네

노래 중간중간

총소리,

남자의 비명,

여자의 교성,

정체 모를 신음 소리,

나는 곧 직장을 그만두고 소설을 쓰기 시작했다.

· 기형아

· 병력 : 우울증

· 특징 : 파시스트이자 박애주의자, 악인이자 선인, 권력자이자 빈곤층

· 키 : 182cm

· 몸무게 : –19kg

· 나이 : 30세

· 취미 : 드라이브, 서핑보드

· 좋아하는 음식 : 더블 디럭스 버거

· 좋아하는 작가 : 찰스 부코스키

· 좋아하는 영화 : 〈이블데드〉

나는 DD이다. 지구에 온 지 벌써 10년이 흘렀다. DD는 미국의 한 시골 동네에 착륙했고, 1년 반 동안 그곳에 살았다. 현재는 일본 교토의 닭장 같은 임대 아파트에 살고 있다. 교토는 무라카미 하루키가 태어난 곳이다. DD는 그의 소설을 아직 읽지는 못했지만 죽기 전에는 꼭 읽어볼 생각이다.

DD는 미국 친구들이 붙여준 이름이다. 나 DD가 동네 패스트푸드점에서 파는 더블 디럭스 버거를 유난히 좋아했기 때문이었다.

나는 목동 DD이다. 편의점 점원 DD이다. 철물점 직원, 마약 판

매상, 목수, 영업 사원 DD이기도 하다. 지금은 모바일 게임을 개발하는 프로그래머이다. 나는 모든 일을 할 수 있는 DD이다.

DD는 기쁨과 슬픔도 느낄 수 있고 사랑, 분노, 연민, 믿음도 느낄 수 있다. 인간이 지닌 모든 감정을 느낄 수 있다. 불편한 점이 많지만 지구에 온 뒤 저절로 그렇게 돼버렸다.

사랑스러운 나의 친구, DD!

처음에는 DD를 모두 친근하게 불렀다. 평화로운 시간은 얼마 가지 못했다. 시간이 흐르자 여자들은 DD의 마음을 사로잡지 못해 안달이 났다. 다섯 개의 거대한 성기에서 뿜어져 나오는 압도적인 기운 때문이었다. 급기야 여자들은 서로 싸우고 헐뜯기도 했다. DD는 다섯 개의 성기를 이용해 한꺼번에 많은 여자들과 사귀었다. 시간을 쪼개 수십 명의 여자들을 만난 적도 있었다. DD는 지구의 여자들에게 아이를 줄 수는 없지만 쾌락은 얼마든지 선물할 수 있었다. 여자들은 DD에게 더 달려들었다. DD의 생식기 크기가 남다르다는 게 알려지자 포르노 영화를 찍자는 제의가 들어오기도 했다. 남자들은 DD를 질투하고 시샘했다. 음해하고 따돌렸다. DD가 섹스에 넌덜머리가 난 건 당연한 수순이었다. DD는 우울증에 빠졌다. 수없이 손목을 그었고, 성기를 뽑아 관자놀이에 대보기도 했다. 언제부턴가 DD는 불감증에 걸려 아무런 쾌락도 느끼지 못하게 됐다.

요새 DD는 자정이 다 돼서야 퇴근한다. 샤워를 하고 이메일을 확인한다. 급하게 처리해야 할 업무를 마무리한 뒤 우울증 센터에서 받아 온 약을 먹고 침대에 누워 몸을 뒤척인다. 겨우 잠이 들어 꿈을 꾼다. 몇 개월 전부터 어린 시절에 대한 꿈을 많이 꾼다. 우울증 센터에서는 경미한 심리 불안 장애 중 하나라며 걱정하지 않아도 된다고 했다. DD는 안심하고 꿈을 꾼다.

DD의 꿈은 놀랍도록 사실에 가깝다. DD는 타임머신을 타고 과거로 온 것 같은 기분에 사로잡힌다. 외계에서 DD는 외롭게 자랐다. 욕구불만과 인정받지 못하는 데서 오는 외로움이다. 보통 DD와 같은 종의 외계인은 외로움을 느끼지 못한다. 생물학적으로 그렇다. 그들은 남성의 성기 다섯 개, 여성의 성기 다섯 개를 갖고 태어난다. 자웅동체처럼 한몸에 남성과 여성이 모두 있는 것이다. 언제 어디에서나 임신을 할 수 있고 혼자서도 섹스를 하며 쾌락을 느낄 수 있다. 그러나 나 DD는 기형아다. DD는 남성의 성기 다섯 개만을 지닌 채 태어났다.

지구인이다!

학교 친구들은 이렇게 DD를 놀렸다. 나 DD는 외톨이었다. 외계인들은 DD의 외로움을 이해하지 못했다. DD는 자기 자신이 너무나 싫었다. 아무리 자위를 해도 다섯 개의 욕정을 만족시키지 못했다. 친구들은 세 살 때부터 하는 섹스를 스무 살이 넘도록 해보지 못했다.

어린 DD의 소원은 지구에서 사는 것이었다. 지구가 고향처럼 느껴졌다. 지구에 대한 책도 많이 읽었다. 지구에서 만든 영화도 보았다. 책과 영화에 나온 지구인 남성들은 성기가 하나뿐이다. 나

DD는 지구에서 다섯 개의 성기로 서른 명의 아내를 거느리게 될 것이다.

물과 땅과 슬픔밖에 없는 지구
양이라고 부르는 것이 있다고 해
내 이름은 다섯 글자
네 이름도 다섯 글자
메아리, 아편, 민들레, 솔개, 빙하
다정한 친구와 굳게 잠겨 있는 자물쇠
불이라는 것도
너와 그 남자도
그런데 이젠 다 사라지고 없다네

DD의 행성에는 지구에 대한 노래도 있다. DD가 외로울 때 흥얼거렸던 노래다. 나는 글을 쓰다가 막히거나 머리를 식힐 때면 나도 모르게 DD처럼 이 노래를 흥얼거렸다. 문득 한상경의 대리인이라도 된 듯한 생각이 들어서 헛웃음이 비집어 나왔다.

한상경은 난해하기 짝이 없는 시나리오를 남긴 채 연락두절이 되었다. 문학적 성과는 둘째치고 무슨 이야기인지 알 길이 없으니 팔릴 리가 없는 대본이었다. 하도 연락이 없어 전화해보니 어떤 남자가 받았다. 한상경의 목소리였다. 나는 왜 이렇게 연락이 없었냐고 물었다. 수화기 너머의 남자는 자신은 한상경이 아니라고 했다. 나는 그럼 한상경은 어디에 있냐고 물었다. 그는 한상경이 자살했다고 했다. 우울증이 극심해져 목을 맸다는 것이었다. 나는 그럼 도대체 당신은 누구냐고 물었다. 그는 외계인을 뒤쫓는 자 중 하나라고 말했다.

얼마 뒤 소포가 왔다. 포장을 뜯어보니 한상경이 갖고 다니던 권총이 나왔다. 예전과 달리 아주 차가웠다. 자세히 보니 그럴듯하게 만들어낸 모형 총이었다. 소포에는 A4용지 열다섯 장 분량의 단편소설도 들어 있었다. 왕족이자 시인이자 건축가인 이구에 대한 소설이었다. 읽자마자 걸작이라는 생각이 들었다. 한상경은 소설의 말미에 자신이 죽으면 이 작품으로 유고집을 출판해달라고 부탁하는 말을 남겼다.

그 무렵 자살하겠다는 사람이 하나 더 있었다. 바로 미지였다. 미지는 내가 전화를 받자마자 다짜고짜 자살을 하고 싶다고 했다. 나는 오랜만에 전화해서 갑자기 그게 무슨 소리냐며 지금 어디냐고 물었다. 미지는 침대에 누워 텔레비전을 보고 있다고 말했다. 나는 편하게 누워 텔레비전을 보면서 무슨 자살 타령이냐고 물었다. 그러자 그녀는 뜬금없이 텔레비전에 향수 수집가가 나왔다고 했다. 향수 수집가는 유명한 광고 회사를 운영하고 있는 50대 여자였다. 그녀는 고가의 향수 수백 개를 갖고 있었다. 그녀가 모은 향수들은 방 하나를 꽉 채우고도 남았다. 텔레비전에는 향수 수집가의 딸도 나왔다. 미지는 향수 수집가의 딸이 영화배우처럼 예쁘게 생겼다고 했다. 나는 그게 죽고 싶은 거랑 무슨 상관이냐고 물었다. 미지는 자신이 비참해 보인다고 말했다.

그 사장처럼 부자가 아니라서?

아니, 그 사장 딸처럼 아무 일을 하지 않고도 값비싼 향수를 갖고 싶어서.

그녀가 말했다. 나는 텅 빈 방과 책상 위에 켜켜이 쌓여 있는 책들을 둘러봤다. 사장과 미지가 모녀처럼 사이좋게 팔짱을 낀 채 내게 손가락질하는 장면이 떠올랐다. 그 뒤 그녀에게 무슨 말을 했는지 기억나지 않는다. 그녀가 얼마 전 서점에 들렀다가 네가 좋아하는 찰스 부코스키의 소설을 읽었다고 말했던 것부터 기억난다. 나는 그리 좋아하는 작가는 아니라고 말했다. 그녀는 좋아하는 줄 알았다고 했다. 나는 그렇게 생각해도 상관없다며 소설은 어땠냐고 물었다. 그녀는 뜸을 들이다가 잘 모르겠다고 했다. 그리고 그가 아직 살아 있냐고 물었다. 나는 죽었다고 했다. 그녀는 그가 살아 있을 때 너처럼 제정신이 아니었을 것 같다고 했다. 내가 여전하다고 말하자, 그녀는 내 근황을 물었다. 나는 최근에 총을 하나 선물로 받았다고 했다. 그녀는 당신도 여전하다고 했다. 나는 사람의 신체로 만든 총이라고 했다. 그녀가 비웃는 소리가 들렸다. 왠지 힘이 빠졌다. 나는 직장을 그만두고 소설을 쓰고 있다고 했다.

어떤 소설인데?

그녀가 물었다. 어느덧 잠에 취한 목소리였다. 나는 외계인이 나오는 소설이라고 했다.

드디어 쓰네.

그녀가 말했다. 나는 DD에 대해 말해주었다. DD에 대한 모든 이야기를 해주었다. 그러나 그녀는 잠들었는지 대답이 없었다. 나는 전화를 끊었다.

DD.

내가 불렀다. DD는 대답이 없었다.

DD!

내가 소리쳤다.

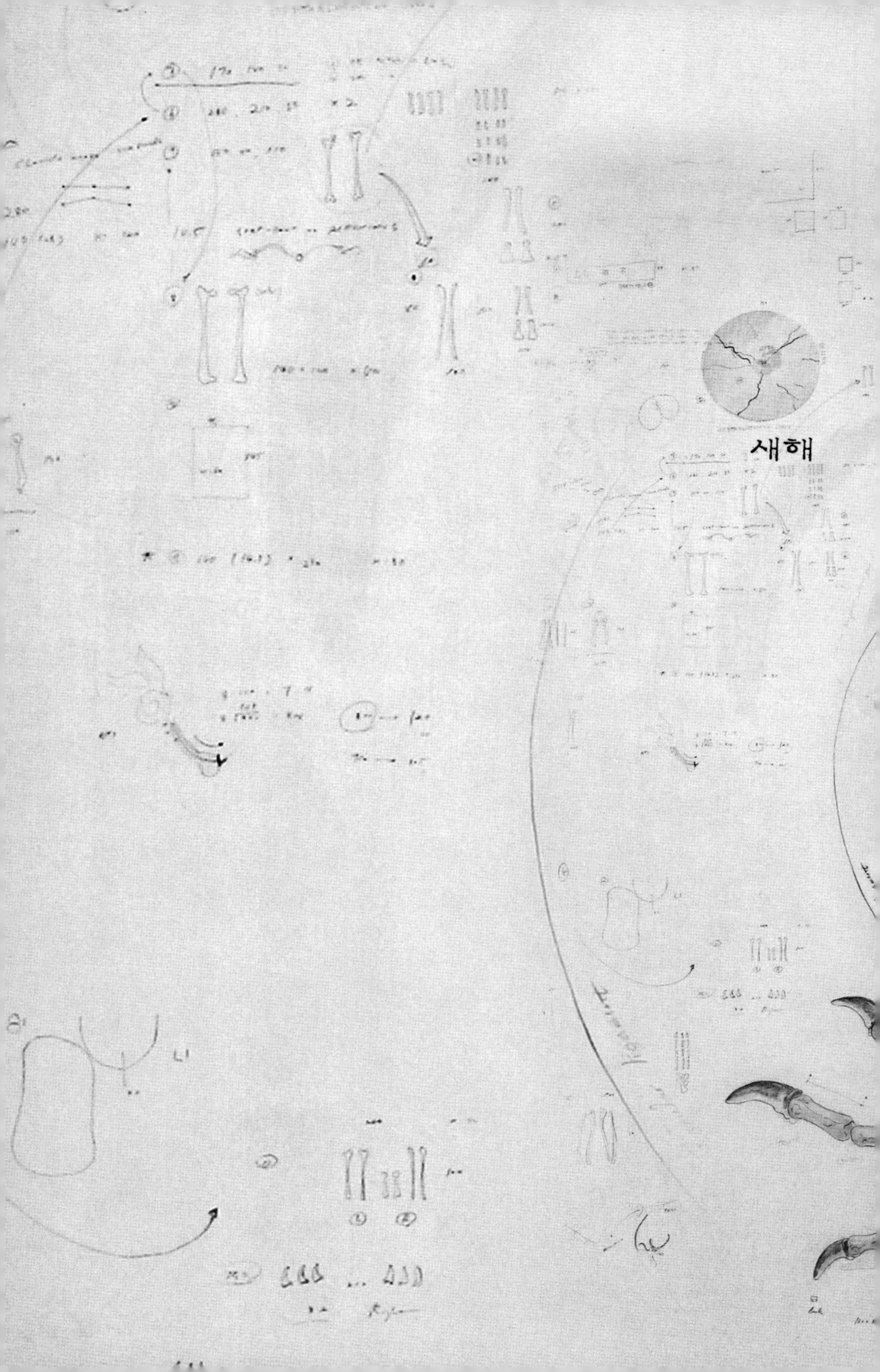
새해

새해가 밝았을 때 내 머릿속에 떠오른 생각은 두 가지다.

코뿔소의 평균수명은 70세다
납치나 해볼까

나는 잠에서 깼을 때 머릿속에 불현듯 스쳐 지나간 이 두 문장에 대해 침대에 누운 채 한동안 생각했다. 별다른 이유 없이 머릿속에 떠오른 문장들이어서 좀처럼 무슨 의미인지 알 수 없었다. 이른 아침 기운이 퍼져 있는 침침한 방과 옆에 누워 곤히 잠든 아내의 차분한 표정은 작년 그대로였기 때문에 나는 금세 현실 세계로 돌아오고 말았다. 새해에 떠오른 생각이 무언가 의미 있을 거란 기분이 들어서 허겁지겁 적어두지 않았다면 금방 잊어버렸을 것이다.

그 메모를 다시 본 건 얼마 전이었다. 나는 소설을 쓴답시고 보습학원 국어 강사 일을 그만둔 뒤 반년을 흘려보내고 있었다. 아내에게 미안하기도 하고 그냥 놀기도 불안해서 지인의 소개로 정수기 대여 사업을 하는 기업가의 자서전을 쓴 게 내가 쓴 유일한 완성본이었다. 돈을 벌지 않으면 영감이 몰아닥치거나 직장이 없으면 글 쓸 시간이 솟아날 것 같았지만 겪고 보니 둘 다 아니었다. 삶은 의미 있지도 않고 무의미하지도 않다. 그동안 내가 깨달은 거라곤 이게 유일했다. 3월이 되고 경칩이 지났지만 너무나 추웠고, 나는 이 나라가 알래스카나 모스크바 아니 잘하면 북극보다 추울 수도 있다는 망상에 사로잡혀 있었다. 그러자 머지않아 지구가 진짜 멸망할 수도 있겠다는 생각이 들었고, 그 전에 서둘러 유작이라도 하나 남겨야겠다는 생각도 들었다. 그렇게 작품을 구상하던 차에 메모를 뒤적거리다가 새해 아침에 우연히 떠오른 두 문장과 다시 만난 것이었다.

일단 첫 번째 문장은 사실이 아니다. 코뿔소의 평균수명은 40년으로 알려져 있다. 조금 더 생각해보니 이 문장은 작년 연말에 본 뉴스에서 파생된 것으로 추정된다. 이유를 알고 나자 약간 시시해졌다. 그날 뉴스에는 이례적으로 83년을 산 코뿔소가 출연했다. 그 코뿔소의 이름은 자이언트였고, 무려 제2차 세계대전도 겪었다. 자이언트는 지난해 크리스마스 무렵 호주의 아델레이드동물원에서 죽었다. 자이언트와 가장 친했던 코뿔소는 현재 그 동물원에 살고 있다. 이름은 칠리이며 60세이다.

칠리, 나 먼저 가겠네. 저세상에는 가만히 있어도 밥도 주고 짝짓기도 시켜주고 잠도 재워주는 동물원은 없을걸세. 여생을 마음껏 즐기다가 곧 따라오게나.

자이언트의 유언을 상상하는 데 이르자 어느덧 첫 번째 문장은 내 머릿속에서 사라져버렸다.

두 번째 문장은 첫 번째 문장과 다르다. 난데없이 불쑥 떠오른 생각이기 때문이다. 나는 이 문장에 조금 더 관심이 갔다. 아무리 생각해봐도 뉴스 같은 근거도 없고 평소 단 한 번도 생각해보지 않은 주제여서 더욱 궁금했다.

(　　　　　) 납치나 해볼까

이 문장은 괄호 안에 '달리 할 일도 없는데'나 '심심한데' 같은 구절을 생략한 것일 수도 있다. '날씨도 흐린데'나 '배가 너무 고픈데'라는 구절도 괄호 안에 들어갈 수 있다. '오늘 화가 좀 나는데'라는 구절도 들어갈 수 있다. '돈벌이나 할 겸' '담배를 피우는 대신' '저 여자가 마음에 드는데' …… 이렇게 끝도 없이 만들 수 있다. 몇 번 해보니까 꽤 재미있었다. 이 생각이 떠오른 이유 따위는 아무래도 상관없다고 여겨졌다. 그런 김에 몇 문장을 더 생각해냈다.

(물구나무도 섰는데) 납치나 해볼까

(스파게티를 먹은 김에) 납치나 해볼까

(저 개구리처럼 생긴 작자가 마음에 안 드는데) 납치나 해볼까

하루 종일 괄호 안을 채우며 놀다가 다음 날 아침이 돼서야 아내에게 내 생각을 털어놓았다. 나는 침대에 누운 채였고, 아내는 화장대에 앉아 출근 준비를 하고 있었다. 그녀의 얇은 등이 보였고, 그 너머 거울 속에 그녀의 상반신이 보였다. 그녀의 시선을 피해 내가 달아날 곳은 없다는 생각이 스쳐 지나갔다. 나는 나도 모르게 이불을 추켜올렸다.

납치?

아내가 마스카라로 속눈썹을 말아 올리며 물었다. 나는 고개를 끄덕였다. 아내는 왜 갑자기 그런 생각을 하게 됐냐고 물었다. 나는 생각을 해봤는데 잘 모르겠다고 했다. 그리고 이제 그게 중요한 게 아니라 그 생각이 계속 이어지고 있는 게 중요하다고 했다.

지금 소설에 대해 이야기하는 거지? 당신이 좋아하는 소설들처럼 누굴 붙잡아서 괴롭히거나 죽이는 걸 쓰려고 말이야.

아내가 말했다. 나는 소설이 아니라 진짜 납치에 대한 이야기라고 했다. 아내가 심각한 표정으로 나를 돌아보았다. 여기는 소설이 아니라 현실이라며 내 눈앞에 손을 휘휘 젓기도 했다.

당신 작년 새해에는 뭐라고 말한 줄 알아?

아내가 물었다.

당나귀가 된 거 같아. 어떻게 하면 다시 거북이가 되지?

기억을 더듬고 있는 사이 아내가 내 목소리를 흉내 냈다.

이렇게 말했어. 그리고 다섯 시간 동안 울었다고. 무려 다섯 시간이나. 나는 속으로 빌었어. 당신을 달래주느니 내가 당나귀가 되는 게 낫겠다고.

아내가 말을 이었다. 아내의 이야기를 듣고서야 기억이 조금 되살아났다. 그 무렵에는 전업작가가 되기 전인데도 심각한 우울증에 시달렸으니 그럴 만도 했을 것이었다.

당신은 진짜 당나귀야. 마음만 먹으면 거북이도 될 수 있어. 하지만 소설 쓰기를 그만두지 않는 이상 사람이 될 순 없지.

내 우울증이 심해지자 언젠가 아내가 이렇게 하소연하기도 했다. 어쨌든 지금 나는 당나귀도 거북이도 아니지 않는가. 나는 아내와 인간의 언어로 대화도 나눌 수 있고, 직립보행으로 산책도 할 수 있으며, 마음만 먹으면 직업을 구하고 돈도 벌어 사람 노릇도 할 수 있다. 나는 인간이고, 이걸로 만족한다.

혹시 그새 다른 여자가 생기기라도 한 거야?

이런저런 생각을 하고 있을 때 아내가 물었다. 나는 그게 무슨 뜻이냐고 되물었다.

나를 이렇게 납치하고도 만족하지 못하는 거야?

아내가 포박된 듯 자신의 몸을 양팔로 감고는 익살스런 표정을 지었다. 나는 진지했지만 아내는 나를 놀리는 게 재미있는 모양이었다. 나는 약간 의기소침해졌다.

그럼 어떤 여자를 납치하면 만족할 거 같은데?

아내가 양팔을 푼 뒤 히죽대며 물었다. 나는 아내의 눈치를 보며 머리를 굴렸다. 글쎄, 젊은 시절의 이자벨 아자니라면 나를 성적으로 만족시켜주지 않을까…… 그런데 이제 그녀는 너무나 늙어버렸고…… 조이스 캐롤 오츠라면 그래도 배울 게 있지 않을까?

나는 아내가 출근한 뒤 침실에서 벗어나 노트북 앞에 앉았다. 소설을 쓰기 위해서였다. 그러나 그것도 잠시였다. 하얀 모니터를 바라보고 있으니 사방이 트인 설원 한가운데 혼자 서 있는 것 같은 기분이 들어 숨이 막혔다. 나는 글을 쓰지 않기 위해 머릿속에서 뒷걸음질을 치다가 납치라는 단어와 맞닥뜨렸다. 그 이후에는 다시 납치에 대해 생각하느라 단 한 문장도 쓸 수 없었다. 잠시 뒤엔 공상만 늘어놓고 막상 행동하진 않는 나 자신이 무기력하게 느껴졌다. 내가 하고 있는 모든 일들도 무의미하게 여겨지기 시작했다. 이럴 때 애완동물이라도 있으면 쓸데없는 생각도 줄어들고 기분도 좀 나아질 텐데. 순간 이런 생각이 들었다. 이왕 납치범이 될 바에야 개나 한 마리 훔쳐볼까. 이런 생각도 들었다. 그때 로트바일러라는 커다란 독일 견종이 유독 강한 충성심을 지니고 있다는 이야기를 들었던 게 기억났다. 나는 평소 개의 충정에 대한 환상을 갖고 있었고, 나도 모르는 사이 대저택에서 초콜릿색 로트바일러를 훔치는 장면과 로트바일러의 목줄을 잡고 산책하는 장면을 상상하고 있었다.

애완견이 참 멋있네요. 무척 비싸 보이는데, 어디에서 난 거예요?

납치했습니다.

동네 사람들이 물으면 이렇게 답한다. 로트바일러는 고개를 꼿꼿이 세우고 또각또각 걸으며 자신을 뽐내느라 바쁘다.

그나저나 로트바일러에게 이름을 붙여줘야 하는데……. 사르트르나 장 주네는 어떤가? 아니, 로트바일러트의 충정은 고전적이고 낭만적인 구석이 있어서 시인이 어울려. 그래, 릴케가 좋겠군.

바로 이 로트바일러를 잃어버렸다는 신고가 들어왔소. 당신을 납치범으로 체포하겠소.

웃기는 소리! 릴케가 나를 납치한 거예요. 봐요, 이렇게 내가 릴케에게 끌려다니지 않습니까.

경찰이 물으면 내가 답한다. 나는 목줄을 움켜쥔 채 릴케에게 질질 끌려가고 있다. 경찰이 다짜고짜 내게 수갑을 채우려고 한다. 릴케가 컹컹 짖으며 달리기 시작한다. 힘이 얼마나 센지 나는 공중에 뜬 채로 릴케에게 딸려 간다.

내가 당신들을 수간계의 전설로 만들어줄게요.

인간처럼? 개처럼? 아니면 다른 동물처럼? 어떤 체위를 원하십니까?

에로 영화 감독이 물으면 내가 말한다. 그다음은 나와 릴케가 침대 위에서 서로를 물고 빠는 장면이다. 그런데 이웃이나 경찰은 그렇다 치더라도 갑자기 왜 에로 영화가…… 문득 너무 터무니없는 상상을 한 것 같아 이제 뭘 하더라도 해야겠다고 생각했다. 나는 지구로 납치돼 온 외계인이 아니었고, 건강한 지구인인 이상 몸을 움직여야 했다.

그 뒤 내가 한 건 책장에서 그날 읽을 책을 고르는 일이었다. 책장 앞에서 한참을 서성이다가 집어 든 책은 레이먼드 카버의『대성당』이었다. 예전에 읽었던 몇몇 작품이 기억났다. 레이먼드 카버는 나이를 먹을수록 점점 좋아지는 작가 중 하나였다. 전에는 카버가 술주정뱅이에 성격파탄자라는 선입견이 있었지만 소설을 읽으면 읽을수록 그가 가정적이고 온순한 성격일 거라는 생각이 들었다. 그리고 왠지 그 사실이 슬퍼졌다. 나는 그 자리에 선 채 단편 두 개를 읽었다. 소설이 좋다는 생각보다 레이먼드 카버를 납치해 그의 재능을 빼앗고 싶다는 생각이 먼저 들었다. 레이먼드 카버. 나는 머릿속 납치 목록에 그의 이름을 적었다. 그러고 보니 내가 납치범이 된다면 돈을 벌기 위해 직업적 납치를 하는 것보다, 보다 순수하게 사랑하거나 증오해서 아무 조건 없이 납치하는 쪽일 거라는 생각도 들었다. 쉽게 말하자면 미저리에 가깝달까.

이 이야기가 하고 싶어져서 아내에게 전화를 걸었다. 아내는 내가 말을 꺼내기도 전에 중요한 회의가 코앞이라 너무 바쁘다고 했다. 그리고 방구석에서 공상만 하지 말고 소설이 잘 안 써지면 사람을 좀 만나거나 운동이라도 하라고 했다.

이상한 사람들이 괴롭히면 언제든지 전화해, 달려갈 테니.

전화를 끊을 때 내 입에서 왜 이런 말이 나왔는지 모르겠다.

당신이나 이상한 사람들은 만나지 마. 증상이 더 심각해질 수도 있으니.

전화기 너머로 아내의 목소리가 들렸다. 이상한 사람들이란 내 주위에 있는 작가들을 두고 하는 소리 같았다. 내가 당나귀라느니, 거북이라느니, 납치라느니, 이상한 소리를 하는 게 모두 그들 때문이라고 생각하는 거 같았다. 그들의 아내나 애인이 나를 멀리하라고 한다는 사실을 나는 알고 있었다. 그 이야기를 아내에게 하지는 않았지만 말이다.

4월이 다가왔지만 서울은 여전히 추웠고, 묵동인가 공릉동에는 잠깐이지만 국지적으로 눈이 내렸다는 이야기도 들렸다. 그즈음 나는 한창 면접을 보러 다니고 있었다. 혼자 집에 틀어박혀 있으니 허황된 상상을 하는 거라며 제발 직업을 갖고 사람들과 어울려보라고 아내가 애원했기 때문이었다.

그러던 어느 날이었다. 그날도 나는 작은 출판사에 면접을 보러 갔다. 출판사 편집장은 알 만한 사람은 알고 있는 소설가였다. 예전에 몇몇 문학상 선집에 실렸던 게 기억났다. 평소 인물 묘사에 큰 의미를 두진 않았지만 그의 평범한 외모는 묘사할 의욕을 더욱 잃게 만들었다. 창 하나 없는 작은 사무실에는 그 혼자 앉아 있었다. 그의 소설처럼 미학에만 집중하는 자폐적인 분위기가 물씬 풍겼다. 편집장은 내게 자리를 권한 뒤 한동안 나를 주의 깊게 바라봤다.

나를 알죠?

침묵 끝에 그가 물었다. 나는 고개를 끄덕였다. 그는 내 눈빛을 보는 순간 그럴 줄 알았다고 하며 껄껄 웃었다. 영문을 모르니 그저 그를 따라 웃는 수밖에 없었다.

내 소설에 대해 어떻게 생각하죠?

이게 그의 두 번째 질문이었다. 나는 예상하지 못한 질문들에 당황해서 주저했지만 그는 계속해서 괜찮으니까 대답해보라고 했다. 나는 잠시 고민을 하다가 솔직하게 이야기해도 되냐고 물어봤다. 그가 인자한 미소를 지으며 고개를 끄덕였다. 나는 다른 건 모르겠지만 역사에 남지 않을 소설이란 건 확실하다고 했다. 그가 내 말의 의미를 생각하는 듯 잠시 미간을 모았다. 그리고 특별한 말 없이 내 이력서를 읽어 내려가기 시작했다. 이력서를 다 읽은 뒤에는 학원 강사와 자서전 집필이 경력의 전부냐고 혀를 찼고, 아무 이유 없이 직장을 그만뒀다는 건 태만의 증거라고 꾸짖듯이 몰아붙이기도 했다. 나는 소설을 쓰기 위해서였다고 했지만, 그가 어떤 소설을 썼냐고 묻자 입을 다물 수밖에 없었다. 소설을 쓰는 작자가 나를 이해하지 못한다면 누가 나를 이해할 수 있는지 의문이 들어 약간 서글퍼졌다. 나는 딱히 할 말도 없어서 얼른 면접이 끝나기만을 기다리고 있었다. 솔직히 말해 이 볼품없는 출판사에서 죽을 때까지 자신의 작품이 별 볼 일 없다는 것을 깨닫지 못할 게 분명한 작가의 비위를 맞추고 싶지는 않았다. 그가 내게 기회를 주기로 결정했다고 말한 건 내가 왜 이 작자에게 훈계를 듣고 있어야 하나 의문이 들 즈음이었다. 그는 마침 특별한 경력이나 특기가 없어도 충분히 할 수 있는 아르바이트 자리가 하나 있다며 내게 운이 좋다고 했다. 나는 어디 이야기라도 들어보자 싶어서 그 일이 무엇이냐고 물었다. 그는 현재 기획 단계에 있는 책의 기초 자료를 수집하는 일이라고 했다. 그의 말에 따르면 그 책은 외국인들이 바라본 이 나라를 문학적으로 그려내는 고귀한 작업이었다. 그 책은 세 부분으로 나누어져 있었다.

1. 고조선
2. 조선
3. 북조선

그 작자에 의하면 고조선은 과거, 조선은 현재, 북조선은 미래를 뜻했다. 나는 고조선은 그렇다 치더라도 조선과 북조선이 왜 현재와 미래냐고 물었다. 그러자 그는 조선의 유교사상은 현재 우리나라의 근간을 이루고 있으며 미지의 세계에 대한 꿈과 환상이 북조선이라는 단어에 함축돼 있다고 했다. 그래서 현재와 미래라는 것이었다. 내가 이씨 왕조와 현재, 3대 세습과 미래의 상관관계에 대해 생각하는 동안 그는 그렇게 일일이 따지면 진행이 더디다며 나머지는 알아서 할 테니 간단한 일만 해주면 된다고 했다. 모든 자료를 뒤져 우리나라를 방문했던 외국인들의 목록을 수집하고 시기별로 구분하라는 것이었다.

과거, 현재, 가능하면 미래까지.

그가 덧붙였다.

미래라니요?

내가 물었다.

미래가 가장 중요하다. 먼 미래일수록 문학에 가깝다.

그가 책을 읽듯이 또박또박 말했다. 나는 가까운 미래라면 뉴스에 나오거나 신문에 실릴 수도 있겠지만, 먼 미래에 이 나라를 방문하는 사람을 어떻게 알고 쓰냐고 물었다. 그는 상상해서 써도 무방하다고 했다. 한술 더 떠서 이미 죽은 사람도 되고 허구의 인물도 된다고 했다. 나는 그게 무슨 의미가 있냐고 했다. 그는 별다른 설명 없이 고조선과 조선이 역사와 리얼리즘이라면 북조선은 그 자체로 문학이 될 거라고 했다. 자신의 의도대로만 된다면 역사에 길이 남을 작품이 될 거라는 호언장담도 했다. 노벨상은 물론 문학과 관련된 전 세계의 상이란 상은 다 휩쓸 수 있다며 이 책을 위해 인생을 헌신하는 것을 큰 영광으로 여기라고 하기도 했다. 그 뒤 그가 무슨 말을 했는지는 기억나지 않는다. 아무리 생각해도 그때 내가 왜 이 일을 하기로 했는지도 잘 모르겠다. 다만 그리 끌리진 않았지만 무언가 얻을 게 있을 거란 생각에 그의 소설을 끝까지 읽어 내려가던 예전의 내 모습이 떠오를 뿐이었다.

면접을 끝내고 밖으로 나오자 해는 저물어 있었다. 지하철을 타고 응암역에 내려 집이 있는 역촌동까지 걸었다. 저 멀리 북한산이 보였고, 북한산이 있어서 봄이 돼도 이 동네가 이렇게 추운 거구나 생각했다. 아무리 추워도 전세 계약이 끝날 때까지는 여기에 살아야 한다는 데 생각이 이르자 더 이상 생각할 게 없었다.

그날 이후 나는 매일 도서관에 들락거렸다. 일반인과 유명인, 침략자와 선교사, 사업가와 예술가, 영화배우와 대통령. 이 나라를 찾은 외국인들은 너무나 많았다. 언젠가는 한국전쟁에 참전한 것으로 알려져 있는 영국의 영화배우 마이클 케인의 흔적을 찾아 헤맨 적도 있었다. 그는 한국전쟁을 배경으로 한 영화 〈한국의 언덕〉에도 출연했는데, 얼마나 찾기를 간절히 바랐던지 그 영화에서 그를 발견하고는 환호성을 지르기도 했다. 그날 밤 나는 마이클 케인에게 납치당하는 꿈을 꿨다. 마이클 케인은 군복을 입은 채 근엄한 표정으로 서 있었고, 나는 바지를 벗은 채 엎드려 있었다. 내가 왜 이곳에 엎드려 있는지 생각을 하는 동안 마이클 케인은 혁대를 끌렀다.

자네, 내가 이렇게 쓸모없는 책을 출간하라고 이 빌어먹을 전쟁통에 뛰어들었는 줄 아나.

마이클 케인은 혁대로 내 엉덩이를 때리며 이렇게 꾸짖었다.

나는 마이클 케인 외에도 독자들이 궁금해할 만한 명사들을 선별했다. 아내의 말대로 일을 하니까 납치에 대해서는 생각할 겨를도 없었다.

고조선과 조선이 거의 다 마무리됐을 무렵이었다. 나는 편집장에게 보고를 했다.

중요한 걸 하나 빼먹었는데?

내가 작업한 걸 검토한 뒤 편집장이 말했다. 나는 그게 뭐냐고 물었다.

공룡.

그가 대답했다. 한반도에 살던 공룡들도 방문객이라는 것이었다. 나는 공룡은 사람이 아니지 않느냐고 물었다.

의인법. 문학의 기초적인 수사법이지.

그가 덧붙였다.

다음 날부터 나는 도서관에 틀어박혀 공룡 도감을 뒤적거리기 시작했다. 꿈에서는 여전히 마이클 케인이 나를 꾸짖었고, 마이클 케인이 나오지 않는 날에는 발톱을 세운 공룡들에게 쫓겼다. 도서관에서 한상경을 만난 건 그 무렵이었다. 공룡 도감에 파묻혀 있을 때 누군가 내 어깨를 두드렸다. 고개를 들어보니 한상경이 활짝 웃으며 서 있었다. 놀라운 건 그가 아이를 안고 있다는 사실이었다. 한 손엔 자신의 시집, 한 손엔 갓난아이. 나는 살아가면서 이보다 괴기스러운 장면을 본 적이 없었다. 처음에는 조카겠거니 생각했다. 한상경이 아이가 있을 거란 생각은 상상도 하지 못했던 터였다. 한상경은 반평생 시만 쓰느라 여자 손 한번 잡지 못했고, 동성애자라는 소문도 나돌았다. 심지어 술에 취해 내게 같이 자자고 덤빈 적도 있었다. 나는 한상경이 어서 사라지길 원했지만 그는 계속 내 옆에 서 있었다. 불현듯 섹스에 대한 온갖 환상을 담은 그의 시들이 머릿속에 스쳐 지나갔다.

결국 우리는 휴게실로 자리를 옮겨 안부를 주고받았다. 나는 금세 이야깃거리가 떨어졌지만 신변잡기부터 문학관의 변화에 이르기까지 한상경의 이야기는 끊이지 않았다. 나는 한상경의 이야기를 흘려들으며 아이를 바라봤다. 아이는 곤히 잠들어 있었다.

그 아이는 누구지?

한상경의 이야기가 끝난 뒤에야 나는 그에게 유일하게 궁금한 것을 물을 수 있었다.

피츠제럴드.

한상경이 대답했다. 나는 그 이름을 듣고는 이 아이가 외국인인가 살펴보다가 소설가 피츠제럴드를 떠올리곤 한상경을 바라봤다. 한상경은 내 마음을 읽었는지 고개를 힘차게 끄덕였다. 그때까지도 나는 피츠제럴드가 한상경의 아이일 거라고는 생각하지 못하고 있었다.

그러니까 내 말은 네 품에 안긴 그 피츠제럴드라는 아이가 너와 무슨 관계냐는 거지.

내가 또 물었다.

내 아들, 피츠제럴드.

한상경이 대답했다. 아들이라니…… 이름도 그토록 그가 동경해 마지않던 피츠제럴드라니…… 문학의 신이 있다면 그에게 축복을 내렸을까 저주를 내렸을까…… 내가 충격에 휩싸여 있는 동안 한상경은 이 아이가 자라서 엄청난 예술가가 될 거라고 했다. 육아를 잉마르 베리만의 영화와 마르크스의 저서로 하고 있다면서 말이다. 나는 잉마르 베리만과 마르크스에게 시달리느라 피곤한 나머지 깊은 잠에 빠져든 피츠제럴드를 가만히 들여다보았다. 자세히 보니 갓 돌이 지난 듯한 사내아이였고, 목에는 피츠제럴드라는 이름이 새겨진 목걸이도 걸려 있었다. 묘사하고 싶을 만큼 아기로서는 특이한 인상이었다. 솔직히 말해 그렇게 예쁜 얼굴은 아니었다. 얼굴에는 술에 취한 듯한 붉은빛이 감돌았고, 입은 개구리처럼 툭 튀어나와 있었다. 이마에는 벌써 주름이 가득했으며 입술은 심술궂게 굽어 있었다. 가느다란 머리칼은 마름모꼴로 생긴 머리 위에 듬성듬성 솟아 있었다. 아내가 봤다면 저렇게 못생긴 아이는 생전 처음이라고 했을 것이다.

피츠제럴드, 인사해야지.

한상경이 피츠제럴드에게 속삭였다. 피츠제럴드는 미동도 없었다.

스콧 피츠제럴드, 인사해야지.

한상경의 목소리가 높아졌다. 나는 그가 아이를 때리기라도 하는 건 아닌가 싶어 가슴을 졸였다. 그때 피츠제럴드는 피츠제럴드라는 이름이 별로 마음에 들지 않는 듯 인상을 찌푸리며 잠에서 깨어나 칭얼거리기 시작했다.

어때? 잘생겼지?

한상경이 물었다. 나는 고개를 끄덕여주었다. 한상경은 한번 쓰다듬어보라고 했다. 나는 마지못해 아이의 작은 머리통을 쓰다듬었다. 피츠제럴드는 하품을 하며 내 눈을 뚫어지게 바라보았다. 피츠제럴드의 눈은 순진무구를 가장한 채 그 심연에 무시무시한 욕망을 숨기고 있는 것 같았다. 나는 소름이 돋아 시선을 피했다. 그러자 피츠제럴드는 두 팔을 벌려 내게 안기려고 버둥댔다. 나는 아이를 피해 뒷걸음질 치다가 벽에 다다랐고, 눈을 질끔 감고 팔을 뻗어 피츠제럴드를 안아 들었다. 첫 느낌은 괜찮았다. 생면부지의 생명체가 주는 감각이 그리 나쁘지만은 않았다.

피츠제럴드, 너도 이 아저씨가 좋구나.

한상경이 속삭였다. 평소 낯을 많이 가리는데 이상하게 나를 따르는 거 같다는 것이었다. 피츠제럴드는 내 품에 기대 한껏 잠투정을 부리다가 다시 졸기 시작했다. 나는 울음과 잠밖에 모르는 이 희한한 생명체를 안아 든 채 어쩔 줄 몰라 하다가 다시 한상경에게 건넸다. 한상경이 안으려고 하자 피츠제럴드는 잠에서 깨어나 자지러지듯 울기 시작했다. 나는 할 수 없이 피츠제럴드를 도로 안아 재우며 한상경에게 결혼은 언제 했고 아이는 언제 낳았느냐고 물었다. 한상경은 질문에는 대답도 하지 않은 채 내 눈앞에 자신의 시집을 내밀었고, 오랜만에 도서관에 왔는데 아직도 자신의 시집이 꽂혀 있다며 뿌듯한 표정을 지었다. 또 요새 엄청난 시를 한 편 썼는데, 이게 다 피츠제럴드 덕분이라고 했다.

피츠제럴드 덕분이라니?

내가 물었다. 한상경은 애정 어린 손길로 피츠제럴드를 어루만지면서 이 아이와 함께 있으면 걸작을 쓸 수 있을 것 같은 자신감이 생긴다고 했다. 실제로 피츠제럴드를 곁에 두고 그 엄청난 시를 썼다는 것이었다. 나는 잠시 마음이 동해서 이유를 물었다.

글쎄, 굳이 따지자면 양육에 대한 책임감 같은 게 아닐까.

한상경이 말했다. 나는 아이를 무릎 위에 올려둔 채 무언가에 홀린 듯 시를 쓰는 한상경을 떠올렸다. 별안간 몸이 으스스해졌다. 굳이 따지자면 그건 책임감이 아니라 일종의 광기라는 생각이 들었다. 그때였다. 한상경이 내 귓가에 입을 붙이고 여태 자신을 무시한 이들을 열거하며 욕설을 내뱉기 시작했다. 내가 아는 사람들도 있었고, 모르는 사람들도 있었다. 글을 쓰는 사람들도 있었고, 글을 쓰지 않는 사람들도 있었다. 한상경은 그들을 가둔 채 10년이고 100년이고 자신의 시집을 교재 삼아 문학을 가르치고 싶다고 했다. 그 와중에도 한상경은 계속 피츠제럴드를 쓰다듬었는데, 그 장면은 몹시 기괴한 분위기를 풍겼다. 피츠제럴드, 귀를 막아. 나는 속으로 중얼거렸다.

한상경은, 아니 피츠제럴드는 나를 무작정 자신의 집으로 끌고 갔다. 피츠제럴드가 끝끝내 내게서 떨어지려 하지 않았기 때문이었다.

불쌍한 피츠제럴드, 사람 보는 눈이 없구나.

한상경이 집에 가는 내내 중얼거렸다.

나는 한상경의 집에 피츠제럴드를 눕힌 뒤에야 악몽에서 벗어날 수 있었다. 그러나 또 다른 악몽이 곧 시작됐다. 한상경이 피츠제럴드에게 자신의 시를 자장가 삼아 낭독해주기 시작한 것이었다. 개똥지빠귀로 프리섹스를 은유한 시였는데, 화자가 개똥지빠귀였는지 프리섹스라는 낱말 그 자체였는지 지금은 잘 기억나지 않는다. 그날 방 안에는 나와 한상경과 곤히 잠든 피츠제럴드뿐이었고, 너무 고요한 나머지 한상경의 시는 신의 계시처럼 방 안에 울려 퍼졌다.

아내는 어디 있어?

내가 물었다. 한상경은 잠시 시 암송을 멈추고 뜸을 들이다가 결혼은 하지 않았다고 했다.

그럼 피츠제럴드는?

나는 입양 같은 것을 떠올리며 이렇게 물었다. 한상경은 짐짓 모르는 척하며 다시 시를 암송하기 시작했다. 동시에 피츠제럴드의 작은 성기를 만지작거리기 시작했다. 나는 흠칫 놀라 무슨 짓이냐고 물었다. 피츠제럴드는 몸을 움찔거렸고, 한상경은 계속해서 아이의 성기를 매만졌다. 아이의 성기는 점차 단단해지고 있었다. 나는 〈악마의 씨〉의 한 장면이 연상되는 이 상황이 섬뜩했고, 한상경이 도무지 인간처럼 느껴지지 않아서 아예 눈을 감아버렸다. 어디에선가 바로 이게 문학의 근원이라고 하는 한상경의 목소리가 들렸다. 피츠제럴드의 울음소리도 들렸다. 나는 대체 이 아이의 정체는 무엇이냐고 소리쳤다.

주웠어.

그가 대답했다. 나는 눈을 떴다. 한상경은 성가신 듯한 표정으로 얼마 전 집에 오는 길에 지하철역 화장실에서 주웠다고 했다. 나는 믿기지 않아서 같은 질문을 다시 했다.

주웠다고.

그가 대답했다. 한상경은 피츠제럴드를 멍하니 바라보고 있었다. 그의 눈에는 사랑도 증오도 들어 있지 않았다. 그 외에 살아가는 데 필요한 그 어떤 감정도 들어 있지 않았다. 오직 문학적 성공에 대한 열망뿐이었다.

(한상경처럼) 납치나 해볼까

자정이 다 돼 집에 오니 아내가 잠들어 있었다. 내가 옆에 눕자 아내는 잠결에 나를 안으려고 했다. 나는 아내 품에 조금 안겨 있었다. 처음에는 안정감이 들었지만 금세 답답해졌다. 나는 아내의 품에서 떨어져 나왔다. 그러자 아내가 눈을 떴다. 아내는 이렇게 늦게까지 어디 다녀왔냐고 했다. 나는 도서관에서 일을 하다가 한상경을 만났다고 했다. 아내는 그 괴상한 시인은 잘 지내고 있냐고 물었다. 나는 한상경의 아이도 봤다고 했다. 아내는 한상경이 게이인 줄 알았는데 언제 결혼을 해서 애까지 낳았냐고 물었다. 나는 한상경이 결혼을 한 게 아니라 아이를 주워서 남몰래 키우고 있다고 했다. 아내는 깜짝 놀라면서 그건 범죄라고 했고, 경찰에 신고해야 하는 거 아니냐고 했다. 내가 범죄라고 할 것까지는 없지 않냐고 하자 아내는 그런 사람하고 어울리지 말라고 했더니 왜 만났냐고 화를 냈다. 나는 아내가 감정적으로 격앙된 것 같아서 잠자코 누워 있었다. 아내는 오늘 회사에서 너무 일이 많아서 피곤한데 당신까지 왜 말썽을 피우냐고 울먹였다.

이게 바로 납치야.

내가 아내에게 속삭였다. 아내는 제발 정신 좀 차리라며 지금은 너무 졸리니까 내일 다시 이야기하자고 했다.

이게 진짜 납치라고.

얼마 뒤 내가 또 말했다. 나도 모르는 사이 흥분했는지 목소리가 높아져 있었다. 아내는 그사이 잠들었는지 아무 반응도 없었다.

(롤러코스터를 타는 대신) 납치나 해볼까
(나체가 된 김에) 납치나 해볼까
(손가락도 열 개고 발가락도 열 개인데) 납치나 해볼까

그날 나는 잠이 오지 않아 밤새 문장 만들기 놀이를 했다. 그러나 피츠제럴드를 본 이상 모든 게 시시하게 느껴졌다. 나는 아내에게 아이를 갖고 싶다고 속삭였다. 아내는 그 말을 들었는지 몸을 뒤척이더니 나를 안아주었다.

그로부터 열흘 뒤였다. 나는 공룡 목록을 정리해 편집장에게 넘겼다. 편집장은 수많은 사우르스와 케라톱스를 살펴본 뒤 이제 문학의 기본인 인문학적 상상력과 구성력을 평가할 차례라며 북조선에 들어갈 명단을 작성하라고 했다.

납치하고 싶은 사람들을 적어도 되나요?

그때 내 입에서 왜 이런 말이 나왔는지 모르겠다. 그는 잠시 생각해보더니 좋을 대로 하라고 했다.

좋아하는 작가들? 소설 속 인물들? 사춘기 때 하룻밤만 같이 자

고 싶다고 염원했던 외국 여배우들? 첫사랑? 나를 따돌리던 직장 상사들이나 동성애자 취급하던 학교 동창들? 나라면 누구를 납치할 것인가. 진짜 납치 말이다. 나는 일단 백지 위에 납치하고 싶은 인물들을 죽 나열했다. 당신들이 아는 이름도 있을 것이다. 어쩌면 당신의 이름도.

나는 그중 책에 실릴 만한 외국인들을 추려 편집장에게 보냈다. 그러자 왠지 마음이 허전해졌다. 피츠제럴드를 손에 쥐고 있는 한상경이 부러웠다. 정신을 차리고 보니 어느 순간부터 나는 생각을 계속 이어나가고 있었다. 납치한 다음에는 장소가 필요했다. 납치한 인간들을 가둘 장소 말이다. 축축한 창고나 으슥한 하천 다리 밑, 지하에 수백 개의 감옥이 있는 요새나 밤마다 유령이 떠도는 저택. 이런 장소들이 제격이겠지만 내게는 기껏해야 아내와 공유하고 있는 비좁은 전세방뿐이지 않나. 이 모든 게 새해에 떠오른 생각에서 비롯됐다니 헛웃음이 비집어 나왔다.

생각해보니 병원도 납치 장소로 그럴듯했다. 하얀 유니폼, 수술 도구들, 알코올 냄새. 병원과 납치는 왠지 아주 잘 어울렸다. 나는 한상경의 병문안을 가서 새삼 그 사실을 깨달았다. 그 무렵 한상경은 폐결핵에 걸려 병원에 입원해 있었다. 한상경은 내게 전화를 걸어 다 죽어가는 목소리로 신세 한탄을 했고, 피츠제럴드를 돌볼 사람이 없다며 병문안을 와달라고 했다. 전화를 끊기 전에는 병문안을 올 때 자신의 시집을 꼭 갖다 달라고 신신당부를 했다.

한상경은 처참한 몰골로 병실에 누워 있었다. 각혈을 했는지 환자복 군데군데 피가 묻어 있었고, 마약 중독자처럼 온몸을 벌벌 떨고 있었다. 한상경은 나를 보자마자 시집을 찾았다. 나는 한상경의 머리맡에 그의 시집을 두었다. 그제야 그는 안심한 표정을 지었다. 그는 온몸으로 피의 시를 쓰고 있었다.

한상경의 상태를 보니 피츠제럴드가 저절로 걱정됐다. 나는 한상경에게 피츠제럴드는 어디 있냐고 물었다. 한상경은 턱으로 병실 구석을 가리켰다. 그가 가리키는 방향에는 피츠제럴드가 기어 다니고 있었다. 옷은 꾀죄죄했고 뼈만 남아서 앙상했다. 피츠제럴드는 어디에서 구했는지 수술용 메스를 들고 있었다. 메스 날은 손을 살짝 대기만 해도 베일 것처럼 날카로워 보였다. 자칫 잘못해서 메스 날을 잡는다면 피츠제럴드의 얇은 피부에 깊은 상처가 날 것 같았다.

피츠제럴드, 조심해.

내가 다급하게 소리쳤다. 피츠제럴드는 나를 알아봤는지 메스를 든 채 기어 오기 시작했다. 나는 피츠제럴드에게 위험하니까 움직이지 말라고 했다. 그러나 피츠제럴드는 내 목소리를 듣고 신이 났는지 더 빠르게 기어 왔다. 문득 그 모습이 피츠제럴드가 나를 찌르기 위해 다가오는 것처럼 느껴졌다. 피츠제럴드가 한상경에게 메스를 겨눈 채 위협하는 장면도 연상됐다. 한상경이 피츠제럴드를 납치한 게 아니라 피츠제럴드가 한상경을 납치한 게 아닐까. 점차 가까이 다가오는 피츠제럴드와 날 선 메스를 보며 나는 이렇게 생각했다.

피츠제럴드가 메스를 떨어뜨린 건 그때였다. 피츠제럴드는 그 자리에 멈춰 선 채 메스를 물끄러미 바라보았다. 나는 피츠제럴드의 시선을 빼앗기 위해 갖은 노력을 다했지만 아이는 손가락으로 메스를 만지며 장난치기 시작했다. 이윽고 아이는 메스를 집어 이리저리 살피다가 입에 넣으려 했다. 나는 그때를 놓치지 않고 얼른 달려가 아이를 안아 들었다. 아이는 내 품에서 꿈틀거리더니 목 놓아 울기 시작했다. 메스를 빼앗으려 했지만 힘이 어찌나 센지 숨이 넘어갈 듯 울면서도 절대 놓지 않았다. 나는 한참 동안 피츠제럴드를 달랬다. 한상경은 그런 나를 보곤 애 아빠가 다 되었다고 낄낄대다가 숨이 차서 기침을 내뱉으며 괴로워했다. 피츠제럴드는 예전처럼 내게 꼭 달라붙어 있었다. 한상경은 네게 엄청난 영감이 존재해서 피츠제럴드가 떨어지지 않으려 하는 것 같다며, 그런 김에 자신이 다 나을 때까지 피츠제럴드를 돌보는 건 어떻겠냐고 물었다. 어쩔 수 없었다. 피츠제럴드는 이미 내 품에 꼭 붙어 떨어질 생각을 하지 않았다. 앙증맞은 손에 든 메스로 내 목을 겨눈 채 말이다.

다행히 병원을 벗어나기 전에 피츠제럴드는 잠이 들었다. 나는 그제야 메스를 빼앗을 수 있었다. 나는 피츠제럴드를 안아 든 채 지하철을 탔다. 다음 정거장에서 한 여자가 자그마한 요크셔테리어를 애견 가방에 넣고 내 옆으로 다가왔다. 강아지는 내게 코를 킁킁댔다. 나는 별생각 없이 강아지를 쓰다듬었다. 강아지는 나를 경계하며 으르렁대기 시작했다. 주인이 달랬지만 강아지는 더 크게 짖기 시작했다. 엎친 데 덮친 격으로 피츠제럴드도 깨어나 울기 시작했다. 그러자 강아지가 더욱 거세게 짖어댔다. 사람들의 시선이 모두 내게 쏠렸다. 때마침 정거장에 다다라 문이 열렸다. 나는 피츠제럴드를 품에 안고 문밖으로 달리기 시작했다. 뒤에서 사람들이 이렇게 소리치는 것 같았다.

납치범이다!

집에 와서 제일 먼저 한 건 피츠제럴드에게 새 이름을 지어준 것이다. 피츠제럴드를 그다지 좋아하지 않았기 때문이었다.

나보코프는 어때? 곰브로비치나 보르헤스는? 너무 노땅들인가? 그럼 미셸 우엘벡이나 이상우는?

나는 피츠제럴드를 침대에 눕힌 뒤 끊임없이 질문을 해댔다. 피츠제럴드는 모두 성에 차지 않는 듯 시큰둥한 표정을 지었다. 문득 어린아이의 이름으로는 왠지 친친나트가 어울릴 것 같다는 생각이 들었다.

피츠제럴드, 친친나트는 어떠니?

아이에게 속삭였다. 아이도 친친나트라는 이름이 마음에 드는 듯 살짝 웃었다.

그래, 넌 이제부터 친친나트야.

친친나트를 안아 올리며 말했다. 친친나트가 소리 내서 웃기 시작했다. 그뒤 내가 친친나트와 무엇을 했는지는 정확히 기억나지 않는다. 어렴풋이 기억나는 건 무슨 이유에선지 신이 나서 친친나트를 안고 온 집 안을 돌아다닌 것과 어느 순간 친친나트와 함께 잠들었던 것뿐이었다.

나는 친친나트도, 피츠제럴드도 아니야. 너희들이 제멋대로 이름을 붙인 거지. 염병할 문학 따위에는 관심도 없다고.

잠에서 깼을 때 누군가의 목소리가 들렸다. 굵고 낮은 남자의 목소리였다. 집에는 나와 친친나트밖에 없다는 사실이 떠올랐다. 무서워져서 벌떡 일어나 주위를 둘러보았다. 아무도 없었다. 꿈인지 현실인지 잘 구분이 되지 않았다. 나는 친친나트를 바라보았다. 친친나트는 죽은 듯 잠들어 있었다.

그 뒤 나는 친친나트를 책상 위에 올려둔 채 소설을 쓰기 시작했다. 친친나트는 노트북 옆에 몸을 꼭 붙인 채로 잠들어 있었다. 그 어느 때보다 편안해 보였다. 좋은 꿈을 꾸기라도 하는지 가끔 실실거리기도 했다. 나 역시 친친나트 때문인지 글이 잘 써지는 기분이 들었다. 소설을 쓰다 막히면 친친나트를 쓰다듬었다. 신기하게도 그럴 때마다 어디에선가 해답이 들려오는 것 같았다.

아내가 온 건 정신없이 글을 쓰고 있을 때였다. 방문을 연 아내가 친친나트를 보고 비명을 지른다. 충분히 예상한 결과여서 별로 놀라지 않았다. 아내는 이 괴상하게 생긴 아이는 대체 누구냐고 기겁을 했다. 나는 지난번에 말한 한상경의 아들이라고 했다. 아내는 어이없는 표정으로 그 아이를 왜 데려왔냐고 했다. 나는 한상경이 병원에 입원해 아이를 돌볼 수 없는 상황이라고 했다. 아내는 허튼소리 하지 말라며 당장 한상경에게 데려다주라고 했다. 나는 며칠만 시간을 달라고 했다. 아내가 절대 안 된다고 했다. 나는 글자로 가득한 노트북 화면을 보여주며 친친나트 때문에 글이 잘 써지기 시작했다고 사정했다.

친친나트는 누군데?

아내가 이렇게 물으며 나를 쏘아보았다. 나는 이 아이의 이름이라고 했다. 원래는 피츠제럴드였는데, 마음이 들지 않아 새로 지어준 이름이라고 덧붙였다. 아내의 표정이 점점 일그러졌다. 나는 친친나트가 피츠제럴드보다 훨씬 낫지 않냐고 물었다. 아내는 한상경이나 나나 모두 제정신이 아니라고 했다. 당장 한상경에게 데려다주지 않으면 경찰에 신고할 거라고 소리도 질렀다. 나는 한상경이 완쾌될 때까지만이라도 우리가 데리고 있자고 했다. 아내가 도대체 왜 그러냐며 서럽게 울기 시작했다.

소원대로 납치범이 되니까 좋아?

아내가 악을 썼다. 친친나트도 소란스러운 소리에 잠에서 깨 울기 시작했다. 그러자 아내는 눈물을 멈추고 친친나트를 안아 들었다. 친친나트는 아내의 품에 폭 안겼다. 아내는 친친나트의 귀에 대고 이제 괜찮으니까 안심하라고 속삭였다. 조금 시간이 흐르자 친친나트는 눈물을 그치고 언제 그랬냐는 듯 아내에게 애교를 피웠다. 아내는 친친나트를 쓰다듬으며 내게 밥은 먹이고 기저귀는

갈아줬냐고 물었다. 나는 거기까진 미처 생각하지 못했다고 했다. 아내는 이건 아동폭력이나 마찬가지라고 했다. 나는 달리 할 말이 없었다. 아내는 나를 흘겨보고는 친친나트를 데리고 거실로 나갔다. 친친나트, 이제 너도 인질이 되었구나. 그때 나는 나도 모르게 이렇게 중얼거리고 있었다.

얼마간의 시간이 흐른 뒤였다. 나는 아내의 화가 누그러질 때까지 눈치를 보다가 거실로 나섰다. 아내는 주방에서 저녁을 만들고 있었다. 내가 다가가자 아내는 오늘 저녁은 카레인데 어떠냐고 물었다. 나는 아무거나 괜찮다고 했다. 아내는 아까 쓴 소설은 마음에 드냐고 물었다. 나는 어깨를 으쓱하곤 친친나트는 어디 있냐고 물었다. 아내는 방금 침실에서 잠들었다고 했다.

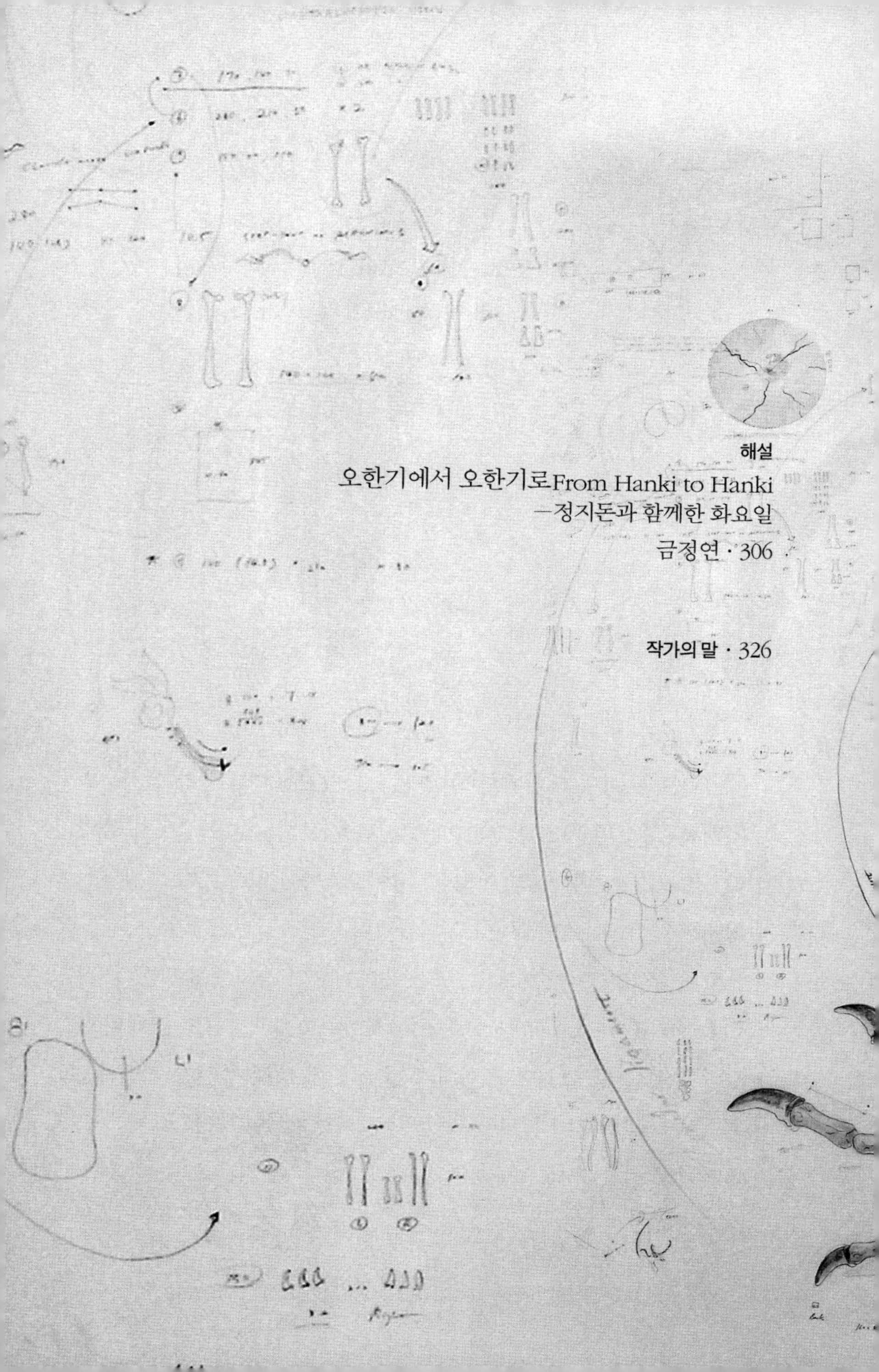

해설
오한기에서 오한기로From Hanki to Hanki
—정지돈과 함께한 화요일
금정연 · 306

작가의 말 · 326

오한기에서 오한기로From Hanki to Hanki

—정지돈과 함께한 화요일

금정연

입맛

그날도 우리는 카페에서 만났다. 화요일. 오리 몇 마리가 가을볕 아래서 졸고 있었다. 언젠가 함께 천변을 산책하던 이상우가 물었다. 저 오리들처럼 살면 어떨 것 같아요? 나는 모르겠다고 말했고 정지돈은 그게 무슨 말이냐고 되물었다.

요즘 통 입맛이 없어요. 아포가토를 먹으며 정지돈이 말했다. 아인슈페너를 마시고 추가로 주문한 것이었다. 나는 나도 그렇다고, 요즘엔 무슨 책을 읽어도 재미가 없고 책에 대해 무언가를 말하는 일에 무슨 의미가 있는지 모르겠다고 말했다. 정지돈은 그게 무슨 말이냐고 되물었다.

우리가 문학에 대해 이야기하고 있다고 생각했는데요. 내가 말했다.

아니오. 정지돈이 고개를 저었다. 저는 입맛에 대해 말했습니다.

선물

하고 싶은 말이 많아도 메타포가 과하면 안 됩니다. 정지돈은 칠레의 위대한 포르노 소설가(라는) 미구엘 페레의 말을 인용했다. 페렉도 아니고 페레가 누군지 내가 알게 뭐냐? 하는 생각이 들었지만 나는 잠자코 있었다. 그의 입에서 쉴 새 없이 쏟아져 나오는 낯선 고유명사들을 일일이 확인하려 든다면 밤을 새도 시간이 모자란다. 나는 유부남. 외박은 금지다. 그렇지만 정연 씨가 무슨 말을 하고 싶은지 알 것 같기도 합니다. 정지돈이 말했다. 1970년대 NYPD 마약국의 비밀요원으로 암약하며 수많은 동료들을 감방에 처넣은 장본인이자 그 자신이 부패한 경찰이었던 로버트 루시는 이렇게 말했습니다. 경찰관의 문제는 대개 다른 경찰관들에게 둘러싸여 산다는 것이다. 그건 단순한 일job의 문제가 아니라 한 세계world의 문제다.[1] 작가들의 문제도 다르지 않습니다. 나는 찰스 부코스키를 떠올렸다. 부코스키는 언젠가 이렇게 썼다. 작가에게 가장 나쁜 일은 다른 작가와 알고 지내는 것이고, 그보다 나쁜 일

---

1) 최윤필, 「형사 루시, 방향을 돌리다…… 부패 경찰의 '부패 경찰 소탕작전'」, 『한국일보』, 2015. 10. 31.

은 다른 작가 여러 명과 알고 지내는 것이다. 같은 똥 덩어리에 몰려드는 파리 떼처럼.[2] 그렇다면 우리도 똥파리인가, 같은 똥에 머리를 처박고 있나 생각하는데 정지돈이 말했다. 그것이 한국 문학의 현실입니다. 누구도 그것에서 자유롭지 않습니다. 단 한 명, 오한기를 제외한다면.

서로서로 얼굴을 맞대고 있는 상황에서 한 작가가 다른 작가(의 작품)에 대해 뭐라도 쓰기는 쉽지 않다. 비난은 물론 칭찬도 부담스럽다. 침이 튀면 어떡하지? 입 냄새가 나면? 이러다 입술이라도 닿는 거 아냐? 자기검열이 끼어들고 자기검열은 어느 순간 자기혐오로 이어진다(그것 말고도 자기혐오에 빠질 이유는 충분한데 말이다). 우리는 어느 정도의 자기혐오는 필요하지만 자기혐오가 지나치면 건강에 좋지 않다는 데 의견을 모았다. 사실 의견을 모을 것도 없었다. 지나친 흡연과 음주, 운동은 모두 건강에 좋지 않다. 문학도 마찬가지. 지나친 것치고 건강에 좋은 게 있기나 한가? 두 가지 해결책이 있다. 하나. 자기혐오에서 자기기만으로 넘어가기. 둘. 문학으로부터 도망치기.

관점을 바꿀 필요가 있습니다. 정지돈이 말했다. 한 작가가 다른 작가(의 작품)에 대해 쓴다. 그것은 선물입니다. 불가능한 선물. 상상의 선물이라고 해도 좋아요. 하지만 오해는 금물. 그것이 반드시 칭찬을 해야 한다는 뜻은 아닙니다. 중요한 건 준다는 행위, 순수

---

2) 찰스 부코스키, 『여자들』, 박현주 옮김, 열린책들, 2012, 76쪽; 오한기, 『의인법』, 현대문학, 2015, 250쪽에서 재인용.

한 증여입니다. 마르셀 모스와 모리스 고들리에를 기억하세요. 르네 도말은 아내에게 보내는 마지막 편지를 이렇게 썼습니다. 주려고 한다면 아무것도 가진 게 없다는 걸 알게 된다. 아무것도 가진 게 없다는 걸 알게 되면 손에 무언가 넣으려고 한다. 손에 무언가 넣으려고 하면 자신이 아무것도 아니라는 걸 알게 된다. 자신이 아무것도 아니라는 걸 알게 되면 무언가가 되려고 욕망한다. 무언가가 되려고 욕망하면 그때부터 우리는 살게 된다.[3] 리버스 쿼모는 이렇게 노래했습니다. 죽기 전에 뭐라도 되고 싶어서 내 속이 타들어갈 지경이야.[4] 정연 씨, 모르겠어요? 당신은 살아야 합니다! 아내를 생각하세요! 자기혐오를 이겨내야 합니다!!

나는 (얼떨결에) 고개를 끄덕였고 정지돈은 포터 가방에서 두툼한 원고 뭉치를 꺼냈다.

이제 오한기의 소설에 대해 이야기할 때가 온 것 같군요.

그리고 우리는 햄버거를 먹으러 갔다.

범죄자들의 소설가

내가 정지돈을 처음 본 건 어느 화요일, 문학과지성사 옛 사옥 맞은편의 카페에서였다. 그는 내게 오한기를 아냐고 물었다. 나는

---

3) 르네 도말, 『마운트 아날로그』, 오종은 옮김, 이모션북스, 2014, 151쪽.
4) "I want to be something/before I die/I feel it burning me inside" Weezer, 「I want to be something」 가사 중에서.

오한기가 누구냐고 되물었다. 그러지 말았어야 했다. 그때 나는 언제라도 밤을 샐 준비가 되어 있는 싱글이었지만 그런 식은 아니었다. 카페-고추장찌개집-콩나물불고기집-콩나물국밥집-다시 카페. 영업시간에 맞춰 가게들을 전전하는 동안 술은 한 방울도 입에 대지 않은 채 우리는 (정확하게 말하자면 정지돈은) 오한기에 대해 말했다. 대충 이런 이야기였다.

① 오한기는 한국 문학의 김기덕이다.

② 오한기는 범죄자들이 가장 사랑하는 소설가다.

③ 오한기의 소설은 수감자들이 사식 대신 받기를 원하는 물품 1위다.

①은 이해할 수 있다. 거칠고 종잡을 수 없으며 종종 (실은 자주) 비약을 거듭하지만 어쨌거나 끝내준다, 뭐 그런 이야기 아닌가? 그게 내가 아는 김기덕이다. 문제는 ②와 ③이었는데, 나는 그런 통계는 대체 어디서 구하는 거냐고 물었다. 정지돈은 프랑코 모레티를 생각하라고 했다. 모레티는 문학 연구의 기본처럼 통용되던 자세히 읽기close reading에 반대하며 원거리 읽기distant reading라는 개념을 주장했습니다. 통계 수치와 그래프를 문학 연구에 도입하고 세계지도 위에 텍스트를 올려놓은 후 시각화와 통계 분석을 통해 멀리서, 더 멀리서 읽어야 한다는 말입니다. 거리. 그것이 없다면 비평은 불가능합니다. 할 포스터는 거리의 문제는 예술사에서 근본적인 문제이며 특히 헤겔적 차원의 예술사에서는 더욱 그렇다고

말했습니다. 네, 네. 나는 다시 한 번 통계의 출처를 정중하게 물었다. 정지돈은 나를 지그시 바라보았다. 정연 씨는 하나만 알고 둘은 모르는군요. 이것이 문학입니다. 상상력! 만약 범죄자들이 모두 오한기의 소설을 읽었다면…… 일단 그렇게 상상하기 시작하면 통계 같은 세부사항은 자연스럽게 뒤따라오는 법입니다. 「유리」를 읽어보세요. 정지돈이 말했다. 「유리」는 선량한 강간범이 쓴 소설입니다.

그날 이후 나는 오한기를 많이 생각했다. 오한기의 소설을 찾아 읽고 정지돈과 오한기가 함께한다는 후장사실주의라는 그룹에 (얼떨결에) 가입하기도 했다. 하지만 나는 여전히 후장사실주의의 정체를 모르고 오한기를 만난 적도 없다. 녹번동에서. 후암동에서. 염창동에서. 하중동에서. 역촌동에서. 곳곳의 카페에서 우리는 오한기를 기다렸지만 그는 한 번도 나타나지 않았다. 정지돈은 내게 오한기가 마츠다 류헤이와 똑같이 생겼다고 했다. 나는 〈탐정은 바에 있다〉를 보며 오한기를 상상했다. 얼마 전에는 피아니스트 조성진이 오한기의 도플갱어라는 말도 했다.[5] 나는 종종 오한기가 정지돈이 만들어낸 일종의 얼터 에고가 아닌지 의심한다.

---

5) "252쪽. 맥락 없이 튀어나오는 피아니스트라는 단어를 보세요." 정지돈은 말했다.

네이버 지식 iN[6]

Q : 후장사실주의자가 뭔가요?

2015.05.10. 01:00

책을 보는데 작가 소개란에 '후장사실주의자'라고 적혀 있는데이게 뭔가요? 사전에 쳐봐도 안 나와서 여기에 물어봅니다 ㅠ.ㅠ

A : 작성자 비공개

2015.05.10. 01:11

참 애매한단어인듯요..

[내용추가] 결론은 지식인들이 잘난체하기 위해서 쓰느 단어 같다는 느낌이 강하네요.
사전에없는말을 창조하는 것도 참..

문학 연습

다른 사람들은 하나의 작품(집)을 이야기할 때 어디서부터 시작하는지 모르겠다. 나는 제목에서 시작한다. 그러니까 '의인법'. 표제작이 있지만 정작 본문에서 그 단어가 언급되는 단편은 「새해」다. 오한기의 주인공이 대개 그렇듯 소설을 쓰기 위해 회사를 그만

---

6) http://kin.naver.com/qna/detail.nhn?d1id=3&dirId=30705&docId=224765116

둔 「새해」의 나는 출판사에서 아르바이트를 한다. 외국인이 바라본 한국을 문학적으로 그려내는 고귀한 작업을 위해 기초자료를 수집하는 일이다. 그 책은 고조선과 조선 그리고 북한의 세 부분으로 나뉘어져 있는데 편집장에 의하면 그것은 각각 과거와 현재 그리고 미래[7]를 가리킨다고 한다. 나는 도서관에 처박혀 자료를 조사한다. 내가 제출한 자료를 검토하던 편집장은 나에게 가장 중요한 게 빠졌다고 지적하는데 그건 바로 공룡이다. 한반도에 살던 공룡들도 방문객이라는 것이다. 하지만 공룡은 사람이 아니잖아요? 소설가이기도 한 편집장은 대꾸한다.

> 의인법. 문학의 기초적인 수사법이지. (「새해」, 290쪽)

정지돈은 내게 오한기의 소설에 대해 떠오르는 대로 말해보라고 했다. 나는 내게 약간의 시간을 허락해줄 것을 요청한 다음 오한기 소설에 드러난 의인법의 사례들을 찾기 시작했다. 일종의 의미화. 오한기의 소설은 의인법의 소설이다, 라고 말해놓고 적당히 끼워 맞추는 수법이다. 나는 그것을 어느 화요일에 정지돈에게 배웠다(정지돈은 그것이 싫다고 했다). 하지만 생각과는 달리 『의인법』에서는 좀처럼 의인법을 찾을 수 없었다. 하다못해 홍학이 되어버린 남자[8]나 돼지가 된 여중생[9]도 없었다. 나는 점점 초조해지기 시

7) "미래가 가장 중요하다. 먼 미래일수록 문학에 가깝다." (288쪽)
8) 오한기, 「홍학이 된 사나이」, 『analrealism vol. 1』, 서울생활, 2015.

작했다. 정지돈은 말없이 프렌치프라이를 먹었고 나는 「마지막 잎새」의 주인공이라도 된 기분이었다. 마지막 프렌치프라이가 정지돈의 입속으로 사라지면 나는……. 그때 문득 오한기 소설의 인물들 중에 긍정적인 형태의 인간형이 거의 없다는 사실이 떠올랐다. 악하거나 정신이 나갔거나. 그것은 일종의 인간(자기)혐오가 아닌가? 그렇다면 그것을 의인법과 연결할 수 있지 않을까? 나는 책을 뒤져 적당한 문장을 찾아냈다.

① "바카렌토증후군 환자는 자신을 극도로 혐오해요. 그러다가 대인기피증에 걸리거나 폭력적으로 돌변하죠." (「파라솔이 접힌 오후」, 36쪽)

② 미지는 유명한 작가가 되긴 글렀으니 좋은 인간이나 되라고 말했다. 나는 짜증이 나 좋은 인간이 될 바에야 아메바가 되는 편이 나을 거라고 대답했다. (「의인법」, 262쪽)

③ 당신은 진짜 당나귀야. 마음만 먹으면 거북이도 될 수 있어. 하지만 소설 쓰기를 그만두지 않는 이상 사람이 될 순 없지. (「새해」, 281쪽)

오한기의 소설은 의인법의 소설입니다. 내가 말했다. 하지만 일반적인 의미의 의인법은 아닙니다. 그러니까 동물이나 식물, 무생

9) 오한기, 「사랑」, 『문학들』 2015 겨울호.

물이나 개념 등을 사람처럼 표현하는 게 아니란 말입니다. 여기에는 몇 겹의 레이어가 있습니다. 오한기의 주인공들이 대부분 소설을 쓰고 있거나 쓰려고 한다는 사실을 주목해주세요. 오한기의 주인공들은 대부분 인간 이하(이것이 도덕적이거나 윤리적인 표현이 아님을 이해해주시기 바랍니다)의 존재들인데 그 이유는 그들이 소설을 쓰고 있기 때문입니다. 「새해」에서 아내가 하는 말(③)이 단적인 예죠. 하지만 그들은 소설을 쓰지 않을 수 없습니다. 소설가가 되려는 욕망(소설가는 오직 소설을 쓰고 있을 때만 소설가라고 할 수 있다는 의미에서)만이 그들을 살게 하기 때문입니다(저는 지금 지돈 씨가 인용했던 르네 도말의 말을 생각하고 있습니다). 네, 아이러니입니다. 나를 살게 하는 것이 나를 인간이 아니게 만든다는 아이러니. 따라서 오한기의 의인법이란 사회적으로 인간 이하라고 낙인찍힌 인물이, 그러니까 오한기가, 스스로를 소설의 등장인물로 만듦으로써 인간됨을 획득하고자 하는 자기변혁 의지로서의 의인법이라고 말할 수 있습니다. 인간 이하의 존재인 나를 인간인 척(=의인법) 밀고 나가는 소설. 일종의 메타픽션. 혹은 오토픽션. 그렇게 볼 때 오한기의 악당들은 단순한 악당이 아닙니다. 흔히 작가의 적이라고 알려진 존재들입니다. 예를 들어보겠습니다.

① 옆에 놓인 리볼버 때문인지 그는 걸작을 가리기 위한 비장한 평론가처럼 보였다. (「유리」, 138쪽)

② "그래, 자네가 원하는 건 어디 있지?" (「볼티모어의 벌목공들」, 209쪽)

①에 등장하는 리볼버를 든 킬러가 평론가라는 건 두말할 것도 없습니다. 윈체스터 소총을 든 ②의 노인은 나에게 일거리를 준다는 핑계로 최종 판관으로 군림하며 나에게 실패를 선고하는 사람, 바로 자본가입니다. 세상의 사장님들이죠. 오한기의 인물들은 인간됨의 문턱에서 번번이 실패하고 그렇기에 계속해서 소설을 씁니다. 소설을 써야 사는데 소설을 써도 인간이 될 수는 없으니 거듭해서 쓸 수밖에요. 소설기계. 이것은 오한기의 영구동력입니다. 나는 어쩌면 여기에 카프카를 연결시킬 수도 있겠다는 생각이 들었지만 말하지 않았다. 들뢰즈의 카프카. 대신 나는 이야기를 하는 동안 떠오른 또 하나의 의인법에 대해 이야기했는데, 그것은 오한기의 등장인물들이 각각 내면의 기제를 의인화한 것이라는 가설이었다. 이를테면 유리. 볼티모어의 노인. 미지. 아내. 그들은 자기검열을 형상화한 인물들이다. 그리고 한상경. 그는 오한기의 자기혐오 그 자체다!

자전거를 세워두지 마시오

하스미 시게히코는 젊은 장 뤽 고다르의 평론을 통해 평론에서 픽션적인 대담한 단순화가 비평가에게는 불가결한 자질이라는 것을 배웠다고 말했습니다. 여기서 기억해야 할 단어는 픽션도 아니고 대담한도 아닙니다. 정지돈이 냅킨으로 손가락을 닦으며 말했다. 정연 씨, 오늘 우리는 과장하지 맙시다.

정지돈은 「유리」가 오한기의 작품세계[10]에서 하나의 분기점을 이룬다고 말했다. 이전까지의 작품들이 소설적 기교, 소위 말하는 작법에 충실했다면 이후의 작품들에서는 오한기 특유의 창작론이 들어오기 시작한다는 것이었다. 어느 날, 허름하고 초라한 낚시터 펜션에 불쑥 나타난 클린트 이스트우드처럼. 그것은 일종의 교란이다. 기교와 작법에 대한 교란. 소설에 대해 사람들이 가지고 있는 통상적인 관념에 대한 교란. 정지돈은 「유리」의 한 구절을 소리 내 읽었다.

> 내가 『메시노프』에서 배운 거라곤 이렇게 서로 다른 두 사실을 접목시키거나 허구를 만들어내 현실 속에 배치하면 효과가 그만이라는 게 전부다. 쓸데없는 것을 강조하면 더 그럴듯하게 보인다는 것도 체득했다. 상징과 알레고리에 대한 신뢰를 점차 잃어갔지만 말이다. (「유리」, 116쪽)

「유리」의 나도 소설을 쓴다. 오갈 데 없는 시체를 묻어 연명하는 어린 형제가 등장하는 장편소설이다. 동생은 재미 삼아 무덤에 묘비

---

10) 정지돈은 "오한기 월드"라는 표현을 썼다.

를 세우고 작가들의 유언을 새기는데 어느 날부터 무덤 속 시체들이 동생에게 말을 건넨다. 동생은 그 말을 묘비에 새겨 넣는데 이후로도 시체들의 말이 끊이지 않아 동생은 그 말을 노트에 받아 적기 시작한다. 오래지 않아 동생은 수십 권의 노트를 남긴 채 자취를 감춘다. 형은 노트를 단서로 동생을 뒤쫓는다. 그들은 앞서거니 뒤서거니 하면서 중국과 러시아 등지를 떠도는데 그 과정에서 "과거와 현재와 미래가 축제를 벌이는 것처럼 만나 뒤섞이게 된다."(118쪽)

여기서 오한기 소설의 반복적인 모티프를 찾는 건 어렵지 않다. 글쓰기. 시체. 실종과 추적. 다른 나라. 과거와 현재와 미래의 뒤섞임 등등. 하지만 정지돈에 따르면 그건 부차적인 문제다. 중요한 건 그다음이다.

동생을 쫓던 형은 중국과 인도의 국경 마을에서 러시아 출신의 부랑아에게 살해당한다. 형의 죽음에 괴로워하던 동생은 정신을 차리고 마을에 정착한다. 시간이 흘러 동생은 직업도 구하고 결혼해 아이도 낳지만 그의 의식은 항상 형에게 머물러 있다. 형의 무덤을 찾는 동생. 동생은 시체들의 말이 들리기를 기다리지만 예전과 달리 아무도 그에게 말을 걸지 않는다. 동생은 형과 자신이 세계를 떠돌던 이야기를 쓰기 시작한다. 누구에게도 보여주지 않고 책을 만들겠다는 욕심도 없이 글을 써나가며 동생은 형의 묘비에 새길 문구를 생각한다. 「유리」의 나는 이렇게 쓴다.

당시 나는 파리 13구 차이나타운 인근 호텔에 묵고 있었다. 나는 하루 종일 형의 묘비에 무엇을 새길지 고민하다가 결국 작가들의 유언을 뒤적거리기 시작했다. 그들의 유언은 철학적이고 독특했지만 나는 도무지 매력을 느낄 수 없었다. 『매시노프』처럼 의도를 갖고 사실과 허구를 접목시키는 작업이 작위적으로 느껴지기 시작했던 것이다. 그러던 중 우연히 창밖 주차장에 세워진 푯말을 봤다. 푯말에는 '자전거를 세워두지 마시오'라고 쓰여 있었다. 이 문구를 옮겨 적은 이후 나는 무언가에 홀린 듯이 소설을 쓰기 시작했다. (「유리」, 137쪽)

자전거를 세워두지 마시오. 저는 이 한 문장에 오한기의 소설론이 오롯이 담겨 있다고 생각합니다. 정지돈이 양손의 검지와 중지를 사용해서 "오롯이"에 따옴표를 치며 말했다. 고다르는 『사이트 앤 사운드Sight and Sound』에 실린 1962년의 인터뷰에서 〈비브르 사 비〉의 오프닝 신의 의미를 묻는 톰 밀른의 질문에 이렇게 답했습니다. 사람들은 스크린에서 조금 이상한 것을 보는 즉시 그것을 이해하려고 지나친 노력을 하는 것 같다. 사실은 아주 잘 이해하고 있음에도, 훨씬 더 많이 이해하고 싶은 것이다. 사람들이 〈여자는 여자다〉를 좋아하지 않았던 이유는 그들이 그 영화의 의도를 알지 못했기 때문이다. 그러나 그 영화는 의도가 없었다. 테이블 위에 꽃다발이 놓여 있는 것을 보면 그것이 무슨 의도를 갖고 있다고 생각해야 하는가? 그것은 그 어떤 것에 대해서도, 그 어떤 것도 입증하고 있지 않다. 그 영화가 즐거움을 주기를 바랐을 뿐이다. 그 영화가 모순적이 되기를, 꼭 함께 있을 필요가 없는 것들이 나란히 놓여지기를, 즐거운 동시에 슬픈 영화가 되기를 의도했다. 물론 그런 것은 가능하지 않고 이것 혹은 저것 중 하나를 택해야 하는 법이지만 나는 그 두 가지 모두를 하고 싶었다.[11)]

하지만 오한기는 고다르를 좋아하지 않는다. 적어도 소설에서 드러나기로는 그렇다. 「나의 클린트 이스트우드」에는 혁명적이고 진보적인 『카이에 뒤 시네마Cahiers du Cinéma』의 일원들과 비교해 폭력적이고 단순하다는 이유로 클린트 이스트우드의 영화를 폄하하는 동료가 등장하는데, 동료의 말에 동의하지 않는 주인공은 알랭 레네와 고다르의 영화가 현란하고 난해한 건 나약하기 짝이 없는 자아에 대한 반작용이라고 생각한다. 나는 그 동료가 혹시 지돈 씨 아니냐고 물었다. 아마도요. 정지돈이 말했다. 한번은 얼음공장을 배경으로 한 오한기의 미발표 소설에 제가 등장하기도 했습니다. 무슨 역할이었는데요? 내가 묻자 정지돈은 한층 깊어진 눈빛으로 나를 바라보았다. 영화감독 지망생 역할이었어요. 고다르에 대해서 쉬지 않고 떠들다 주인공에게 얼음 깨는 망치로 얻어맞고 머리가 깨져서 죽는 역할이었지요.

오한기 in time

오한기만 클린트 이스트우드를 높게 평가하는 건 아니다. 하스

11) 데이비드 스테릿 엮음, 『고다르X고다르』, 박시찬 옮김, 이모션북스, 2010, 21쪽.

미 시게히코는 아무도 클린트 이스트우드를 진지하게 생각하지 않았던 1980년에 이미 「영화작가 클린트 이스트우드」라는 평론을 썼다. 그는 〈어둠 속에 벨이 울릴 때〉가 가져다주는 역사적 감동은 무엇보다 반反시대적이라고 할 정도로 거창한 것도 아니고 명백히 시대착오를 하려는 것이 아님에도 결과적으로는 시대착오의 반시대성을 드러내고 마는 시간감각의 착오에서 오는 것이라고 말한다. 사람들은 그것을 시대에 뒤쳐진 카우보이에게 작가적 야심이 결여되어 있기 때문이라고 판단했다. 그것이 영화적 결여로 드러난 것이라고 생각하고 비웃을 가치도 없다고 생각하며 무시해버린 것이다. 하스미 시게히코는 그런 반응 자체가 〈어둠 속에 벨이 울릴 때〉가 몸에 걸치고 있는 시대착오의 반시대성이 작가적 야심을 결여한 범용한 감독에게 흔히 있는 필름 체험의 결여가 아니라 실은 그 과잉된 현존에 있다는 사실을 드러낸다고 지적한다. 사람들이 침묵을 가장해서 무시하는 공포의 대상은 거의 언제나 결여가 아니라 과잉이다. 세계에 대해 과잉한 것으로 존재하는 작품에 대해 말하려고 하지 않는 사람들은 그 과잉을 결여라고 착각하고 작가적 야심의 희박함을 지적해서 적당히 앞뒤를 맞추었다고 생각한다. 불행한 일이다.[12)]

「영화작가 클린트 이스트우드」를 읽고 있노라면 하스미 시게히코가 오한기에 대해 말하고 있는 게 아닌가 하는 착각이 들기도 합니다. 정지돈이 씁쓸하게 말했다. 나는 그의 말을 이해할 수 있었

---

12) 하스미 시게히코, 「영화작가 클린트 이스트우드」, 『영화의 맨살』, 박창학 옮김, 이모션북스, 2015, 246-249쪽 참고.

다. 무관심. 오해. 차라리 몰이해. 그리고 침묵. 우리는 오한기에 대한 평단의 (무)반응과 다른 많은 젊은 작가들과 달리 한 번도 끊긴 적이 없는 소설 청탁 사이의 불균형을 이야기했다. 정지돈은 오한기의 소설은 미국 노동자들이 하루 일과를 마치고 소파에 누운 채 맥주와 감자칩을 먹으며 읽는 게 어울리는 소설이라고 말했고 나는 그 말에 동의했다. 그리고 평론가들은 대개 그런 소설을 좋아하지 않는 법이다. 왜 그럴까. 오한기는 언젠가 인터뷰를 통해 이렇게 말했다.

> 때론 비현실적인 이야기라는 이야기도 종종 듣는다. 다른 사람들의 눈에는 현실과 동떨어진 이야기로 보이는 모양이다. 개의치 않는다. 중요한 건 나는 내가 현실에 대한 소설을 쓰고 있다고 생각한다는 것. 소설에 허구가 아닌 게 뭐가 있단 말인가. 하물며 현실도 허구처럼 느껴지는데.[13]

사람들이 말하는 현실이라는 게 대체 누구의 현실을 말하는 것인지는 모르겠지만 정지돈과 나는 오한기의 소설이 어떤 사람들의 눈에는 현실과 동떨어진 이야기처럼 보이는 이유가 반시대적이라고 거창한 것도 아니고 명백히 시대착오를 하려는 것이 아님에도 결과적으로는 시대착오의 반시대성을 드러내고 마는 시간감각

---

13) 이수형, 「일장/일단」, 『문학과사회』 2013년 여름호 참고. 같은 인터뷰에서 오한기는 "이 세계에 균열을 내는 작품을 쓰고 싶다"고 말하기도 했다.

의 착오에서 비롯된 것이라는 데 의견을 모았다. 실제로 오한기의 소설에는 시대착오의 반시대성을 몸에 걸치고 있는 인물들을 얼마든지 찾아볼 수 있다. W. 클린트 이스트우드. 한상경. 유리. 그리고 나. 소설을 쓰는 오한기의 주인공들이 인간 이하, 차라리 인간 이전의 취급을 받는 것도 실은 그 때문이다. 사회적으로 보았을 때 그는 현실의 시간을 쫓아오지 못한 인간이고 현실에 발을 붙이지 못한 인간이다. 하지만 그것이야말로 오한기 소설의 동시대성을 단적으로 드러내는 것이라고 해야 한다. 하스미 시게히코의 조언.

아감벤은 「동시대인이란 무엇인가?」라는 글에서 동시대인을 참으로 자신의 시대에 속하는 자란 자신의 시대와 어울리지 않는 자, 하지만 그 간극과 시대착오 때문에 다른 이들보다 더 그의 시대를 지각하고 포착할 수 있는 자라고 말했습니다. 정지돈이 말했다. 아감벤에 따르면 특정 시대에 너무 잘 맞아떨어지는 사람, 모든 면에서 완벽히 시대에 묶여 있는 사람은 동시대인이 아닙니다. 왜냐하면 바로 그 때문에 그들은 시대를 쳐다보지도, 확고히 응시하지도 못하기 때문입니다. 동시대인은 시대의 빛이 아니라 어둠을 인식하기 위해 그곳에 시선을 고정시키는 존재입니다. 이것은 말장난이 아닙니다. 그들은 실제로 서로 다른 현실을 보는 것입니다.

동시대인이란 무엇인가

우리가 바라보는 밤하늘에는 짙은 어둠에 둘러싸인 별들이 밝게

빛난다. 우주에는 무수히 많은 은하계와 발광체가 존재한다. 그렇기에 과학자들에 따르면 밤하늘의 암흑은 설명이 필요한 어떤 것이다. 지금부터 말하고자 하는 바는 바로 현대 천체물리학이 제공하는 밤하늘의 어둠에 대한 설명이다. 팽창하는 우주에서 가장 멀리 떨어진 은하는 너무나도 빠른 속도로 우리로부터 멀어지고, 그 때문에 이 은하가 발하는 빛은 우리에게 영원히 도달할 수 없다. 우리가 하늘의 어둠이라고 지각하는 것은 바로 이 빛이다. 전속력으로 우리를 향해 여행하지만, 빛을 내는 은하가 빛의 속도보다 빠르게 멀어지기 때문에 우리에게 도달할 수 없는 그 빛 말이다.

현재의 어둠에서, 우리에게 도달하려고 하지만 결코 그럴 수 없는 빛을 지각하는 것, 이것이 바로 동시대인이 된다는 것의 진정한 의미이다. 그렇기에 동시대인은 드문 존재이다. 그렇기에 동시대인이 되는 것은 무엇보다도 용기를 필요로 하는 문제이다. 왜냐하면 그는 시대의 어둠에 확고히 시선을 고정할 수 있을 뿐만 아니라, 이 어둠에서 나오는 한 줄기 빛, 비록 우리에게로 향하나 우리로부터 무한히 멀어지는 빛을 지각하는 능력도 갖추어야 하기 때문이다. 다시 말해 동시대인은 지킬 수 없는 약속을 지키려고 노력하는 자이다.[14)]

---

14) 조르주 아감벤, 「동시대인이란 무엇인가?」, 『벌거벗음』, 김영훈 옮김, 인간사랑, 2014, 28-29쪽.

녹번동에서

우리는 녹번동의 한 카페로 자리를 옮겨 계속해서 이야기를 나눴다. 오한기가 정지돈에게 준 영향에 대해서. 정지돈이 오한기에게 준 영향에 대해서. 정지돈과 오한기에게 내가 받은 영향에 대해서. 그리고 오한기의 성욕에 대해서.

그런데 정연 씨, 아까 요즘 무슨 책을 읽어도 재미가 없고 책에 대해 무언가를 말하는 일에 무슨 의미가 있는지 모르겠다고 말하지 않았어요? 정지돈이 물었다. 나는 대답하지 않았다. 정지돈은 잠시 나를 물끄러미 바라보더니 종업원을 불러 오렌지 머랭 타르트를 시켰다. 우리는 오렌지 머랭 타르트를 먹으며 오한기를 기다렸다.

겨울 해는 짧았고 어느덧 어둠이 찾아왔지만 우리는 초조해하지 않았다. 오한기는 언제나 온다. 다만 지나치게 먼저 왔거나 너무 늦게 올 뿐이다.

4월에 슬픔을 샀다
8월에는 구두를 샀다
12월에는 유모차를 샀다
나는 탁자다
나는 마름모고
슬픔은 감자꽃

단행본을 준비하며 이런 문장들을 썼다.

너는 타라고나에 있다고 했다
거기는 낮이고 여기는 밤이다

내가 일어나면 너는 잠든다

쓰기 싫으면 쓰지 말자

이런 문장들도 썼다.

1. 나는 물방개인가? 물방개 물방개 불개미 모닥불
2. 달력이 넘어간다 그럼 시간은?
3. 노을이 지고 있는데 왜 커튼을 걷지 않는가
4. 나란히 서 있는 플라스틱 물병 텔레파시?

이런 의문도 가졌었지.
대구에 계신 선생님 생각도 했고.

소설은
늘 나를 비참하게 했지만
대신 좋은 친구들을 선물해주었다.

그들에게 감사와 존경의 마음을 전한다.

2015년 가을

오한기

의인법

지은이 오한기
펴낸이 양숙진

초판 1쇄 펴낸날 2015년 11월 30일

펴낸곳 (주)현대문학
등록번호 제1-452호
주소 06532 서울시 서초구 신반포로 321(잠원동, 미래엔)
전화 02-2017-0280
팩스 02-516-5433
홈페이지 www.hdmh.co.kr

ISBN 978-89-7275-750-4 03810

* 책값은 뒤표지에 있습니다.
* 파본은 구입처에서 교환해 드립니다.